안소연의 성우 되는 법

기다려 온 국내 최초의 성우 입문서

조 원 석

前 한서대학교 연극영화과 교수
한국문인협회 자문위원
前 한국방송공사 라디오 본부장

1924년, 경성중앙방송국에서 고(故) 복혜숙 선생이 첫 방송을 시작했지만 일제 강점기라는 시대적 제약 때문에 우리나라 방송 연기자들의 활약은 그리 두드러지지 못했다. 그로부터 24년이 흐른 1948년, 중앙방송국에서 '낭독자 및 연기자 모집'이라는 명칭으로 대한민국 최초의 방송 연기자 모집을 실시했는데, 이것이 우리나라 방송 드라마와 성우 역사의 본격적인 출발이었다. 이때 성우로 발탁된 사람이 장민호 씨, 민구 씨, 조남사 씨 등이고 다음 해에는 최무룡 씨, 유일봉 씨, 이춘사 씨, 이혜경 씨, 구민 씨 등이 합류했으니 그 역사는 반 세기가 넘는다.

텔레비전 시대의 개막은 할리우드의 쇠락을 불러왔다. 그러나 텔레비전의 양적, 수적인 증가는 결과적으로 쇠잔해진 할리우드를 이전보다 더 번영하게 만들었다. 할리우드는 방송사로서는 힘에 부치는 대규모 영화 제작 등으로 새로운 활로를 개척하면서 TV 드라마를 뛰어넘는 예술 장르로 승격하게 된 것은 물론, 지구촌 규모의 광활한 시장까지 확보하기에 이른 것이다.

이러한 문화의 상호보완과 아이러니는 오늘날 성우에게도 해당된다. 텔레비전의 등장으로 부동의 대중 스타로 자리매김해 왔던 성우들은 그 모든 영광을 텔레비전에 양도해야 하는 비운의 직업군으로 분류될(?) 위기에 처하기까지 했다.

그러나 텔레비전의 확산은 오히려 성우들의 영역을 더 크게 확대해 놓는 발판이 되어 주었다. 더구나 최근 방송환경의 급박한 변화에 따른 라디오의 다채널화, TV 지상파의 증가, 케이블 TV의 방송개시는 성우의 필요성을 증가시켰고, 기존 성우를 확보하기 어려운 일부 케이블 TV에서는 자체적으로 성우를 선발하기에 이르렀다. 그런데도 성우의 수요는 쉽게 충족되지 않았고, 결국 '언더그라운드 성우(일종의 무자격 성우로서 연기에 관심이 있는 연기 지망생의 집합체)'라는 직업군까지 생겨나 케이블 TV, 방화녹음, 각종 시청각 교육자료 제작에 투입되고 있는 실정이다. 그러나 이러한 현상은 연기의 질적 저하를 초래할 뿐만 아니라 더 나아가 언어교육에까지 심각한 영향을 주고 있다.

이러한 시기에 성우 지망생들에게 도움이 될 만한 제대로 된 지침서가 나온 것은 너무나 반가운 일이 아닐 수 없다. 더욱이 성우 안소연 씨가 펴낸『성우되는 법』은 그녀가 강단에서 꾸준히 쌓아온 경험과 방송 현장에서의 실전 경험을 토대로 펴낸 책이어서 성우 지망생들에게 유용한 지식을 줄 뿐만 아니라 일반인들에게도 친근하게 읽힐 수 있는 흥미로운 이야기들로 가득 차 있다.

나는 방송에 관심을 가지고 있는 많은 사람에게 이 책이 큰 도움과 재미를 주리라고 확신한다.

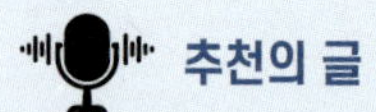

아름다운 소리 연기

김종성
前 한국성우협회 이사장

어느 직종이나 단체의 발전 가능성을 가늠하는 척도는 새로운 세대가 기성 세대를 넘어서는 능력과 진취적 기상을 가지고 있는지 없는지, 그 여부에 달려 있다.

이번에 안소연 씨가 『성우되는 법』을 출간한다는 소식을 듣고 그동안 성우 선배들이 미루고 미루어 왔던 숙제를 이 후배가 대신 처리해 주었구나 하는 마음이 들었다. 일견 부끄러웠지만, 자랑스럽고 기쁜 마음이 더욱 컸다. 이처럼 새롭고 용기 있는 시도가 성우들의 능력을 더욱 배양해 주는 계기가 되리라 믿기 때문이다.

이 책은 성우라는 직업에 대한 다방면의 고찰과 음성 연기에 대한 이론을 함께 다룬 최초의 성우 입문서이다. 물론 현대는 영상 매체가 주목받는 시대이지만 모든 연기의 기본은 말(대사)에서 시작되는 만큼, 언어 연기의 중요성은 아무리 강조해도 모자라지 않다. 이러한 시기에 성우 연기에 대한 지침서가 나왔다는 것은 우리나라의 음성 연기 이론확립에도 중요한 계기가 되지 않을까 하는 기대를 해본다.

이 책의 본문에서도 언급되었듯이 성우라는 직업의 모태가 된 라디오 드라마는 이미 대중에게서 잊혀져 소수 마니아의 전유물이 되었다. 그러나 TV 외화와 애니메이션 등의 새로운 영역이 그 영광의 자리를 이어왔다. 다가올 내일은 또 어떤 새로운 영역에서 성우들의 아름다운 소리 연기가 빛을 발할지 기대가 된다. 아마도 그러한 궁금증을 채워줄 사람들은 지금 반짝거리는 눈빛으로 이 책을 읽고 있을 성우 지망생들, 미래의 후배들이 아닐는지.

『성우되는 법』을 엮어 내느라 고생한 안소연 후배와 성우 지망생들 모두에게 뜨거운 격려를 보낸다.

기본은 변하지 않는다

이 책의 초고를 탈고한 지 햇수로 15년이 되었다. 그 동안 성우 선발 과정에도 많은 변화가 있었다.

방송사 전속 성우들의 업무 형태 변화를 대표적인 예로 들 수 있겠다. 2000년대 초반까지 각 방송사는 각사의 필요에 따라 2~3년에 한두 번씩 비정기적으로 전속 성우를 선발했고 통상 3년 이상의 전속 기간을 두고 있었다. 그러다 노동법 개정으로 방송사 전속 단체의 전속 기간이 2년을 넘길 수 없게 되자 가장 많은 성우 지망생이 입사를 희망해 온 KBS에서 매년 연말 정기적으로 공채 선발을 하기 시작했다. '시험 발표가 언제 날까' 늘 목을 길게 빼고 기다리던 성우 지망생들에게 KBS가 해마다 공채 성우를 선발한다는 소식은 더없이 반가웠다. 그 외 EBS, 대교, 대원, 투니버스 등 많은 방송사도 비교적 정기적으로 성우 선발을 하게 되었다. 전속 기간 단축은 기쁜 일이다. 전속 기간이 끝나 〈한국성우협회〉에 정식 협회원으로 가입한 후 프리랜서 성우로서 활동하면, 매일 매일 정해진 시간에 출퇴근하지 않고, 자신이 원할 때만 일하면서도 전속 기간보다 훨씬 높은 사례금을 받을 수 있기 때문이다. 그러나 정기적인 선발이 과거에 비해 빈번(?)하게 이루어지다 보니 성우 협회에 정식으로 가입하는 성우의 수도 갑자기 큰 폭으로 늘어났다.

늘어난 것은 협회 가입 성우의 숫자만이 아니다. 흔히 언더 성우라고 불리는 비협회 성우들의 수도 정식 집계된 바는 없지만 엄청나게 늘어난 것으로 추정된다. 방송사 공채의 관문을 뚫지는 못했지만 실력을 갖춘 지망생들이 당당하게 녹음료를 받고 성우로서 일하고 있는 것이다. 물론 이들의 등장으로 기존 협회 성우들은 자신들의 영역을 잃었다고 불만을 토로하기도 한다. 그러나 언더 성우들의 녹음료가 상대적으로(비교하기 힘들 만큼) 많이 저렴하기 때문에 언더 성우들도 단체를 만들어서 어느 정도 합리적인 수준으로 녹음료를 올려 받게 되길 바란다. 그리고 싼 맛에 언더 성우를 찾는 제작진들도 조금은 우리말에 대한 공부를 하신 후에 캐스팅을 했으면 한다. 가끔은 소음 공해로 여겨질, 내 아이에겐 정말 들려주고 싶지 않은 수준의 더빙물을 접할 때가 있다. 수준 높은 언더 성우들이 많이 있는데도 그런 한두 개의 질 낮은 더빙물들이 언더 성우 전체의 이름을 더럽히는 것이 안타깝다.

또 하나의 큰 변화는 방송사 공채 성우 선발 시 나이, 학력 등 거의 모든 영역에서 제한이 없어졌다는 것이다. 몇 년 전에는 40대 중반의 여성이 KBS에 입사하기도 했다. 입사 후 결혼 사실이 알려져 입사가 취소되기도 했던 내 옛 동료를 생각하면 상전벽해 수준이다. 그 중년의 후배 성우 입사 이후, 필자가 강의하는 KBS 아카데미에서 40, 50대의 장년층 성우 지망생을 훨씬 더 많이 만나게 되었다. 또, 스마트기기들 덕분에 공채 시험 응시 녹음파일을 어디서든 손쉽게 만들 수 있다 보니 성우 공채 시험 응시자는 계속 늘어나고 있다.

이 모든 변화 중 가장 큰 변화는 '실력만 있다면 꼭 공채 시험에 합격하지 않아도 성우로서 일할 수 있게 되었다'는 사실이 아닐까?

협회 성우건 비협회 성우건, 결국 성우가 되기 위해 필요한 것은 탄탄한 연기력이다. 이 책은 그 연기력을 쌓기 위해 무엇을 어떻게 준비해야 하는지를 담고 있다. 책의 어떤 부분은 심히 구닥다리처럼 여겨질 수도 있겠다. 요즘 젊은이들은 잘 알지도 못하는 프로그램이나 연예인의 이름이 튀어나온다거나, 타인을 사랑하는 마음을 가져야 좋은 연기가 나온다, 책을 많이 읽어야 분석 능력이 좋아진다는 등의 고리타분한 소리도 자주 나올 것이다. 그러나 어쩔 것인가. 삶의 고비를 극복하는 힌트들은 대개 그렇게 고리타분한 것을.

기본은 변하지 않는다. 스마트폰과 인공지능이 아무리 우리 삶을 바꿔 놓아도 결국 우리가 누군가를 사랑하고 믿고 의지하며 함께 어울려 살아가는 일을 포기할 수 없듯이 방송환경이 바뀌고 인기 성우의 이름이 바뀐다고 해도 성우로서 갖춰야 할 기본 자질은 바뀌지 않는다.

이 책에서 소개하는 발성, 호흡, 발음 연습, 스트레칭, 단문, 장문의 연기 연습, 내레이션이라 불리는 낭독 연습, 더빙의 기본 등 성우가 되기 위한 기본 연습법들을 묵묵하게 성실히 따라해 보길 바란다.

15년째 이 책을 사랑해주시는 독자 여러분에 대한 '으으리'로 최근 몇년 간의 각 방송사 기출문제와 2016년에 전폭적으로 바뀐 KBS시험에 대한 간략한 분석을 덧붙였다는 변명으로 부족한 개정판에 부치는 머리말을 마감한다. 나와 같은 꿈을 가진 모든 분의 행운을 빌며.

봄비 오던 날, 북한산 계곡에서 **안 소 연**

 머리말

개정판에 즈음하여…

2003년 1월, 『성우되는 법』 최종본을 탈고했던 그날 밤이 떠오른다. 아직 서른 넷 청춘이던 그때는 종종 밤을 새워 글을 썼고 덕분에 제법 빠른 시간에 책을 완성할 수 있었다. 그날도 꼬박 열세 시간을 노트북과 씨름했던 나는 마지막 문장에 마침표를 누름과 동시에 환호성이 뒤섞인 기지개를 켰고, 서둘러 저장 버튼을 누른 뒤 싱크대 위에 놓인 커피 머신 앞으로 다가가 식어빠진 원두커피를 한 잔 마셨다. 열두 평 원룸, 내 작은 보금자리를 한 눈에 둘러보면서… 아, 드디어 책이 끝났다!!! 그 포만감이란…

그렇게 차 한 잔 마시고 다시 의자로 되돌아와 앉은 것 같은데! 오! 이런 거짓말 같은 일이 있나. 8년도 훌쩍 넘는 세월이 흘러버렸다.

이곳은 이제 더 이상 그때 그 원룸이 아니다. 또한 나는 더 이상 청춘이란 이름의 싱글족이 아니며 게다가!!! 한 아이의 엄마가 되어 있다. 오! 그 축복받은 이름 '엄마'.

그러나 이 고결한 직위를 제대로 수행해 내기란 결코 쉬운 일이 아니어서 그토록 큰 결심으로 출판사를 바꾸고 개정판을 내기로 작심했었건만… 결국 바뀐 내용을 찾으려면 알바생이라도 고용해야 할 지경의 개정판이 되고 말았다.

그나마 그동안 가장 질문이 많았던 호흡 부분에 대해서 수정하게 되어 마음이 조금 놓이고… 가장 얘기하고 싶었던 '오디션용 대본 분석 요령'을 짧게나마 덧붙이게 되어 천만다행이다. 약간의 예문이 추가된 것은 최소한의 예의라고나 할까… 또… 손가락 사이로 빠져나가는 모래알을 바라보는 심정으로 사라져만 가는 라디오 드라마를 기록, 소개한 일도 조금은 위안이 되는 일.

　　책이 출간된 이후로 새로 입사하는 막내 성우들로부터, 준비하는 기간동안 선배님 책이 많은 도움이 됐다는 얘길 종종 들었다. 더 없이 듣기 좋은 말이었다. 앞으로도 더 많이 그런 인사를 듣고 싶다.

　　그리고,
　　차 한 잔 더 마셨을 뿐인데, 세월이 또 이렇게 거짓말처럼 훌쩍 달아나 버린 걸 깨닫게 될 그 어느 날, 다시, 꼭! 제대로 된 개정판을 낼 것을 약속드린다.

북한산 평창계곡에서 안 소 연

소리옷을 입고 날자

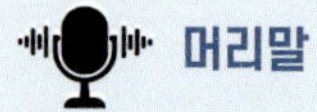

노래방에 갔다가 가수 자우림의 〈일탈〉이란 곡을 듣게 되었다. 노랫말이 재미있어서 수첩을 꺼내 대충 받아 적어왔는데 이런 내용이었다.

아파트 옥상에서 번지 점프를 하면 어떨까…?
신도림역에서 스트립쇼를 한다면…?
선보기 하루 전날 홀딱 삭발을 하는 건…?
비 오는 겨울밤에 옷을 벗고 조깅을 하는 건 어떨까…?

노래 제목처럼 일탈에 대한 재미난 상상들이 노래 가득 들어 있었다. 아파트 옥상에서의 번지 점프, 사람 많은 신도림역에서의 스트립쇼, 비 오는 겨울밤 홀딱 벗고 아스팔트 위를 달리기…… 정말 상상만으로도 신나는 얘기들이었다.

사람들은 모두 일탈을 꿈꾼다. 자신이 처해 있는 현재의 상황으로부터 혹은 미래에 대한 불안과 두려움으로부터 달아나고 싶어 한다. 자신의 현재에 만족하면서 산다는 일이 쉽지 않기 때문이다.

그러나 우리는 달아나든지 아니면 힘겹더라도 조금 더 버텨보든지 이 둘 중 하나를 골라야만 한다. 한 가지 분명한 게 있다면 '일단 버텨보는 것'이 대부분 더 현명한 선택이 된다는 점이다. 다이어트를 결심한 사람이라면 먹고 싶은 유혹을 견뎌내야만 하고, 수험생이라면 잠들고 싶은 유혹을 견뎌내야만 한다.

우리는 이렇게 무엇을 고르는 것이 더 옳은지 명확히 알고 있을 때 더 고통스러워지는지도 모른다. 때문에 그런 당위 앞에서 일탈을 꿈꾸고 달아나기를 갈망하는 것이다. 나는 이 책을 통해 일탈을 꿈꾸는 모든 사람에게 아주 쉽고 간단한 '달아나기' 비법을 제안할까 한다.

일상에서 달아나 훨훨 날아오르는 방법.

선녀의 날개옷처럼 우리를 또 다른 세계로 훨훨 날아오르게 해 줄 비법.

멀게만 느껴지는 행복의 파랑새는 사실 언제나 바로 우리 곁에 있다는 동화 속 진리처럼 자신의 일상에서 탈출하거나 운명을 바꾸는 방법 역시 손닿을 수 있는 가까운 곳에 있는지도 모른다.

자, 정확한 호흡과 발성법, 발음 그리고 효과적인 의사표현으로 자신의 목소리와 말투를 바꾸어 보자. 맑고 힘차고 고운 음색으로 모든 순간 미소를 머금고 자신감 있게 말하는 사람이라면 멀어져갔던 행운도 가까이 다가오지 않을까?

또한 '소리 연기' 공부를 생활 속에서 실천하는 것은 삶의 활력소가 될뿐만 아니라 순간 순간 일탈의 기쁨을 누리게 해 줄 것이다. 친구들과 어울린 자리에서 시 한 편을 소리 내어 읽어보는 것은 어떨까? 평상시의 잡담과 수다만으로도 스트레스는 충분히 풀릴 수 있겠지만 시를 낭독하고 음미하는 감동에는 견줄 수 없을 것이다. 또 인터넷을 검색해 유명한 영화대본을 다운받고 주인공의 대사를 직접 연기해 보는 것은 어떨까?

다른 사람이 되어보는 것, 혹은 자기 안의 다른 소리를 찾아내는 일은 분명 여러분에게 지금까지와는 전혀 다른 세계로 비상하는 경험을 하게해 줄 것이다. 그리고 그 멋진 기회가 여러분을 '성우 공채 시험 합격'이라는 좁은 문을 통과하도록 돕는 데 도움이 되기를 희망한다.

끝으로 책을 쓰기까지 나에게 많은 영감을 주었던 사랑하는 학생들, 많은 가르침을 주신 성우 선배님과 동기, 후배들, 부모님…… 그리고 일일이 다 열거할 수 없이 많은 나의 사랑하는 벗에게 감사의 마음을 전한다.

세검정에서 안 소 연

이 책의 목차

추천의 글

기다려 온 국내 최초의 성우 입문서

아름다운 소리 연기

머리말

기본은 변하지 않는다

개정판에 즈음하여…

소리옷을 입고 날자

"성우가 되려면 어떤 준비를 해야 하나요?" | "성우도 연기자라구요?" | "성우도 연기자라면 탤런트, 영화배우와 어떻게 다른가요?" | "소리를 통해서 연기하는 배우라니요?" | 대본을 꿰뚫는 순발력 | 거짓말 같은 이야기 | 이해력과 직관력을 키우는 방법 | 정리해 봅시다

CHAPTER 01

성우란 무엇인가

"성우가 되려면 어떤 준비를 해야 하나요?"

"성우도 연기자라고요?"

"성우도 연기자라면 탤런트, 영화배우와 어떻게 다른가요?"

"소리를 통해서 연기하는 배우라니요?"

대본을 꿰뚫는 순발력

거짓말 같은 이야기

이해력과 직관력을 키우는 방법

정리해 봅시다

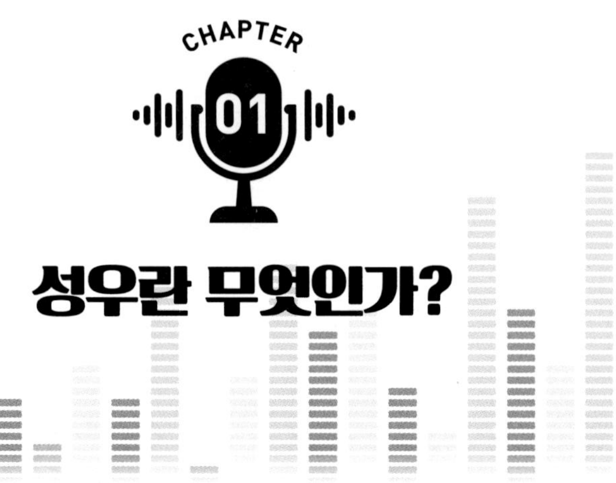

성우란 무엇인가?

성우가 되려면 어떤 준비를 해야 하나요?

"제 목소리가 성우 할 만큼 좋은가요?"

"성우도 연기를 잘해야 하나요?"

처음 학원에서 성우반 학생들로부터 이런 질문들을 받았을 때, 나는 적잖이 실망스러웠다.

'아니, 소위 성우를 지망한다는 사람들이 성우도 연기를 잘해야 하냐고 묻는단 말인가? 성우가 연기자라는 것도 모르면서 성우를 꿈꾼다고?'

나는 조금 서운한 마음으로 성우도 연기자이며 목소리는 하나도 중요하지 않으니 전혀 신경 쓸 것 없다고 열변을 토했다. 그러나 얼마 지나지 않아 예전의 나 역시 그들과 똑같이 무지했었다는 사실이 떠올랐다.

1991년 겨울, 이런저런 인연으로 KBS 성우 모집 시험에 원서를 내고 운 좋게 합격도 했었지만 당시 나는 내가 지망한 성우라는 직업에 대해서 아는 것이 하나도 없었다.

어릴 때부터 목소리가 예쁘단 소리를 들어왔으니 한번 도전해 볼까 하는 정도였었다. 다행히 학창 시절 방송반과 연극반에서 활동한 경험이 있었기에 전혀 헛다리를 짚은 것은 아니었지만, 그때의 나는 외화 더빙과 다큐멘터리 내레이션 정도가 성우들 일의 전부인 줄로만 알았었고 그 모든 것이 예쁜 목소리 하나면 된다고 생각했었던 것이다.

라디오 드라마가 남아 있는 줄도 몰랐고 내가 꿈꾸는 프리랜서라는 것이 방송사 전속 기간을 거친 후에야 얻을 수 있는 값진 날개옷이라는 것도 짐작조차 못했었다.

해마다 각 방송사 성우 모집에 수천 명의 지원자가 몰려들고 매번 수백 대 일의 높은 경쟁률을 보이는데도 불구하고 이토록 성우라는 직업에 대해 알려진 바가 별로 없는 까닭은 아무래도 성우라는 직업을 가진 사람들의 숫자가 너무 적어서가 아닐까 싶다.

2019년 기준 대한민국 전역에 '성우'라는 직업을 가진 사람은 정확히 795명이다. 그것도 1948년부터 활동해 오신 특기 성우 구민, 이혜경, 이춘사 선생님부터 현재 각 방송국 전속으로 있는 후배 성우들까지 다 아우른 숫자가 그렇다.

한 해 사법고시 합격자 수보다도 적은 숫자가 한 직종의 지난 60년간 누적 인구라니 엄청난 소수 집단이 아닌가. 이렇게 종사자 수가 적다 보니 성우라는 직종이 참 친근한 것임에도 불구하고 타 연예인들과 달리 성우들에 대해서는 알려진 것이 거의 없다.

　나는 본업인 성우 일 외에도 KBS 방송문화원 등에서 성우반 학생들에게 연기 지도하는 일을 함께 하고 있는데 그곳에서 학생들을 지도하다 보면 수험 준비에 필요한 정보가 참 부족하다는 사실을 절감하게 된다. 성우를 꿈꾸는 사람은 참으로 많지만 그들 중 어느 누구도 '성우가 무엇인지', '성우가 어떤 일을 하는 것인지', '방송사 성우 시험에 합격하기 위해서 무엇을 어떻게 준비해야 하는지' 등에 대해서는 제대로 알고 있지 못했기 때문이었다.
　정보가 부족한 상황에서는 아무리 노력을 쏟아부어도 소용이 없다는 것이 나의 생각이다. 그것은 마치 수맥이 말라버린 땅에서 우물을 파는 것과 다름없지 않은가.
　물론 1992년 이래, 각 방송사 문화원들이 앞다투어 성우반을 개설했고 제법 많은 수의 사설 방송아카데미에서도 성우반을 열고 있다. 현직 성우들과 연출자들의 강의로 이루어진 이 수업들은 성우 지망생들에게 많은 도움을 주는 것이 사실이다.

　그러나 이런 수업들은 6개월 과정이 대부분이며 비용도 만만치 않아서 경제적으로나 시간상으로 많은 지출이 따른다. 또 설사 수강을 한다 하여도 수강 직후에 방송사 성우 시험에 합격하지 못한다면 지망생들은 또다시 1, 2년의 시간을 자력으로 준비할 수밖에 없다.
　길을 모르고 원하는 곳으로 갈 수는 없다. 모로 가도 서울만 가면 된다는 말도 있지만, 지름길을 알게 된다면 굳이 모로 돌아갈 이유가 없지 않겠는가.

그렇다고 이 책만 읽으면 성우 시험에 합격할 수 있다는 허황된 주장을 하는 것은 아니다. 이 책은 막연히 성우라는 직업을 동경하지만 도대체 성우가 무엇이며 어떻게 준비해야 하는지를 묻는 초보 성우 지망생들을 위한 안내책자 같은 것이다.

얘기가 길어졌다. '성우가 되려면 어떤 준비를 해야 하나요?'라는 질문에 답할 때이다. 성우가 되기 위해서 가장 필요한 것, 그것은 두말할 필요 없이 **연기력**이다. 왜? 성우란 연기자이기 때문이다.

"성우도 연기자라고요?"

성우도 연기자란 얘길 하면 일반인들은 물론이고 성우 지망생들조차 고개를 갸웃하는 걸 종종 보게 된다. 라디오 드라마가 방송의 꽃으로 군림하던 불과 30~40년 전만 해도, 오늘날 수십억 대의 모델료를 받는 스타급 배우들의 자리를 바로 성우들이 차지하고 있었다는 사실을 이제 아무도 기억하지 못하기 때문인 것 같다.

1940년대 말 첫 라디오 드라마가 방송된 이후 1980년대 초반까지만 해도 드라마란 곧 라디오 드라마를 뜻하는 것이었고, 연기자란 라디오 드라마의 주역인 성우들을 일컫는 말이었다.

요즘도 브라운관에서 친숙하게 만날 수 있는 원로급 탤런트들은 대부분 성우로 입사했던 사람들이 TV로 전향한 것이다(전원주, 사미자, 김성원, 故김무생, 김성겸, 나문희, 정혜선, 변희봉 씨 등).

라디오 드라마가 그렇게 먼 옛날의 얘기는 아니다. 1980년 공전의 히트를 기록한 조용필의 노래 〈창밖의 여자〉도 당시 라디오 드라마의 주제가였다.

추운 겨울날, 전파사에서 흘러나오는 라디오 드라마를 듣기 위해 발길을 멈추었던 행인들이 아직도 이 시대를 함께 살아가고 있는데 성우를 지망하는 젊은이들조차 "성우가 연기자라구요?" 하고 의아하다는 듯 되묻게 하는 것이 아마도 사람들이 말하는 '세월의 무상함'인가 보다.

라디오 드라마의 자리를 TV 드라마가 차지하면서 대중들이 성우와 만나는 주 무대는 TV 외화로 점차 바뀌어갔다. 주어지는 역마다 전혀 다른 캐릭터를 소화해 내는 천부적 배우들에게 '천의 얼굴'이라고 찬사를 보내듯, 성우들의 연기를 칭찬할 때 쓰이던 '천의 목소리'라는 수식어가 목소리 변조에 능하다는 의미로 왜곡되어 간 것도 이때부터다. 물론 성우들이 음성 변조를 잘하는 것은 사실이다.

두 시간짜리 영화 더빙을 할 경우 성우의 숫자는 스무 명을 넘지 않는다. 그러나 실제 영화 속 등장인물의 수는 수십, 수백 명에 달하니 그 많은 음색을 십여 명의 성우들이 소화해 내려면 음성 변조 훈련을 하지 않을 수 없었던 것이다. 그러나 이러한 음성 변조가 가능했던 것은 탄탄히 다져진 연기력이 기반이 되었기 때문이다.

각기 다른 연령층의 전혀 다른 캐릭터를 동시에 연기해 내야 하는, 각고의 훈련 없이는 불가능한 외화 속 성우들의 놀라운 연기력이 그저 '목소리가 좋은 것'으로만 인식되고 있는 현실이 참 안타깝다.

물론 성우들에게 있어서 목소리가 중요하지 않은 것은 아니다. TV 탤런트나 영화배우들에게 있어서 그들의 생김새가 종종 그들이 맡는 배역의 기준이 되듯 성우들 역시 그들의 음색이 배역 결정에 많은 영향을 미친다.

그러나 모든 배우가 꽃미남, 꽃미녀일 필요는 없듯이 성우 역시 천편일률 은

쟁반에 옥구슬 구르는 소리일 필요는 없다. 특히 요즘은 개성 있는 목소리와 외모에 대한 대중의 선호도가 높아지면서 평범하지만 개성 있는 외모, 심지어는 과거 비호감형으로 분류되었을 타입의 연기자들도 많은 사랑을 받는 추세다. 성우 쪽도 크게 다르지 않아서 요즘 CM들을 들어보면 아주 평범한 목소리 혹은 거친 음색의 소유자들이 늘어나고 있음을 알 수 있다.

성우들의 영역은 앞서 언급한 라디오 드라마, TV 외화 더빙 외에도 TV 만화 더빙, TV 오락물, 교양물 등의 내레이션, CM, 스팟(Spot)이라고 불리는 예고 방송들이 주를 이룬다. 물론 이외에도 수많은 영역에서 성우들을 필요로 한다. 교재 테이프 녹음이라든지, 라디오 진행, 시 낭송, 장애인을 위한 도서 낭독, 뉴스 기사 낭독, 인터넷상의 상품 광고, 휴대전화 안내 목소리, 기차역 · 지하철역의 안내방송, 내비게이션 안내, 전국 각지의 관광지 소개, 기업 홍보물, 각종 캠페인, 컴퓨터 게임, 인터넷 만화, 각종 행사의 진행자…… 외국에서 연극 공연이 들어오면 현장 더빙을 하는 경우도 있다.

이처럼 많은 분야에서 뛰고 있는 성우들은 '아름다운 목소리'의 소유자이기에 앞서 '아름다운 연기력'의 소유자라는 사실을 성우 지망생들은 깨달아야 할 것이다.

"성우도 연기자라면 탤런트, 영화배우와 어떻게 다른가요?"

요즘은 많은 연예인에게 장르의 구분이 모호해졌다. TV나 스크린 속의 배우들이 성우들만의 영역이던 정통 다큐멘터리에 내레이터로 등장하기도 하고, 코미디언이 정통 드라마에 출연하는가 하면 가수로 활동하기도 한다. 아나운서나 전문 MC의 자리였던 프로그램 진행이 가수, 코미디언, 탤런트, 모델, 작곡가 등에게 넘어간 것은 이미 오래 전의 일이고, 뉴스 전달의 딱딱한 이미지를 벗고 탤런트로 전향하거나 개그 프로에 나와서 멋진 희극 연기를 선사하는 아나운서들을 만나는 일도 많아졌다. 운동선수들이 오락 프로그램 MC로 전향하는 경우도 자주 접하게 된다.

성우들의 활동 무대를 살펴보아도 마찬가지다. 라디오 드라마, 외화 더빙, 만화, CM, 내레이션, 스팟 등의 성우 제 분야 외에도 TV 드라마, 영화, 연극 등에 출연하는가 하면 TV나 라디오 프로그램의 진행자, 리포터로 활약하는 사람도 있고, 코미디언, 가수 등으로 활동하는 성우들도 있다.

이렇게 방송인들이 자기 영역을 넘어 다른 분야에까지 진출하고 있음에도 탤런트를 탤런트이게 하고 아나운서를 아나운서이게 하며 개그맨을 개그맨이게 하고, 가수를 가수이게 하는 특질들은 여전히 존재한다. 우리는 가수 윤도현이 DJ를 잘 해낸다고 그를 DJ 윤도현이라고 부르지 않는다. 컨츄리 꼬꼬나 김건모 등이 사람들을 자주 웃긴다고 해서 그들을 개그맨이라고 부르지도 않는다.

물론 그들이 원한다면 하던 일을 접고 전향을 할 수도 있을 것이다. 그러나 이처럼 각 연예 파트에는 그들만이 가진 특질이 존재하고 성우라는 직업 또한 그러하다.

그렇다면 성우라는 연기자만의 특질은 무엇일까. 그 열쇠는 성우(聲優)라는
이름 속에 들어 있다.

聲 優
소리 성　　**배우 우**

이름 그대로 얼굴 표정이나 몸짓을 보여주기보다는 **'소리'를 통해서 연기를
하는 배우**라는 뜻이다. 소리를 통해서 표출되는 연기, 이것이 타 장르의 연기자
와 성우를 구분 짓는 가장 큰 특징이다.

"소리를 통해서 연기하는 배우라니요?"

"성우와 목소리는 상관이 없다고 해놓고, 이번엔 또 성우란 소리를 통해 연기
하는 배우라고 하시니 선생님이 말씀하시는 소리란 것이 무얼 말하는 건가요?"
하는 것이 이어지는 학생들의 질문이 될 것이다.

'소리로 연기하는 배우'에서 '소리'란 무엇일까. **아름다운 음색**을 말하는 것일까?

물론 아름다운 음색을 배제할 순 없을 것이다. 모든 사람이 '성우' 하면 아름
다운 목소리를 연상하게 되니까 말이다. 그러나 아름다움이란 주관적인 것이어
서 이러이러한 목소리가 "아름다운 성우의 소리다"라고 단정할 수 있는 기준은
존재하지 않는다. 그리고 설사 아름다운 소리의 기준이 교과서처럼 존재한다고
해도 이 세상 성우들을 모두 '아름다운 소리'를 기준으로만 선발한다면 우리는
라디오 드라마나 TV 외화, 만화를 볼 때, 천편일률적인 목소리들 속에서 어떤

개성적인 음색도 발견하지 못할 것이다.

물론 어느 사회나 그 시대의 보편적 감성으로부터 인정을 받는 아름다움이 존재하기에 누가 들어도 감미롭다고 느끼게 되는 미성(美聲)이 있을 수 있다. 그런 미성을 가진 사람들은 성형 수술을 하지 않고도 아름답게 보이는 천연 미인들처럼 생래적으로 신의 축복을 받은 사람들이다.

하지만 제아무리 천하일색 가인(佳人)이라도 꾸미지 않으면 아무 소용이 없다는 사실을 기억해야 한다. 언젠가 신문 연예란에서 이 시대 최고의 미녀 배우 중 하나인 이영애 씨도 대학 시절 소개팅을 나갔다가 상대방 남학생에게 거절당한 일이 있다는 통쾌한(?) 기사를 읽은 일이 있다. 그날따라 도수 높은 안경을 눌러쓰고 머리도 못 감은 채 지저분하게 하고 나갔더니 상대방이 거들떠보지도 않더라는 것이다.

사람의 내면을 보지 않고 외모만으로 판단하려고 했던(어쩌면 외모조차도 제대로 보지 못한 ^^) 그때의 그 남학생은 지금쯤 많은 후회를 하고 있을 것 같긴 한데…… 하지만 만약 그 남학생이 이영애 씨의 이상형이었다면 그녀 입장에서도 조금은 안타깝지 않았을까? 조금 더 신경 쓰고 나갈 걸 하면서 말이다.

어찌됐건 외모라는 것이 타고나는 것도 중요하지만 어떻게 꾸미고 가꾸는가에 따라서 많이 달라진다는 것을 보여주는 좋은 예라고 생각이 된다.

그런데 가꾸고 꾸미기에 따라서 달라지는 것은 외모만이 아니다. 외모처럼 **소리도 자신이 가꾸기에 따라서 얼마든지 더 듣기 좋게 꾸미고 바꿀 수가 있다.** 자기 자신의 소리를 잘 관찰해 보면 아침에 잠에서 깨자마자 나는 소리와 왕성히 활동하는 오후 시간대의 소리, 또 잠들기 직전의 소리가 다 다르다는 것을 알 수 있다. 맘에 드는 이성 친구와 전화 통화를 할 때의 목소리, 사랑을 고백할 때의 소리들은 평상시보다 훨씬 더 감미롭고 아름답다. 배에 힘을 주고 내는 소리와 목으로만 내는 소리가 다르고, 노래방에서 고음을 토해낼 때 나오는 소리가 또 다르다. 또 육성이 마이크를 통해서 나올 때 생기는 미세한 변화도 사람마다 다 달라서 마이크를 통해 나오는 소리 역시 사람마다 차이가 있다.

앞으로 천천히 경험하겠지만, 자신의 현재 소리를 알고, 아직 몰랐던 숨겨진 소리를 찾아내서 그 소리들을 보다 아름답게 가꾸는 일은 참으로 즐거운 작업이 될 것이다.

나의 입사 동기 L양 이야기를 잠시 해야겠다. 성우 중 평상시 목소리와 방송 목소리가 다른 사람이 제법 있지만 그녀만큼 들을 때마다 "이게 누구 소리야" 하고 묻게 만드는 사람도 참 드물다.

L양의 타고난 소리는 미성이 아니다. 그럼에도 방송에서 흘러나오는 그녀의 목소리는 참 아름답다. 특히 CM 속에서의 그녀의 음성은 입사 동기로서 3~4년 동안 매일 붙어 다녔던 나조차도 믿기지 않을 만큼 감미롭고 달콤하다.

그녀의 방송 목소리가 처음부터 그렇게 곱고 다양했던 것은 아니었다. 그녀의 피나는 노력이 그런 숨겨진 소리를 찾아낸 것이다. '목소리 관리'나 '천의 마음 천의 목소리' 편에서 다시 얘기하겠지만 L양이 가진 '천의 목소리'는 꾸준한 연기 훈련과 철저한 건강관리에서 비롯된 것임을 기억해 주기 바란다.

아름다운 소리란 스스로 가꾸어 가는 것이다. 그러므로 성우를 꿈꾸는 사람이라면 "저는 소리가 안 예뻐서 걱정이에요." 하는 생각 따위는 던져버려야 한다.

그렇다면 '아름답게 가꾸어진 목소리'가 성우(聲優)라는 한자에 등장하는 '소리(聲)'의 전부일까? 그렇지 않다. 성우들, 소리로 연기하는 배우들에게 아름다운 목소리보다 더 중요한 재능은 **'정확한 전달력'**이다.

얼굴 표정과 입 모양이 드러나는 영상물 속의 배우들은 어쩌다 대사가 좀 뭉

개지거나 배우의 발음 자체에 조금 문제가 있다 해도 보는 사람들이 짐작하여 알아들을 수가 있다. 때문에 TV 드라마나 영화에서는 연기력이 조금 부족하다 해도 생김새나 풍기는 분위기가 극중 역할과 맞으면 전격적으로 신인을 기용하는 경우를 종종 볼 수 있다.

그러나 '내용전달력'이 우선시되는 성우들의 작업에서는 '신인 전격 기용'이라는 상황은 좀처럼 벌어지지 않는다. '내용전달력'이란 말 속에는 감성적인 전달능력 외에도 **기능적 측면의 전달능력**이 포함되어 있기 때문이다.

정확한 발음, 바른 발성, 보다 정확한 의미 전달을 위한 끊어 읽기…… 이러한 기능들은 오랜 훈련을 통해서만 습득된다. 천부적인 연기력을 타고 태어날 수는 있지만 이런 기능들을 처음부터 몸에 지니고 태어나는 사람은 없기 때문이다. 때문에 성우들은 발성, 발음 훈련이나 장단음 등의 공부에 많은 시간을 할애하게 되고 그러한 노력 덕분에 "우리말 지킴이"라는 찬사를 듣기도 하는 것이다.

그러나 정확한 발음이나 장단음을 아는 것만으로 완벽한 전달이 이루어지는 것은 아니다. 전달되어야 하는 것은 원고의 내용이지 글자 하나하나가 아니기 때문이다. 그러므로 가장 선행되어야 하는 것은 주어진 원고에 대한 **깊이 있는 이해**이다. **주어진 원고의 내용을 깊이 있게 이해한 후에 이루어지는 정확한 전달,** 이것이 성우가 되고자 하는 사람들이 연기력 이전에 가장 중요하게 생각해야 할 부분이다.

자, 이제 우리는 성우를 다른 연기자군과 구분 짓는 특징이 '소리'를 통하여 대중과 만나는 것이라는 점이며, 이때 **'소리'가 의미하는 것은 아름다운 목소리 뿐만이 아니라, 정확한 전달**이라는 점을 배웠다.

이제 어떻게 성우 시험을 준비해야 할 것인지에 대한 밑그림을 슬슬 그려볼 수 있을 것 같다.

그런데, 본격적인 공부에 들어가기에 앞서 꼭 한 가지 추가해야 할 성우로서 의 덕목이 있다. 바로, 순발력(빠른 이해 능력)이다.

대본을 꿰뚫는 순발력

성우 연기는 대본을 외울 필요가 없다. 모습이 보이지 않으니 굳이 외울 필요 가 없는 것이다. 그러다 보니 연습 시간이 길지 않다. 게다가 TV 드라마처럼 배 우들이 분장을 해야 하는 것도 아니고, 야외 촬영을 나갈 일도 없고, 조명이나 세트 준비도 필요치 않다 보니 라디오 드라마 제작을 비롯한 대부분의 성우 일 은 연습 시간과 제작 시간이 다른 방송 제작물에 비해 짧은 편이다.

그러나 연습 시간과 제작 시간이 짧다는 것은 신인 연기자에게는 절대로 반 가운 일이 아니다. 지금은 나도 '우리 일은 속전속결이라 참 좋다'는 생각을 가 끔 하지만 드라마 경험이 거의 없던 전속 성우 시절에는 사정이 달랐다.

대학 연극반 시절에는 두어 달씩 공연 준비를 했으므로 내가 맡은 배역과 작 품 전체를 이해할 시간이 충분히 있었다. 하지만 단 한 번의 리딩 후에 바로 제 작에 들어가는 라디오 드라마에서는 대본의 내용조차 이해하지 못한 상태로 마 이크 앞에 서야 할 때가 많았다. 그럴 때마다 침이 바짝바짝 마르고 등줄기에서 식은땀이 솟곤 했지만 대본을 들여다볼 수 있도록 가는 시간을 붙잡아 맬 수는 없는 일이었다. 그리고 그런 순간마다 선배님들의 신들린 듯한 연기는 나를 더 더욱 주눅 들게 했다. 어떻게 저렇게 짧은 시간 동안 모든 걸 파악하고, 소화해

낼 수 있는 걸까!

다행히 지금은 녹음 직전까지 대본 속의 내용이 이해되지 않아서 발을 구르지는 않게 되었다. 대본 이해에 필요한 순발력도 훈련을 통해 키워지기 때문이다. 그러나 실전 경험만으로 순발력이 개선되는 것은 아니다. 그럼 어떤 경험을 통해 순발력을 키울 수 있을까?

자, 이제 나는 전속 성우를 꿈꾸는 여러분에게 순발력을 키우는 다른 비법들을 귀띔해 주려고 한다.

막상 듣고 나면 콜럼버스의 달걀처럼 "에이~"하고 실망하게 될지도 모르지만 이 비법들을 생활 속에서 실천하는 일은 절대로 쉽지 않다.

거짓말 같은 이야기

전속 시절 선배님들께서 **'라디오 드라마는 10분 싸움이다'**라고 말씀해 주시곤 했다. 40여 분의 연습실 리딩 후 주어지는 짤막한 커피 브레이크 타임과 스튜디오까지의 자리 이동에 필요한 10여 분의 시간 동안 얼마나 치열하게 대본을 분석하고 상황을 설정하는가가 그날의 연기 질을 결정한다는 것이었다.

이러한 순발력은 라디오 드라마에만 필요한 것이 아니다. 내레이션, 영화 더빙, 만화…… 그 모든 분야에서 성우들의 일은 순발력을 요구한다. 대본을 외우지 않아도 되니 시간이 오래 걸리지 않을 것이며 성우란 일반인과는 달리 원고 이해력이 빠르다는 통념이 연출자, 엔지니어들에게 퍼져 있는 것도 한 가지 이유가 된다. 실제로 정통 다큐 내레이션의 일인자이신 K 선배님, Y 선배님, L

선배님의 경우 아예 대본을 읽어보지도 않고 녹음에 들어가는데도 거의 NG가 나지 않는 것으로 유명하다.

성우들의 이러한 순발력은 대본 속 내용에 대한 빠른 이해에서 비롯된다. 그러나 빠른 이해라는 말에는 조금 어폐가 있다. 사실, **무언가를 제대로 이해하려면 그 대상에 대해 오랜 시간 애정과 관심을 가지고 지켜보아야 하기 때문이다.** 마치 사랑하는 사람을 대할 때처럼 말이다. 그러므로 대상을 이해할 때 섣불리 판단했다가는 실수를 범할 수도 있다.

그러나 방송 현실은 언제나 빠른 이해를 요구한다. 앞에서도 잠시 언급했지만 원고를 주면서 바로 녹음에 들어가자고 요구하는 제작자들이 의외로 많다. 성우들이란 좀 신비로운 능력의 소유자들이어서 원고를 읽어보지 않고도 그 내용을 알 수 있다는 말도 안 되는 통념이 방송가에 퍼져 있기 때문이다. 그런데 그 말도 안 돼 보이는 통념이 성우들의 실제 모습이라면?

스튜디오 문을 열고 들어가는 짧은 시간 동안 속독하듯 원고 전체를 재빨리 훑어보면서 원고의 내용과 분위기를 파악한 후, 그 느낌에 맞는 소리의 톤과 읽는 속도를 결정하고, 곧이어 마이크 앞에 앉아 첫 문장을 읽으면서 눈으로는 이미 다음 문장을 읽을 수 있는 능력. 이러한 능력을 거의 모든 성우가 가지고 있는 것이다.

물론 이것은 타고난 능력이 아니라 훈련을 통해 습득된 것이다. 그것도 아주 오랜 세월, 많은 노력을 통해서 어렵게 얻게 된 것이다. 그런데 이러한 능력은 누가 가르쳐 줄 수 있는 것이 아니다.

이러한 능력을 갖추기 위해 꼭 필요한 것은 **직관**이다. 국어사전을 그대로 옮겨보면 직관이란 '판단, 추리 등의 **사유 작용을 거치지 않고**, 대상을 직접적으로 파악하는 작용'이라고 나와 있다. 한편 이해의 사전적 의미는 '사리를 분별하여 해석하는 것, 들어서 깨달음'이라고 되어 있다. 고로 빠른 판단을 위해서는 직관을 사용하되 섣부른 판단이 되지 않도록 이해라는 사유 과정을 꼭 거쳐야 한다. 빠른 이해란 결국 직관적이면서도 사유 과정을 필요로 하는 이해인 것이다.

중언부언 길어졌다. 이해와 직관 능력을 키우기 위해서 어떤 노력을 기울일 수 있을까 하는 것이 이제부터 얘기할 내용이다.

이해력과 직관력을 키우는 방법

방법 ①1 많이 보고 많이 읽어라

이해와 직관 능력을 키우기 위해서 가장 손쉽게 접할 수 있는 방법은 독서다. 연기자를 꿈꾸는 사람이라면 평소 많은 독서를 해두는 것이 좋다. 책 속에는 많은 이야기와 정보, 그리고 느낌이 들어 있다. 소설 속의 인물들에게 공감하다 보면 자연스럽게 타인에 대한 이해의 폭이 넓어지게 된다. 또 책 속에 담긴 현인들의 이야기를 읽고 많은 정보를 접함으로써 스스로의 지적 능력을 배양할 수 있다. 사람은 누구나 자신이 아는 만큼만 이해할 수 있다는 점을 명심해야 한다.

하지만 간혹, "저는 책만 잡으면 졸려요"라고 얘기하는 학생들이 있다. 나는 그런 학생들에게까지 "책을 꼭 읽어야 해!!"라고 강요하지는 않는다. 물론 독서만큼 좋은 방법이 없다는 생각에는 변함이 없지만 최선이 아니면 차선이라도 택해야 하지 않겠는가.

책만은 싫다는 사람들에게는 굳이 독서가 아니라도(독서를 좋아하는 사람들에게도 물론 권한다) 만화책, 영화, 신문, TV 드라마를 포함한 많은 유익한 방송,

오가며 듣게 되는 사람들의 얘기 등 우리가 타인들의 삶과 사고들을 접할 수 있는 방법 모두를 권한다.

방법 ①2 삶 자체에 관심을 기울여라

연기자에게는 삶 자체가 공부방이다. 연기자에게는 세상 살아가는 모든 일이 연기생활에 밑거름이 되기 때문이다. 가끔 개인적인 힘든 일을 털어놓는 친구들을 만날 때가 있다.

"남자 친구랑 헤어졌어요, 선생님"

"어머니가 많이 편찮으세요……"

"회사에서 잘렸어요……"

학생들의 고민은 수도 없이 많다. 그럴 때마다 내가 해주는 얘기는 하나밖에 없다.

"그래, 가슴이 아프겠지만…… 그래도 우리는 이렇게 생각하자, 이 시리고 아픈 감정들이 훗날 나의 연기에 밑거름이 되어 줄지도 모른다. 아무리 힘든 일을 겪을지라도, 우리 연기자를 꿈꾸는 사람들에게는 삶의 모든 경험이 공부가 될 수 있다는 게 좋은 거 아니겠니?"

이러한 위로는 나의 진심이다. 나는 나 자신에게도 늘 이렇게 말을 한다. **나에게 생기는 모든 일이 즐겁거나 괴롭거나 다 연기 생활에 도움이 된다.** 그렇게 생각하면 아주 힘든 일들도 웃으면서 털어낼 수가 있다.

정말 연기자에겐 삶 자체가 희로애락의 공부방이다. 일상생활에서는 너무나 하찮고 흔한 일들, 예를 들어 지하철 안에서 졸거나, 다른 사람들의 모습을 넋 놓고 구경하는 일들도 언젠가 그런 역할을 소화해야 할 날이 오면 다 소중한 경험이 된다. 늦잠을 자버린 날 아침의 우울한 기분, 빙판에서 꽈당 엉덩방아를 찧던 순간의 당혹감…… 그 모든 것이 다 내 자신의 일에 필요한 양분이 된다니, 연기자의 삶이란 너무나 축복받은 삶 아닌가!

사실 일반인들에게도 지금 바로 이 순간에 몰입하는 것 이상 행복한 일은 없다. 세계의 정신적 지도자인 틱낫한 스님의 수행법 중 '마음 다함'이라는 것이 있다. 차 한 잔을 마셔도, 친구와 전화 통화를 하면서도 그 순간 자신이 하고 있는 일에 자신의 온 마음을 다해 몰입하면 누구나 행복해질 수 있다는 것이다.

이처럼 살아 있는 매 순간순간을 치열하게 느끼며 사는 것은 일반인들에게도 행복감을 주는 일이지만 연기자나 작가, 연출가처럼 표현 예술을 하는 사람들에게는 더더욱 필요한 삶의 태도이다. 자신에게 필요한 삶의 자세가 바로 행복의 비결이라는 것은 참으로 행복한 일이 아닐 수 없다.

인터넷에 접속해서 라디오 드라마 대본이나 기출 문제들을 다운받고 열심히 연기 연습을 하는 것도 중요하겠지만 그보다 더 효과적인 연기 공부는 평소 주변에서 접하게 되는 모든 것에 대해 **주의 깊게 관찰하고 많이 생각하고 또 느끼는 것임을** 다시 한번 강조한다.

방법 ①3 기억의 창고를 채워라

그러나 하루 24시간은 누구에게나 똑같이 주어지는 것이니, 남보다 많은 경험과 느낌을 간직하기 위해서는 간접 경험을 소홀히 할 수가 없게 된다. 그런데 간접 경험을 함에 있어서 잊지 말아야 할 것이 있다.

타인들의 삶을 가장 손쉽게 이해할 수 있는 독서, 영화 감상, 다른 사람들의 이야기를 경청하기 등의 **간접 경험도 자신의 일처럼 마음을 다해 느끼려고 노력할 때만 온전히 나 자신의 경험으로 가슴에 새겨진다는 점이다.**

영화 한 편을 보아도 스크린 속의 인물들을 보다 깊이 이해하려고 노력하고 그들의 감정을 날것 그대로 내 것처럼 느낄 수 있도록 가슴을 열 때, 우리가 경험할 수 있는 감정과 이해의 폭은 늘어난다.

이렇게 진정으로 마음을 열고 받아들인 간접 경험들은 앞에서 누누이 강조한 순발력과 직결된다.

예를 들어 출산의 고통을 겪어 보지 못한 여배우에게 분만 장면을 연기해야 하는 배역이 주어졌다고 치자. 이때 그녀가 영화 〈씨받이〉를 보았던 적이 있다면, 게다가 이 연기자가 순발력 있는 사람이라면 아마도 너무나 당연히 〈씨받이〉 속의 여주인공이었던 강수연의 열연을 떠올리게 될 것이다. 그녀의 이마에 맺혀있던 땀방울, 일그러진 표정, 온몸을 비틀며 비져나오던 고통스런 절규…….

정통극에 있어서 필요한 순발력이란 지금 내게 주어진 배역의 상황에 걸맞을 행동과 감정들을 자신의 기억의 창고 속에서 재빨리 찾아내는 능력이다.

의외로 우리 기억의 창고 속에는 참 많은 기억이 저장되어 있다. 어려서부터 보아온 수없이 많은 TV 드라마 속의 인물들, 뉴스 기사에서 접했던 사람들, 책 속의 주인공들, 지금은 만나지 않지만 아주 오래 전 나와 인연을 맺었던 사람들, 선생님, 이웃, 친구들…… 정말 많은 사람과 그들이 보여주었던 감정들이 여러분 기억 속에 다 들어 있는 것이다.

하늘 아래 새로운 것은 없다고 했듯이 연기를 하면서 필요한 감정 중에 우리가 전혀 듣지도 보지도 못한 감정이란 건 존재하지 않는다. **연기를 해야 하는 순간이라면 재빨리 기억의 창고를 뒤져야 한다. 따라서 평소에는 창고 안을 열심히 채워 두어야 한다.**

정리해 봅시다

지금까지의 얘기들을 다시 한 번 정리해 보겠다.

성우란 연기자다. 연기라는 것은 내가 아닌 다른 누군가의 상황 속에 나 자신이 처해 있다고 상상하고 그 타자의 심리상태나 행동들을 내 것인 것처럼 느껴서 표현해 내는 일이다. 그러므로 좋은 연기자가 되기 위해서는 자신과 주변 타인들의 삶 전체에 대해서 늘 주의 깊게 관찰하고 느끼고 이해하며, 또 독서나 영화 관람 등을 통해 많은 간접 경험을 쌓아야 한다. 이해하지 못한 것을 표현할 수는 없기 때문이다.

한편, 성우가 다른 연기자군과 다른 특징은 '소리'를 통해서 연기를 한다는 것이다. 여기서 말하는 '소리'란 아름다운 음색은 물론 정확한 전달이라는 의미를 포함한다.

자, 이제는 성우 시험 준비를 위한 구체적 준비에 들어가 보자.

기초 훈련

: 발음, 호흡, 발성

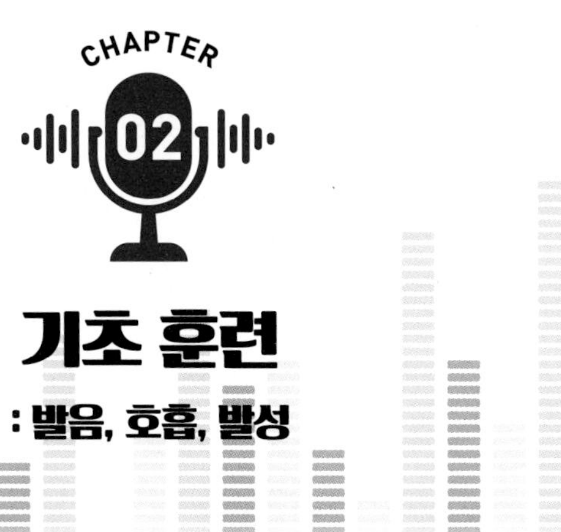

기초 훈련

: 발음, 호흡, 발성

이 세상에서 제일 아름다운 것은 사람의 목소리

"인간의 목소리는 신이 내린 최고의 악기이다"

이 세상에서 가장 아름다운 소리는 사람의 소리라는 의미의 이 말을 나는 오래도록 공감하지 못했었다. 세상에는 사람의 목소리가 아니더라도 수많은 아름다운 소리가 있지 않은가. 낙숫물 소리, 깊은 밤 사락사락 내려앉는 함박눈 소리, 이른 아침 숲속에 울려 퍼지는 새 소리, 가을밤을 수놓는 찌르라기 소리…….

이런 모든 아름다운 소리를 제쳐 두고 사람의 목소리가 가장 아름답다고 주장하다니 그것은 사람들의 지나친 오만이 아닌가 하고 생각했던 것이다. 그러나 어느 날 저녁, 무심히 라디오 FM 방송에서 흘러나오는 오페라 여가수의 흐

느끼는 듯한 아리아를 듣던 나는 '세상에서 가장 아름다운 소리는 사람의 소리'라는 이 말을 인정하게 되었다.

그때 나는 아무 근심 걱정 없이 무심히 창밖을 바라보며 운전 중이었다. 길이 조금 밀리던 어스름한 저녁이었고, 특별한 고민이나 누군가를 향한 그리움 같은 것도 품고 있지 않았었다. 그런데 그런 내가, 단지 그 여가수의 심금을 울리는 한 곡조 노래 때문에 이유조차 알 수 없는 뜨거운 눈물을 흘리게 됐던 것이다.

낙숫물 소리, 눈 내리는 소리, 새 소리 등은 그 소리 자체에는 아무 심성도 들어 있지 않다. 다만 듣는 사람이 그 소리에 나름의 의미와 감정, 아름다움을 더해 듣는 것이다. 그러나 사람의 소리는 그렇지 않다. 듣는 사람이 어떤 상태에 있건 슬픔으로 내는 소리는 슬픔으로, 기쁨의 소리는 기쁨으로 들린다. **사람의 소리가 가장 아름다운 이유는 그 소리 안에 사람의 마음이 담겨 있기 때문인 것이다.**

그러나 아름다운 마음만으로 아름다운 소리를 낼 수 있는 것은 아니다. 아름다운 소리를 내려면 악기도 좋아야 한다.

그렇다면 사람에게 있어서 악기는 무엇이겠는가.

바로 몸이다.

이 장은 자신의 몸을 하나의 악기로 만드는 데 필요한 훈련법들을 담고 있다. 진정으로 아름다운 소리의 소유자가 되고 싶다면 교향악단 연주자들이 악기를 다루듯이 나의 몸을 소중하게 갈고닦아 보자.

기초 훈련

말로 직접 설명을 들으면 쉽지만 책으로 읽을 때 제일 재미없는 부분이 이 기초 훈련 편이다. 그러나 조금 지루하더라도 꼭 참고 읽어보기를 바란다.

소리가 나오기까지

뱃속의 공기가 말이 되어 나오기까지는 세 가지 과정을 거친다.

첫 번째는 발성기관이다. 이곳은 목소리가 만들어지는 곳으로 후두에 위치한 성대 근육의 떨림으로 소리가 만들어진다.

목이 쉬었다는 것은, 이 성대 근육에 무리가 와서 양쪽 근육의 접촉면이 서로 잘 닿지 않게 되는 것이다. 성대는 이렇게 한번 탈진에 빠지면(목이 쉬면) 말을 하지 않는 것 외에는 특별한 치료법이 없으므로 늘 무리하지 않도록 주의해야 한다. 성대 관리를 위한 생활 수칙들은 다른 장에서 자세히 설명하도록 하겠다.

이렇게 성대에서 나온 소리가 입술로 터져 나오기까지 입 안과 콧구멍 등에서 울리는 현상을 공명이라고 한다. 발성기관을 통해 나오는 목소리는 서로 맞뚫린 공명기관의 도움으로 소리가 커진다.

입을 다물고 소리를 내보면 소리의 울림이 느껴질 것이다. 한쪽 콧구멍을 막고 소리를 내보면 콧구멍 속에서의 소리의 울림도 쉽게 느껴볼 수가 있다.

콧구멍은 아주 주요한 공명기관이기 때문에 코감기나 축농증 등의 기관지염을 조심해야 한다.

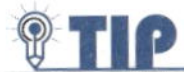

성대에 대한 상식

소리를 낼 때 남성은 평균적으로 1초에 '100〜150회', 여성은 '200〜250회' 성대가 진동된다고 한다. 여성의 진동수가 더 많은 것은 고음을 낼수록 성대의 장력(팽팽함)이 증가하고 진동수도 늘어나기 때문이다. 성대 근육의 길이는 약 2cm 정도로 어린이는 성인보다 짧으며, 여자가 남자보다 조금 짧다.

그러나 이런 상식만으로는 소리 울림에 대한 구체적 감이 잡히지 않을 것이다. 손바닥을 이용해서 목의 울림을 느껴보는 것이 더 좋을 것 같다. 자신의 손바닥으로 목을 가만히 감싸 쥐어보자. 그리고 음악 시간의 발성 연습처럼 '아—아—아'하고 저음에서 고음으로 서서히 음을 높여 보자. 목줄기 아래 부분부터 시작된 미세한 떨림이 고음으로 갈수록 위쪽으로 이동하는 것을 느낄 수 있을 것이다. 남자들의 경우는 목젖의 움직임만 보아도 저음을 낼 때와 고음을 낼 때의 목울림 위치가 각각 다르다는 것을 알 수 있지만 여성의 경우는 이런 경험을 통해 소리의 높낮이에 따라 성대의 울림이 달라진다는 것을 명확히 알 수 있을 것이다.

발성기관과 공명기관을 거쳐 만들어진 목소리는 입술, 혀, 입천장, 아래 턱 등 조음기관의 작용으로 비로소 말이 된다. 각 발음에 따라서 혀의 위치나 입술의 모양이 달라지는 것을 생각해 보면 될 것이다. "느"와 "르"를 발음할 때 혀의 위치를 느껴 보라. 또 "므/브/프" 발음을 입술을 다물지 않은 상태에서 소리낼 수 있는가?

이러한 조음기관의 도움이 없이는 정확한 발음을 만들어낼 수 없다. 때문에 발음 연습을 하기 전에 혀 운동, 입술과 얼굴 근육 운동, 턱 운동 등을 함께 해 주는 것이 좋다.

호흡

호흡은 발성의 원천이다. 목소리를 결정짓는 중요한 변수가 바로 호흡 방식에 있다. 배로 숨쉬는 **복식 호흡**이 가슴으로 숨쉬는 흉식 호흡보다 좋다. 복식 호흡은 흉식 호흡보다 30%가량 많은 폐활량을 확보할 수 있을 뿐 아니라 널리 알려진 대로 건강에도 좋다. 또 긴장을 완화시키고 정신 집중을 시켜주는 효과도 탁월하다.

음성은 허파로부터 내뿜는 숨결을 타고 나오는데 폐활량이 많을수록 성대로 가해지는 공기의 압력이 높아져서 성대의 부담을 줄일 수가 있다. 또한 소리는 들숨 때가 아니라 날숨 때 만들어지는 것이므로 들숨보다 날숨을 길게 하는 연습을 하는 것이 좋다.

좋은 음성과 적절한 음조(音調)를 계속 유지하기 위해서는 많은 양의 공기가 필요하기 때문에 호흡 훈련은 성우들에게는 필수적인 기초 훈련이다.

성우가 되기로 작정한 이상 여러분의 몸은 끊임없이 갈고닦아 주어야 하는 하나의 악기다. 악기인 몸에게 필요한 것은 훌륭한 호흡법만이 아니다. 건강과 바른 자세 또한 필수 조건이다. 건강한 몸, 바른 자세에서 아름답고 건강한 소리가 나오는 것이다.

신체 훈련

신체 훈련이라고 써놓고 보니 조금 거창한 느낌이 드는데 호흡, 발성 연습 등에 들어가기 전에 가벼운 스트레칭을 하는 것을 말한다. 근육이 이완되고 긴장이 풀린 상태에서 연습을 시작하는 것이 좋기 때문이다. 사람의 몸도 악기와 같아서 오래 쓰지 않으면 녹이 슬고 소리도 탁해진다. 연주자들이 자기 악기를 다루듯 여러분도 여러분의 몸을 소중하게 다루기를 바란다. 가벼운 스트레칭은 아침저녁으로 매일 반복해 주는 것이 좋다.

　나의 경우는 초등학교 때 배웠던 국민 체조와 재즈 댄스 동작 몇 가지, 그리고 다이어트 테이프에서 보았던 팔 동작 두어 개를 섞어서 사용하는데 학생들에게 따라해 보라고 하면 구식이라고 별로 좋아하지 않기 때문에 여기서도 권하지는 않겠다. 다들 나름으로 자기에게 편한 맨손체조와 스트레칭 방법을 개발하면 될 것이다. ‘목 운동’ – ‘팔 운동’ – ‘어깨 운동’ – ‘등배 운동’ – ‘다리 운동’ – ‘옆구리 운동’ 등 온몸 구석구석의 긴장된 근육들을 풀어주겠다는 마음가짐으로 말이다.

　또 요가의 기본 동작 중 하나인, V자로 앉기 연습도 단전의 힘을 기르는 데 큰 도움이 될 것이다.

　하지만 진정으로 성우 시험 합격에 목표를 두고 있다면 연습 직전의 이런 스트레칭 외에도 걷기, 달리기, 수영, 등산 등 폐활량을 늘릴 수 있는 모든 운동을 적어도 일주일에 세 번 이상 할 것을 권한다.

　30~40년씩 정상의 자리에 서 계신 선배 성우님들을 뵈면 공통적인 특징이 있는데 다 나름의 건강 비법이 있으시다는 것이다. 주말이면 등산을 한다든지 매일 아침 약수터까지 산책을 한다든지 틈만 나면 어디에서고 맨손 체조를 한다든지 하는 자기만의 건강 비결 말이다.

　요즘 입사하는 전속 후배들의 운동 열기도 상당하다.

　한 후배가 성우 시험을 준비하는 기간 동안 매일 아침 4km씩 달리기를 했다고 해서 놀란 적이 있는데 알고 보니 요즘 입사하는 후배들은 다들 그렇게 몸 관리를 철저히 하고 있었다. 건강을 중시하는 시류 탓도 있겠지만 그 치열한 경쟁을 뚫고 성우실에 입성하기까지는 다들 각고의 노력이 있었던 것이다. 검도,

수영, 달리기, 야구, 축구 등 시간만 나면 운동하러 달려가는 후배들의 모습이 참 보기 좋다. 이 책을 읽고 있는 여러분도 어느 날 나의 후배가 되어 그런 예쁜 모습을 보여 주었으면 하는 마음이다.

호흡 연습

자, 몸풀기가 끝났다면 다리를 어깨 넓이로 벌린 후, 허리를 반듯하게 하고 어깨를 쫙 편 상태에서 다리와 아랫배에 힘을 주고 서보자. 그리고 눈을 감고 천천히 숨을 들이쉬어 보자. 천천히, 아주 천천히 들이마셔야 한다.

이때 코로 들이마셨다가 내쉴 때는 "프" 할 때의 입 모양으로 천천히 내뿜는 것이 좋다. 이런 호흡 연습을 처음 시작할 때는 공기를 들이마실 때도 들이쉰 숨을 참고 있을 때도 또 내뱉을 때도 마음속으로 천천히 숫자를 세는 것이 좋다.

하나, 두울, 세엣, 네엣……

일정한 길이로 숫자를 세다 보면 자신의 호흡 길이를 가늠해 볼 수 있을 것이다.

초보자에게 좋은 와식(臥式) 호흡

와식 호흡이라고, 편안히 누운 자세에서 하는 호흡법이 있어서 소개한다. 아주 간혹이 긴 하지만 잘못된 자세로 호흡법을 익히는 바람에 오히려 몸이 나빠지는 경우도 있다고 한다. 이런 불안을 불식시키기 위해 가장 좋은 방법이 누워서 하는 와식 호흡법이다.

1. 먼저 가벼운 체조로 몸을 이완시킨 후 편안히 눕는다. 이때 베개는 베지 않는다.

2. 편안히 누웠다면 다리는 살짝 벌어져 있을 것이고 팔도 바닥에 닿아 있을 것이다. 자, 팔꿈치는 바닥에 붙인 채로 아래팔 부분만 움직여서 두 손을 배 위로 올려보자. 이때 두 손바닥이 배꼽 아래쪽에 살짝 포개지도록 하면 좋다. 그럼 자연스럽게 엄지손가락이 벌어지면서 마름모꼴 공간이 생길 것이고 배꼽은 그 마름모꼴 공간 내부, 혹은 위쪽 귀퉁이에 위치하게 될 것이다.

3. 자세를 잡았다면 천천히 숨을 들이쉰 후 살짝 멈추었다가 천천히 내쉬어보자. 이때 주의할 것은 '내 배는 풍선이다'라고 생각하면서 의도적으로 자신의 배를 부풀려 보는 것이다. 들이쉴 때는 풍선을 부풀리듯 아랫배를 부풀리고 내쉴 때는 풍선 속의 바람을 내보내듯 아랫배를 꺼뜨리면서 말이다. 복근이 이미 형성되어 있는 사람이라면 아랫배가 풍선처럼 부풀어 오르고 꺼지는 것이 쉽게 되겠지만 그렇지 않은 사람은 '이게 무슨 얘긴가, 가능하기나 한 거야?'하고 의문을 가질지도 모르겠다. 하지만 '내 배는 풍선이다'라는 주문을 되뇌면서 아랫배의 단전 쪽을 의식한 채로 꾸준히 숨 쉬는 연습을 계속한다면 반드시 가까운 시일 안에 자신의 아랫배가 조금씩 부풀어 오르는 경험을 하게 될 것이다. 이렇게 아랫배를 부풀릴 수 있게 되면 좋은 발성을 위한 복근이 준비된 것이다.

더 이상 마실 수 없을 때까지 들이마신 후에는 숨을 최대한 멈춘다. 그리고 더 이상 참을 수 없게 됐을 때 천천히 내뿜기 시작한다. 아주 아주 **천천히 조금씩** 내뿜는다는 생각으로 해야 한다. 숨을 오래 참고 있던 상태에서 천천히 내뿜는다는 것은 쉬운 일이 아니다. 처음 몇 번은 실패할 수도 있을 것이다. 그러나 곧 자신에게 맞는 시간 길이를 알아낼 수 있을 테니 너무 욕심 부리지 말고 조금씩 시간을 늘려간다는 마음으로 해야 한다. 이 훈련은 매일 반복하는 것이 중요하다. 개인차가 있겠지만 5분에서 10분 정도 지속하는 것이 바람직하다.

이 과정이 익숙해지면 숫자 세기는 그만하고 마음속으로 조용히 소망을 빌거나 즐거운 상상을 해보자. **긍정적 자기 암시**만큼 삶을 발전적으로 이끄는 것은 없기 때문이다. 인디언 체로키 부족 속담에 원하는 것을 백만 번 큰 소리로 외치면 그 어떤 소망이건 이루어진다는 말이 있다(백만 번 외치려면 하루에 3천 번씩 3년을 외쳐야 한다!). 긍정적 자기 암시란 마치 마법의 주문 같은 것이다.

성공의 비결을 논한 수많은 책이 세상에 나와 있지만 거기 쓰인 공통된 내용은 딱 하나다. 긍정적 자기 암시를 하라는 것! 내가 꿈꾸는 것들이 현실로 이루어진 것을 상상하면서 나는 할 수 있다는 신념을 갖는 것 말이다.

자, 여러분도 천천히 숨을 들이쉬고 참았다 내뱉으면서 마음속으로는 이렇게 되뇌어보길 바란다.

"나는 ○○○ 성우 시험에 합격할 것이다!"

"나의 연기는 점점 더 좋아지고 있다!"

어떤 것이라도 좋다. 주문을 외워라. 날마다 자신의 소망을 생각하는 사람과 그렇지 않은 사람의 미래는 절대 같을 수 없다.

산소통을 메고 발성의 바다로

가슴 속의 공기가 어떻게 말소리가 되어 나오는가를 간략하게 살펴보았고 바른 호흡법도 익혔다. 이제 산소통 준비를 끝냈으니 발성법에 들어가자.

발성법에 따라 흉성(胸聲), 두성(頭聲), 비성(鼻聲) 세 가지 서로 다른 소리가 난다. 말 그대로 가슴이 공명하는 소리, 머리가 공명하는 소리, 코가 공명하는 소리를 의미하는데 이 세 가지 중 어느 한 가지 소리만 나오는 것이 아니라 모두 어우러져서 소리가 되는 것이다. 다만 자신의 의지로 어떤 소리를 더 많이 낼 것인가 조절할 수 있다.

흉성과 두성, 비성

몸통이 공명하여 나오는 소리인 흉성은 저음을 낼 때 그 비중이 높아진다. 흉성이 많이 발달한 사람을 성우들은 흔히 '목욕탕 소리'라고 부른다. 목욕탕에서 말할 때처럼 소리의 울림이 크다는 의미에서다. 저음의 남성들은 대부분 이 흉성이 발달한 것이다.

두성은 일반인들이 가장 궁금해 하는 소리인데 두성을 느껴보기 위해서는 학창시절의 음악 시간으로 돌아가 발성 연습을 해보면 된다. "아-아-아-아-아-아-아-" 하면서 저음부터 고음까지 음을 올리는 발성 연습 말이다. 자신이 낼 수 있는 가장 낮은 음계부터 천천히 음을 높여가 보자. 주의할 것은 목에 무리가 가지 않도록 너무 욕심 부리지 않는 것이다. 천천히 음계를 높여가면서 내 안에서 퍼져 나오는 소리와 그 울림들을 조용히 음미해 보면 저음에서는 몸통의 울림이 많고, 고음부로 갈수록 머릿속 어딘가가 공명하는 것이 느껴질 것이다. 이처럼 머릿속 어딘가의 공명이 느껴지는 것이 두성이다.

　노래하는 사람들은 고음부에서 이 두성을 주로 사용하고 성우들의 경우는 예고 녹음이나 CM 녹음 등에서 빈번하게 사용한다.

　두성에 있어서는 호흡법이 매우 중요하다. 아랫배에 힘을 주고 제대로 발성하지 않으면 성대에 무리가 가서 목이 쉬이 쉬게 된다. 두성이라고 볼 수는 없지만 만화 더빙 등에서 어린이 목소리를 낼 때도 마찬가지 원리로 호흡법이 중요하다. 앞에서도 말했지만 폐에서 뿜어져 나오는 공기의 압력이 높아야 성대가 큰 무리 없이 소리를 낼 수 있기 때문이다.

　비성은 흔히 말하는 콧소리로 감기에 걸리거나 애교를 부릴 때 두드러진다. 누구나 약간의 비음을 가지고 있는데 어떻게 잘 활용하느냐에 따라 매력 있는 소리를 가질 수 있다.

　발성법은 호흡법과 밀접한 연관이 있다. 일반적으로 복식 호흡을 좋은 호흡법으로 보지만 언제나 복식 호흡법으로만 숨을 쉴 수는 없다. 상황에 따라서는 흉식 호흡도 필요하다. 예를 들어 락 가수들의 경우는 고음을 낼 때 흉식 호흡을 즐겨 사용한다고 한다. 성우들의 경우도 마찬가지다. 속도가 빠른 예고 녹음 등을 할 때, 처음에는 복식 호흡으로 많은 숨을 저장해 놓고 시작하지만 중간에 숨을 들이쉬어야 할 때는 잽싸게 흉식 호흡을 하게 된다. 절대량에 있어서는 복식 호흡의 폐활량을 따를 수 없지만 짧은 순간에 많은 공기를 들이마실 수 있는 민첩함에 있어서는 흉식 호흡이 한 수 위이기 때문이다. 이렇게 적절하게 호흡법을 바꿀 수 있는 능력도 바른 발성을 하는 비결이다.

● 호흡과 발성연습을 동시에 하는 A타입

1. 복식 호흡을 끝낸 후 자세를 그대로 유지한 채 숨을 깊이 들이마신다. 다리는 어깨 넓이로 벌리고 허리를 꼿꼿하게 편다. 어깨에 힘을 빼고 양손은 배꼽 아래쪽에 모아 올려 의식적으로라도 단전 부위를 느끼는 것이 좋다.

2. 들이마신 숨을 한동안 참았다가 입을 벌리면서 천천히 아주 천천히 '아ー' 하는 저음의 소리를 낸다. 이때 숨의 양을 고르게 해서 목소리가 똑같은 세기로 나오도록 주의해야 한다. 저음이라면 어느 정도를 저음이라고 하는가에 대해 종종 질문을 받고는 하는데 그냥 자신이 무리 없이 낼 수 있는 정도면 된다.

3. 이렇게 숨을 내쉬며 '아ー' 소리를 내다가 더 이상 아무 소리도 낼 수 없을 지경에 이르면 (이때가 중요하다) 꺼지기 직전의 촛불이 마지막 불꽃을 태울 때처럼, 온몸의 기를 다하여 남아 있는 소리를 한꺼번에 크게 내지르면서 마무리한다. 이때 자세는 자연스럽게 흐트러질 것이다.

4. 다시 자세를 가다듬고 천천히 숨을 들이마신 후, 똑같은 동작을 두 번 반복하는데 이때는 소리의 음을 한 번씩 높여 준다. 자신이 낼 수 있는 가장 편안한 저음, 중음, 고음을 한 번씩 사용한다는 느낌으로 하면 된다.

● 가장 무리 없이 목을 푸는 B타입

1. '아ー아ー아ー아ー아' 하는 음계 발성법으로, '도ー레ー미ー레ー도'에서 시작해서 '레ー미ー파ー미ー레', '미ー파ー솔ー파ー미', '파ー솔ー라ー솔ー파' 정도까지만 두세 번 반복 연습한다. 이때 주의할 것은 음역이 높은 사람이라도 굳이 너무 높은 음 연습을 해서 목에 무리를 줄 필요가 없다는 것이다. '솔ー라ー시ー라ー솔' 이상은 하지 않기를 권한다.

기초화장에 충실하라

발성 연습에 있어서도 꼭 이렇게 해야 한다는 규칙은 없다. 중요한 것은 꾸준히 하는 것이다. 여기서는 가장 기본적이고 목에 무리가 가지 않는 몇 가지 방법을 소개한다.

각자 자신에게 편한 방법을 찾아내어 꾸준히 연습하도록 하자. 발성 연습을 제대로 하지 않고 연기 연습을 하는 것은 스킨, 로션 등의 기초화장을 하지 않은 채 색조화장을 하는 것과 같다. 그러므로 어떤 경우에도 발성 연습을 걸러서는 안 된다. 되도록이면 매일 아침 일찍 일어나서 가벼운 체조로 몸을 풀고, 복식 호흡과 함께 즐거운 명상을 한 후, 발성 연습을 하는 것으로 하루 일과를 시작하는 것이 좋다. 성우가 되는 날까지, 그리고 그 이후로도 영원히!

발음 응급처방

이 세상에 모든 발음이 완벽한 사람은 없다는 것이 나의 생각이다. 주의 깊게 지켜보면 제아무리 발음이 정확한 사람이라도 다 조금씩의 취약 지구가 있다. 때문에 전체적인 발음 연습도 중요하지만 자신의 취약 지점을 찾아내어 그 부분을 집중적으로 연습하는 것이 필요하다.

발음 연습에 들어가기 전에 조음기관인 혀, 턱, 얼굴 근육, 입술 등을 풀어 줌으로써 자신의 취약 지구를 집중적으로 치료할 수 있다. 학생들에게 이 연습을 시키면 얼굴이 일그러지는 것이 부끄러워서인지 그다지 열심히 따라하지 않는 걸 보게 되는데 입과 혀, 턱의 근육 등을 부드럽게 풀어 주는 것은 정확한 발음을 내기 위한 가장 좋은 방법이므로 매일 꾸준히 반복해 주어야 한다. 이런 연습들은 꾸준히 반복할 때만 효과를 얻을 수 있다.

위기는 곧 기회이다

간혹 발음 때문에 고민하는 후배나 학생들에게 나는 꼭 이런 얘기를 들려 준다.

"성공한 선배 성우들은 대부분 발음에 있어서 핸디캡이 많았던 사람들이다. 그러나 그들의 약점이 그들을 성공하게 만들었다는 것을 아는 사람들은 별로 없다. 발음이 원래부터 좋은 사람들은 굳이 남들보다 열심히 연습해야 할 이유가 없었을 것이다. 그러나 발음상의 약점이 많은 사람들은 자신의 단점을 극복하기 위해서 다른 사람들보다 더 많은 연습을 해야만 했을 것이고 그런 연습이 그들에게 발음, 연기, 발성 전 분야에 있어서 실력을 쌓도록 도왔던 것이다."

세상 모든 일은 동전의 양면처럼 좋은 면과 나쁜 면을 함께 가지고 있다. 위기가 곧 기회라는 말, 그 깊은 의미를 새겨보아야 할 것이다.

순음(脣音)이 어려운 사람들 : "밥상이라고 말해 봐요!"

예를 들어 순음(脣音)을 내는 데 무리가 있는 사람들이 있다. 이런 사람은 앞니가 튀어나왔다거나, 윗입술이 짧은 경우인데 "므, 브, 프" 발음을 하는 데 어려움이 있다. "하하하하" 하고 크게 웃다가도 별 무리 없이 "밥상"이라고 말할 수 있다면 상관없지만 그것이 좀 어려운 사람이라면 순음을 내는 데 무리가 있는 사람이다. 이런 사람들은 입술 운동을 중점적으로 해 주어야 한다.

이런 사람들에게 좋은 입술 운동은 다음과 같다.

- 양 뺨이 아프도록 입 속을 풍선처럼 커다랗게 부풀린 후 한동안 그대로 있기
- 어린아이들이 투레질을 할 때처럼 "푸르르르르" 아래위 입술을 경련(?) 시키기
- 입술을 꼭 다문 상태에서 입술로 동그라미를 그리기. 이때 시계 방향과 시계 반대 방향을 반복해서 해야 한다.

설음(舌音)이 어려운 사람들 : "띨땅님~ 띨땅님~"

설음도 가장 많은 사람이 고민하는 발음 중 하나다. 설음이란 혀를 사용하는 모든 발음을 말한다. "느, 드, 르" 등의 발음 말이다. 예를 들어 "을, 를"이나 "랄랄랄라" 등의 발음이 꼬이는 사람, "그랬어"를 "그대써"라고 발음하는 사람들이 여기 포함된다. 이런 류의 혀가 짧거나 혹은 너무 긴 사람, 또 바른 혀의 위치를 배우지 못한 사람들이 의외로 많다.

혀로 인한 발음 문제는 자라는 과정에서 충분히 고칠 수 있었던 것인데 그런 말투를 귀엽다고 두둔해 주는 주변 사람들 때문에, 혹은 그까짓 발음쯤이야 하는 무신경 때문에 방치된 경우가 많다. 의외로 쉽게 교정이 되므로 큰 고민은 하지 않아도 된다. 설음 교정에 필요한 아래의 훈련들은 정교함을 요하는 복모음(야, 여, 요, 유, 애, 예) 교정에도 큰 도움이 된다.

- 혀로 입속 온 구석을 탐사한다는 느낌으로 또한 내 혀끝의 힘으로 입속 전체 영토 크기를 확장하겠다는 각오로(^^) 양 뺨 안쪽, 아래위 치아, 치아와의 연결 부위, 입천장, 아랫입술 안쪽, 윗입술 안쪽, 모든 부위를 혀 근육이 뻐근해질 때까지 훑어 준다.
- 혀를 접었다 폈다를 반복한다.

- 혀를 입 밖으로 끄집어냈다가 집어넣는 것을 아주 빠른 속도로 반복한다. 두꺼비가 파리를 잡아먹을 때만큼 날쌔게 말이다.
- 자신의 치아로 혀를 잘근잘근 가볍게 씹어 준다.

치음(齒音)이 어려운 사람들 : "치과에 가보세요!"

치음이란 "스, 즈, 츠" 등의 발음을 말하는데, 치열에 문제가 있거나 혀의 위치에 문제가 있는 사람들은 치음의 발음이 어렵다. 혀의 위치에 문제가 있는 경우는 바른 위치를 알면 문제가 없으므로 설음 연습과 동일한 연습으로 극복이 된다. 그러나 치열에 문제가 있는 사람, 예를 들어 이가 한 군데 빠져 있다든지 하는 사람은 치과를 먼저 가 보는 것이 좋겠다.

후음(喉音)이 어려운 사람들 : "심들다, 심들어!"

후음이란 목구멍소리라 하여 "흐" 음을 말한다. 후음에 문제가 있는 사람들의 경우 "ㅎ"음이 "아, 어, 오, 우" 등의 모음과 만날 때는 무리가 없지만 "이" 모음과 만날 때 "히"로 발음하지 못하고 "시"에 가까운 소리를 내게 된다. 예를 들어 "힘들다"를 "심들다"라고 하는 경우이다. 이것은 북방 중국어의 영향 때문인 듯한데(중국어에서는 "하[ha], 허[he]" 등의 발음을 나타내는 "히읗[h]" 음이 "이[i]" 모음과 만날 때만 "시[xi]"로 바뀐다) 경상도 지방 출신 중에 이런 사람들이 많다. 이런 경우는 조음기관의 문제라기보다는 관습적 오류이므로 꾸준히 신경 써서 고쳐 나가는 수밖에 없다.

아음(牙音)이란 "그, 끄, 크" 등인데 아직 아음을 내는 데 무리가 있는 사람은 만나보지 못하였다.

모습에 현혹되기 쉬운 "이" 모음

" ㅣ "모음을 발음할 때 실수하는 사람들을 종종 보게 된다. 우리 한글 모음 중에서 가장 날씬하게 생긴 것이 " ㅣ "모음이다. 때문에 사람들은 이 모음을 낼 때의 입 모양도 글자 모양새처럼 날씬할 것으로 착각을 하는데 " ㅣ "모음을 발음할 때의 입 모양이 가장 가로로 길게 벌어진다는 것을 기억하길 바란다. 모양새에 현혹되지 말고 입을 길게 옆으로 한껏 잡아당겨야 한다.

이 모음을 연습하기 위해서는 아래위 어금니를 꽉 물고 입을 가로로 길게 쫙 벌린 후 스마일 표정을 지어야 한다. 이때 양쪽 뺨 근육이 얼얼해지고 입술이 당기지 않으면 제대로 하는 것이 아니다. 아프도록 당겨 주어야 한다. 이 상태에서 아래윗니를 딱딱 마주쳐 주는 것도 좋다. 입 모양을 유지하면서 말이다. 특히 아래윗니를 부딪쳐 주는 이 턱 운동은 여러분의 기분까지도 맑고 상쾌하게 만들어 줄 것이다. 아침밥을 먹은 학생들이 먹지 않은 학생들보다 시험 성적이 좋다는 연구 결과가 나왔던 적이 있는데 그 결과가 보여주는 것은 저작운동이 뇌의 움직임에 많은 도움을 준다는 것이었다. 두뇌를 활발하게 해주고 발음 연습도 도와주는 치아 맞부딪히기도 생활화하면 좋을 것이다.

지금까지 설명한 방법들은 아침에 잠에서 깨어 주방에 물을 마시러 가거나 화장실에 볼일을 보러 가는 짧은 시간에도 충분히 할 수 있는 운동들이니 매일 반복하기를 바란다. 자투리 시간을 잘 활용하는 사람이 나중에 웃게 될 것이다.

다양한 발음 연습법

호흡, 발성, 발음 연습은 세 가지를 완전히 분리해서 할 수 있는 것이 아니다. 지금부터 소개하는 발음 연습들도 호흡과 발성에 주의하면서 함께 해야 한다.

방법①1 가나다 연습

이 연습을 할 때 주의할 점은 또박또박 한 글자씩 외치되 그 중간중간에 숨을 쉬어서는 안 된다는 것이다. 적어도 가부터 기까지, 나부터 니까지의 한 줄 한 줄은 한 번의 호흡으로 소화할 수 있어야 한다.

가	갸	거	겨	고	교	구	규	그	기
나	냐	너	녀	노	뇨	누	뉴	느	니
다	댜	더	뎌	도	됴	두	듀	드	디
라	랴	러	려	로	료	루	류	르	리
마	먀	머	며	모	묘	무	뮤	므	미
바	뱌	버	벼	보	뵤	부	뷰	브	비
사	샤	서	셔	소	쇼	수	슈	스	시
아	야	어	여	오	요	우	유	으	이
자	쟈	저	져	조	죠	주	쥬	즈	지
차	챠	처	쳐	초	쵸	추	츄	츠	치
카	캬	커	켜	코	쿄	쿠	큐	크	키
타	탸	터	텨	토	툐	투	튜	트	티
파	퍄	퍼	펴	포	표	푸	퓨	프	피
하	햐	허	혀	호	효	후	휴	흐	히

 문장을 통한 발음 연습

문장을 통한 발음 연습은 접해 본 기억이 있을 것이다.

> 경찰청 쇠창살은 쌍 창살이고 시청 쇠창살은 안 쌍 창살이다

등의 문장은 오락 프로에도 종종 등장한다. 이런 문장들은 인터넷 서핑으로 많이 찾아낼 수 있는데 한번 큰소리로 빠르게 읽어 보면서 자신에게 가장 어려운 것을 골라 집중적으로 연습하는 것이 좋다.

나의 경우는 제일 즐겨 연습하는 문장이 아래의 기린 얘기다.

> 내가 그린 기린 그린 그림은 암 기린을 그린 기린 그린 그림이고
> 니가 그린 기린 그린 그림은 숫 기린을 그린 기린 그린 그림이다

내가 이 문장을 제일 좋아하는 이유는 나 자신의 발음 중 가장 취약한 부분이 "이" 모음과 "느, 르" 등의 설음인데 이 문장 안에는 설음과 이 모음이 반복적으로 등장하기 때문이다. 여러분도 인터넷 서핑을 통해서 재미난 문장들을 모아 보고 그중 자신에게 어려운 것이 무엇인지 체크하여 연습을 해 보자. 주의할 점은 조금 익숙해졌다고 매너리즘에 빠지지 말고 발음 하나하나에 끝까지 최선을 다해야 한다는 것이다.

지금 여러분의 목표가 일반인 수준의 발음을 가지는 것인지 발음의 일인자가 되고자 하는 것인지 명확히 기억해야 할 것이다.

농악표 복합비료
대한관광공사 공무원
의회 민주주의의 의사 결정 방식
식당 일당 일만 원
바보 박 씨……

위의 문구들을 또박또박 발음해 보자. 큰 어려움 없이 읽을 수 있는가?

이런 류의 나만을 위한 문장이나 문구를 모아 보자. 관심만 갖는다면 일상생활에서 얼마든지 찾아낼 수 있다. **간판 따라 읽기**도 좋은 연습법 중 하나다. 길을 걸으면서 혹은 버스 안이나 지하철 안에서 눈에 보이는 모든 간판, 광고 속의 글자들을 또박또박 발음해 보는 것이다.

방법 ①3 **볼펜 물고 읽기**

발음 연습에 왕도가 있다면 그것은 바로 이 볼펜 물고 연습하기일 것이다. 볼펜을 윗니와 아랫니 사이에 물고 짧은 문장 하나를 읽어본다. 이때 볼펜의 굵기는 조금 가는 것이 좋다. 제대로 연습이 이루어진다면 침도 많이 흐를 것이므로 티슈도 준비해야 한다. 볼펜 물고 읽기 연습은 어떻게 연습하느냐에 따라 놀라운 효과를 볼 수도 있고, 시간 낭비만 하고 말 수도 있다. 모든 일이 그렇지만 건성으로 해서는 안 된다. **연습의 포인트는 입술과 양 뺨의 근육, 턱 등을 최대한 많이 움직이면서 또박또박 읽는 것이다.** 이때 원고를 보지 못한 사람이 듣더라도 그 내용을 정확히 알 수 있도록 또박또박 읽어야 한다.

방법 ⓸ 긴 호흡을 위한 신문 읽기

읽기 연습을 할 때, 굳이 신문을 권하는 것은 두 가지 이유에서다. 신문 기사문은 문장이 좋아서 끊어 읽기 연습에 좋고, 정보 습득에도 큰 도움이 된다. 특히 내레이션에 관심이 많은 사람이라면 다양한 정보를 깊이 있게 접할 수 있는 신문을 늘 가까이 해야 한다. 특히 신문 사설을 사용하면 길이도 적당하고 현 사회적 이슈도 알 수 있으므로 학생들에게 늘 권하는 것 중 하나다.

이 연습은 긴 호흡을 위한 것이므로 한 호흡에 오래도록 읽는 것을 중점적으로 연습한다.

> 검찰 개혁이 새 정부의 핵심 현안으로 떠올랐다. 그동안의 국민적 불신과 비난으로 미루어 검찰 개혁은 더 미룰 수 없는 주요 과제다. 여러 차례 시도됐던 검찰 개혁이 번번이 실패했던 과거를 교훈 삼아 반드시 성공할 수 있도록 지혜를 모아야 할 것이다.

예를 들어서 위 문장을 읽을 때 평소처럼 자연스럽게 읽는다면 첫 문장의 종결부인 '핵심 현안으로 떠올랐다'를 읽고 나서 숨을 쉬는 것이 옳다. 그러나 이 연습을 할 때는 문장이 끝나더라도 숨을 새로 들이쉬면 안 된다. 더 이상 뱉어낼 숨이 없을 때까지 한 호흡에 읽어야 한다. 그렇다고 속도가 빨라져서는 안 된다. 그렇게 호흡이 다 할 때까지 큰 소리로 또박또박 의미 전달에 힘쓰며 읽다가 도저히 참을 수 없을 때 다시 충분히 숨을 들이쉰다.

이렇게 읽는 연습을 계속하면 자신의 호흡이 길어져서 웬만한 문장은 한 호흡에 읽을 수 있게 될 것이다. 호흡이 길면 훨씬 더 안정적이고 세련된 느낌의 낭독이 가능해진다.

숨 안 쉬고 끊어 읽기와 숨 쉬고 끊어 읽기의 차이

숨 안 쉬고 끊어 읽기와 숨 쉬고 끊어 읽기에는 커다란 차이가 있다. 스스로 테스트를 해보자.

편의상 끊어 읽기를 표시하는 부호를 여기서는 '/'와 '//'로 정하기로 한다. / 표시는 숨을 안 쉬고 끊어 읽기, // 표시는 끊어 읽으며 숨도 새로 들이쉬는 것이다.

> **A** 그동안의 국민적 불신과 비난으로 미루어 // 검찰 개혁은 더 미룰 수 없는 주요 과제다. //
>
> **B** 그동안의 국민적 불신과 비난으로 미루어 / 검찰 개혁은 더 미룰 수 없는 주요 과제다. //

A는 중간에 숨을 한 번 쉬고 읽고, B는 중간에 사이를 두고 띄어 읽기는 하지만 숨을 쉬지 않고 한 호흡에 읽는 것이다. 듣기에 어떤 것이 더 편안한가 느껴보면서 큰 소리로 힘주어 읽어 보자. B의 방식으로 읽을 때 훨씬 편안하게 느껴지지 않는가?

'A와 B가 무엇이 다른가?' 이해가 되지 않는 사람도 있을 것이다. 그러나 열심히 연습을 하면 A와 B의 차이를 곧 느끼게 될 것이다.

그렇다고 모든 문장을 숨을 안 쉰 채 단숨에 읽어야만 한다는 것은 아니다. 호흡과 끊어 읽기에 수학 공식처럼 정해진 규칙은 없기 때문이다. 그러나 한 호흡으로 오래 읽을 수 있는 능력은 성우 지망생들이 꼭 갖추어야 할 능력이다.

또 하나의 외국어, 사투리

우리나라는 땅덩이도 좁은데 지역마다 독특한 억양과 어휘의 사투리가 발달했다. 서울 출신인 나는 '고향'이라는 느낌을 강하게 가져본 일이 없어서인지 어느 지역의 것이건 타 지방 사투리를 들으면 막연한 고향의 체취가 느껴지면서 푸근한 마음이 되곤 한다.

그런데 이 사투리는 사실 연기자들에게는 꽤나 골칫거리를 제공하는 존재 중 하나다. 자신의 출신 지역 억양을 고치지 못해서 고민하는 사람은 물론 타 지역 사투리를 제대로 흉내 내지 못해서 고민인 사람들이 많이 있는 것이다. 나는 지방 출신 학생들이 사투리 때문에 고민을 하면 이렇게 얘기를 한다. '사투리 자체를 고쳐야 하는 것은 맞지만 그것과는 별개로 이미 하나의 사투리를 터득했으니 얼마나 좋으냐!'고 말이다.

연기자라면 각 지역의 사투리를 자유자재로 구사할 수 있어야 한다. 그래서 나는 가끔 수업 시간에 출신 지역별로 자기 지역의 언어 특성을 조사해 오게 시키고 그 지역 방언이 많이 나오는 드라마 대본을 찾아오게 해서 수업 시간에 다 함께 사투리를 배우는 시간을 갖기도 한다. 마치 외국어를 배우듯 '듣고 따라하기'를 하는 것이다. 혼자 하기 쑥스러운 억양들도 모두 다 함께 외국어 공부하듯 크게 소리치면서 따라하다 보면 쉽게 습득이 되기 때문이다.

사투리를 쓰지 않는 사람들은 표준어 공부에 시간을 할애할 필요가 없으니 좋고, 사투리를 쓰는 사람들은 사투리를 배우기 위해서 노력할 필요가 없으니 참 좋다. 이렇게 긍정적인 시각을 갖고 서로의 것을 나눌 수 있으면 좋겠다. 그런데 발음 편에서 갑자기 사투리 얘기를 꺼낸 것은 사투리 억양을 고치기 위해서 발음 연습이 중요하기 때문이다.

경상도 방언의 특징은 음의 고저가 있는 억양에 있기 때문에 발음 훈련보다는 전체적으로 문장을 펴서 읽는 훈련이 더 필요하지만 경음(된소리)이 조금 어려운 점과 '으'와 '어', '여'와 '에' 등의 모음을 구분하지 못하는 것은 발음 연습을 통해 교정을 해야 한다. 한편 사투리 교정에 별반 어려움을 느끼지 않는 전라도 지역 출신들 중에도 '어, 여, 으' 등의 기본 모음 발음에서 어려움을 겪는 사람들을 의외로 자주 보게 된다. 이런 사람들에게는 아래위 턱을 크게 벌렸다 맞부딪혀 주는 연습이 상당히 유효하다. 턱 운동을 열심히 하는 것이 기본 모음 발음에 큰 도움을 주기 때문이다.

어쨌든 사투리를 할 줄 안다는 것은 표준어 이외의 또 다른 외국어를 하나 마스터한 것과 같으니 자부심을 갖도록 하고, 주변 친구들에게도 가르쳐 줄 수 있는 나눔의 마음을 갖기를 바란다.

CHAPTER 03

단문 연기 실전 연습

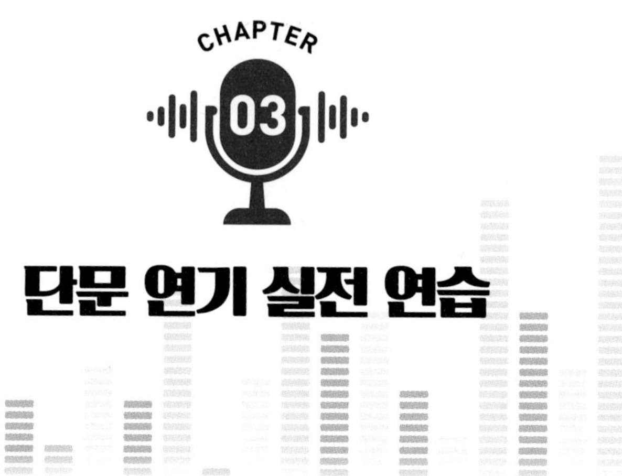

단문 연기 실전 연습

스터디와 녹음기 활용

자, 이제 기초 훈련들에 대한 이해가 끝났으니 본격적인 전속 성우 도전의 길에 들어가 보자. 나는 제일 먼저 두 가지를 권한다.

첫 번째는 자신과 같은 꿈을 지닌 사람들과 함께 스터디를 할 것
두 번째는 라디오 겸용 녹음기를 준비할 것(윈도우 기본 사양에 녹음기가 내장되어 있으므로 이것을 활용해도 된다)

스터디에 대해서 먼저 말하겠다. 연기란 혼자서 하는 것이 아니다. 한 명의 배우가 극을 꾸려가는 모노드라마라는 것이 있기는 하지만 대부분의 경우는 두

명 이상의 배우가 함께 출연하게 되므로 상대 배우와의 호흡은 상당히 중요하
다. 제아무리 뛰어난 연기력을 타고났다 해도 상대 배우와의 호흡을 맞추는 연
습만큼은 혼자서 할 수 없는 것 아니겠는가. 때문에 다양한 캐릭터를 지닌 배우
지망생들과의 공부는 혼자 하는 공부보다 훨씬 효과가 높다. 내레이션의 경우
도 혼자 하는 작업이긴 하지만 여러 사람과 함께 공부하면 자신의 장단점을 알
기도 쉽고, 자신만의 틀에 갇히는 것을 막을 수 있다. 내레이션에 자신 있다는
학생들 중에는 듣기 거북스러운 '조(調)'가 심하게 박혀 있는 경우가 있는데 이
런 학생들은 대개 혼자서 너무 오래 연습한 사람들이다.

자, 인터넷에 접속해 보자. 검색창에 성우라고 치면 의외로 많은 성우 지망생
들의 모임이 있다는 걸 알 수 있을 것이다. 이런 모임들은 대부분 경험이 많은
친구들이 운영하고 있어서 초보자들에게는 배울 점이 많을 것이다. 우선 그런
모임들에 가입을 하고 그곳의 친구들과 교류를 하면서 연기 공부에 도움이 되
는 정보를 많이 얻도록 해야 한다. 오프라인 모임에도 적극 참여해서 함께 공부
하는 즐거움을 맛보아야 함은 물론이다.

오프라인 모임이 현실 여건상 힘든 사람이라도 성우 지망생들의 모임에 가입
하는 것은 충분히 의미가 있는 일이다. 좋은 대본들을 자료실에서 다운받을 수
도 있을 것이고, 연기에 대한 각자의 생각도 나누어 볼 수 있을 테니 말이다.

발음, 발성, 호흡, 신체 훈련 등 혼자 연습하는 것이 더 효과적인 연습들도
무작정 혼자 시작하는 것보다는 다른 사람들과 함께 공부하면서 자신에게 취약
한 발음이 무엇인지, 자신의 호흡이 남들과 어떻게 다른지, 남들은 어떤 발성
연습, 신체 훈련을 하고 있는지 등을 체크한 후 시작한다면 더 높은 효과를 거
둘 수 있다. 그러나 현실 여건상 스터디가 힘들다면 무리를 할 필요는 없다. 녹
음기를 적극 활용하는 두 번째 방법도 있으니까 말이다. 성우 시험 준비에 녹음

기만큼 좋은 친구는 없다.

배우들이 "제가 출연한 작품은 꼭 모니터를 해요."라고 얘기하는 걸 들어 보았을 것이다. 모니터를 하면 자신의 연기를 객관적으로 바라볼 수 있기 때문에 어떤 부분이 잘 됐고 어떤 부분이 미흡했는지 체크가 가능하고, 그 과정에서 연기력이 향상된다. 간혹 "제가 출연한 작품은 절대 안 봐요."라고 말하는 배우들도 있기는 하지만 그런 배우의 경우는 이미 어느 정도 경지에 간 것이고, 신인 연기자의 경우는 모니터가 필수다. 모니터란 마치 일반 학습에 있어서의 복습 같은 것이다. 물론 연습하는 모든 내용을 다 녹음할 수는 없겠지만 자신의 연기를 녹음해 보고 들어보는 일은 가장 효과가 뛰어난 공부 방법 중 하나임을 기억하자.

스터디할 시간을 내기 힘든 사람들은 이 장을 다 읽고 나서 조금 불안한 마음이 들지도 모르겠다. 걱정할 필요는 없다. 가까운 친구나 가족에게 도움을 요청해서 호흡을 맞추는 연습을 시도해 볼 수도 있을 것이고, 그것이 힘들다 해도 녹음기라는 친구를 적극 활용해서 꾸준히 연습하다 보면 많은 효과를 볼 수 있을 것이기 때문이다.

스터디 친구들과 처음 만났을 때

스터디 친구들과 처음 만났다고 가정하고 자기소개를 해보자. 녹음기에 대고 해도 좋고 실제로 친구들 앞에서 해도 좋다.

'나는 누구인가? 나는 왜 성우가 되기를 희망하는가? 내가 생각하는 성우란 무엇인가? 나는 어떤 성우가 되고 싶은가?' 하는 질문들에 대한 구체적인 답을 찾다 보면 과연 성우가 되고자 하는 나의 선택이 옳은 것인지, 그렇다면 어떻게 준비해야 하는지 다시 한번 점검해 볼 수 있을 것이다.

또한, 오프라인 스터디에 참여한 사람들에게는 참여한 그 순간부터 새로운 인물군에 대한 '이해의 공부'가 시작된다. 새롭게 만나게 된 친구들의 평상시 어투, 말버릇, 표정, 현재 상황, 살아온 과정, 형제 중의 서열, 성격, 습관, 외모…… 모든 것이 현재의 그 사람을 이루는 것들이다. 그 모든 것을 애정을 가지고 지켜보도록 하자.

말하지 않고는 참을 수 없는 이야기

잠시 내가 학생들과 처음 만나서 자기소개를 듣게 될 때의 감상을 적어 보려 한다.

연기자를 꿈꾸는 학생들은 자기소개를 하게 되거나, 어떤 주제로 발표를 하게 될 때 주저함 없이 대체로 당당하게 임한다. 쭈뼛거리거나 얼굴이 붉어지는 경우는 거의 볼 수가 없다. 이들은 기본적으로 표현하고자 하는 욕구가 내면에 가득 차 있는 사람들인 것이다. 이처럼 표현 욕구가 강한 사람들은 대개 마음속에 뜨거운 것이 많은 사람들이다.

연기자뿐만이 아니다. 가수, 성악가, 화가, 조각가, 건축가, 작곡가, 무용가, 작가, 연출가 등 표현 예술에 종사하는 모든 사람의 마음속에는 밖으로 드러내지 않고는 견딜 수 없는 뜨거운 무언가가 다 들어 있다.

화려한 수식어, 유려한 문체로 자신의 예술 행위에 대한 이유를 그럴듯하게 표현해 낼 수 있는 사람도 없진 않겠지만…… 사실 그들 예술 행위의 본질적 동인(動因)은 하나다.

"그것을 하지 않고서는 견딜 수 없다는 것"

귀머거리가 되어 아무 소리도 들리지 않는 상황에서도 작곡을 멈추지 않았던 작곡가 베토벤의 얘기를 우리는 모두 잘 알고 있다. 아무 소리도 들을 수 없는 그가 끝내 작곡을 멈추지 않았던 이유가 인류사에 길이 남을 불후의 명곡을 만들기 위해서였을까? 그리하여 자신의 이름이 후세에 길이길이 전해지도록 하기 위해서? 아니면 자신과 같은 장애인들에게 "나도 할 수 있다"는 신념을 심어주기 위해서였을까?

나는 그런 이유들은 아니었으리라고 단언한다. 그는 오로지 그것을 하지 않고서는 견딜 수 없었기 때문에 그렇게 했던 것이다. 아름다운 선율들이 그의 내면에서 자꾸만 울려 퍼져서 오선지 위에 그것을 옮겨 적지 않고는 견딜 수 없었던 것이다.

그 견딜 수 없음의 바탕에 깔린 뜨거운 마음의 실체가 무엇인지 정확히 알 수 없지만 나는 감히 그것을 인간과 세상을 향한 '사랑'이라고 부르기로 한다. 적어도 연기자의 입장에서는 그렇다. 연기란 무엇인가? 내가 아닌 타인의 입장이 되어 그 사람의 삶을 살아내는 것이 아닌가?

연기만큼 타인에 대한 이해가 주가 되는 작업을 나는 본 일이 없다. 물론 작가들도 타인에 대한 통찰과 이해에 있어서 놀라운 재능을 지녔다. 그러나 작가들이 하는 일은 어느 한 인물에 몰입하여 그의 삶을 살아내는 것이 아니라 전체적인 이야기를 만들어내는 것이다.

"연기란 사기 치는 거예요!"

이창동 감독의 영화 〈오아시스〉를 보았는지 모르겠다. 설경구가 열연한 이 작품 속의 주인공은 가족들조차도 이해하기를 포기해 버린 구제불능의 부랑아다. 영화를 보는 관객 입장에서도 저런 사람이 내 가족이라면 끔찍할 것 같다는 생각이 드는 그런 사회 부적응자 말이다. 그럼에도 설경구는 그 부랑아를 완벽하게 소화해 내었다.

설경구가 천재적인 배우임은 분명하다. 그러나 그런 깊이 있는 이해는 노력 없이는 불가능하다. 실제로 촬영기간 내내 설경구는 극중 부랑아 차림으로만 돌아다녔다고 한다. 절친한 친구의 결혼식장까지도 말이다.

나는 개인적으로 영화가 끝난 후에 이런 생각을 해보았다. '배우 설경구가 극중 인물을 이해하기 위해 기울인 노력만큼만 사람들이 타인을 이해하려고 노력한다면 세상은 훨씬 더 살기 좋은 곳이 되지 않을까?'

타인에 대한 이해는 사랑의 바탕 위에서만 결실을 거둘 수 있다. 가슴을 열지 않고 머리로만 하는 이해는 진정한 이해가 아니기 때문이다.

나는 가끔 농담처럼 "연기란 사기 치는 거예요."라고 말하곤 한다. 사실 사기꾼과 연기자는 남을 그럴싸하게 속인다는 점에서는 별반 차이점이 없다. 중요한 것은 그 결과이다. 멋진 연기에 빠져들어서 울고, 웃고 난 다음에는 카타르시스와 어떤 교훈을 얻게 되지만 사기를 당하고 난 뒤에 남는 것은 씁쓸한 배신감과 물질적 손해뿐 아닌가.

사기꾼들은 대부분 지능이 높은 사람들이다. 때문에 타인의 심리 상태를 잘 읽어 내고 지금 상대방이 필요로 하는 것이 무엇인지를 간파하여 달콤한 말로 그들을 유혹한다. 그러나 결국은 자기 자신의 이익만을 챙길 뿐 타인의 삶에 대한 배려는 손톱만큼도 없는 냉혈한들이다.

그러나 연기자는 다르다. "진정한 연기란 따스한 마음으로 치는 사기"이기 때문이다. 그 사기를 통해서 관객들이 얻는 것은 배신감이 아니라 공감이며 감동이다.

다시 한번 강조하지만 진정한 이해는 상대방에 대한 사랑의 마음에서 비롯된다. 때문에 나는 따뜻한 마음이 없는 사람은 연기자가 될 수 없다고 생각한다. 타인과 세상을 향한 따스한 사랑의 마음, 그 마음이 타자에 대한 관심을 낳고 또 깊은 이해에 다다르게 한다. 그리고 그 깊은 이해의 표현이 곧 연기인 것이다.

스스로에게 물어보자.

나는 진정으로 나 자신과 세상에 대해 따스한 마음을 가지고 있는가?

아마도 이 책을 읽고 있는 당신은 그런 사람일 것이다.

연기는 소꿉장난이다

나는 자신의 연기에 대해 자신 없어 하는 학생들에게 이렇게 말한다.

"연기는 어릴 때 하던 소꿉장난이랑 똑같아. 소꿉장난 못하는 사람 봤니?"

어린 시절 소꿉장난을 해 본 경험이 없는 사람은 없을 것이다. '나는 남자니까 계집아이들이나 하는 소꿉장난 따위는 안 해' 했던 사람이라도 전쟁놀이는 해 보았을 것이다.

소꿉장난과 전쟁놀이를 즐기던 어린 시절로 돌아가 보자.

"철이 너는 아빠 해. 나는 엄마, 그리고 이건 아가……" 하면서 인형을 품에 안으면 그 순간부터 나를 둘러싼 주변의 모든 것이 변했던 것을 기억할 것이다. 친구였던 철이는 인형인 아가의 아빠가 되고, 뜰의 나뭇잎은 반찬을 만들 찬거리가 되고, 모래알은 밥을 지을 쌀알이 된다.

"야, 나 시장 보러 가야 하니까 너 시장 아저씨 해."

때로는 이렇게 일하러 나갔던 조금 전의 아빠 철이가 시장 아저씨로 변신하기도 했었다.

전쟁놀이로 가보자.

"야, 너희는 인디언이야. 우리는 좋은 편. 여기가 금이야."

"웃기고 있네. 인디언이 왜 나쁜 편이냐? 좋은 편이지."

"아, 시끄러, 좋은 편 나쁜 편 없어. 그냥 싸워. 아무튼 내가 시작~ 하면 싸우는 거야."

그렇게 누군가 전쟁의 시작을 알리면 주변은 갑자기 전쟁터가 된다. 누군가 입으로 말 달리는 소리며 총소리를 내기 시작할 것이고 몇몇 아이들은 비명을 지르며 쓰러진다.

이렇게 소꿉장난이나 전쟁놀이 속으로 빠져드는 아이들을 보면 그들이 참으로 천부적인 연기자이며 연출자란 생각이 든다. 아이들의 놀라운 상상력은 현란한 무대 장치 없이도 온 세상을 변화시킬 수 있으며 그들의 놀라운 창조 능력은 각본 없이도 드라마를 진행시키기 때문이다. 상대방과 호흡을 맞추는 것을 보면 순발력도 대단하고 어찌나 진지하게 자신들이 만든 극 속으로 빠져드는지 그 순수한 몰입은 기성 배우들에 멜 것이 아니다.

소꿉장난이나 전쟁놀이 속에는 연기의 기본이 되는 것들이 다 들어 있다. 주어진 상황을 머릿속에 그리기, 극중 인물로 변신하기, 감정에 몰입하기, 상대 배우와의 호흡 맞추기…….

언제 어떤 계기로 그 천부적 재능들이 사라져 가는지는 잘 모르겠지만 어쨌든 어린 시절의 소꿉장난과 전쟁놀이에서 여러분은 모두 훌륭한 주연 배우였다.

그 시절의 경험을 살려 한 가지 한 가지씩 연습을 해보자.

용기를 내자

연기를 하는 재능 자체는 모든 사람이 다 똑같이 가지고 태어난다는 것이 기본적인 나의 생각이다. 소꿉장난과 전쟁놀이의 예에서도 보았듯이 모든 사람은 태어날 때부터 천부적인 연기자인 것이다.

그럼에도 사람마다 연기력에서 차이를 보이는 것은 다음의 두 가지 이유 때문이다.

첫째, 상황에 대한 이해가 충분하지 않아서
둘째, 상황은 이해하지만 그 상황에 적합한 감정을 표현하는 것이 쑥스러워서

첫 번째 '상황에 대한 이해'의 부족은 작품을 충분히 읽어보고 오래 고민하면 누구든 극복할 수 있을 것이다. 그러나 '감정을 표현'하기가 쑥스러운 두 번째 경우는 노력만으로는 어렵다. 쑥스러움이란 마음의 문제이기 때문이다. 이 사람들에게 필요한 것은 무엇보다도 용기가 아닐까.

흔히 연기를 잘하는 사람이란 이 두 가지 중에서 두 번째인 감정 표현에 능한 사람이다. 이런 사람들은 주어진 상황으로 몰입하는 데 전혀 쑥스러움을 느끼지 않는다. 그러나 제아무리 뛰어난 연기자라 해도 처음에는 조금 쑥스러웠을 것이다. 지금의 여러분처럼 말이다.

자, 쑥스러움을 떨쳐버리고 연습에 임해 보자.

감정 끌어내기

이 장에서는 먼저 문장 두 개를 제시한다. 이 두 문장을 연기하며 실제로 눈물을 흘리고 큰 소리로 웃을 수 있다면 여러분은 연기에서 가장 기본이 되는 '감정 표현'에 어려움이 없는 사람들이다. 연기자로서의 삶을 선택할 자격이 충분히 있다는 뜻이다.

주어진 두 개의 문장을 최선을 다해 연기해 보길 바란다.

1. "그때 일은 생각만 해도 눈물이 나요."
2. "야야, 그때 정말 재밌지 않았냐? 깔깔깔……"

이 두 문장을 제시하는 이유는 기쁨과 슬픔이 인간의 가장 기본적인 감정 중 하나이기 때문이다. 그럼에도 남들 앞에서 갑자기 눈물을 흘리거나 큰 소리로 웃는 연기를 하는 일은 쉬운 일이 아니다.

이 두 문장을 연습할 때는 새로운 상황을 만들어내기보다는 자신의 과거 속으로 여행을 떠나는 것이 좋다. 생각만 해도 눈물이 날 만큼 가슴 아팠던 기억, 생각만 해도 웃음이 터져 나오는 즐거웠던 기억. 그 기억 속으로 빠져들어 그 감정을 표현해 보자.

그리고 이 두 개의 문장을 연기하는 데 성공했다면 조금 더 다양한 감정 끌어내기 연습을 해 보자.

3. "나가, 당장 나가!" (몹시 화났을 때)
4. "내 얘길 한 번만 들어보라니까요!" (안타까울 때)
5. "그런 사람 처음이야!" (사랑에 빠졌을 때)
6. "아악! 배가, 배가…… 너무 아파!" (갑작스런 통증을 느낄 때)

감정 끌어내기에서 주의할 것

사실 처음 학생들에게 1, 2번 문장을 주면서 감정 끌어내기 연습을 시킬 때, 2번 문장은 별 무리 없이 소화하리라고 생각했지만 1번 문장에 대해서는 조금 염려가 됐었다. 학생들의 평균 연령이 대개 20대 중반이기 때문에 '이 어린 친구들이 과연 눈물이 날 만큼 아팠던 기억을 가지고 있을까?' 의심스러웠던 것이다. 그러나 한 순번 돌고 났을 때 교실 전체가 눈물바다가 된 것을 보고, 그들이 삶의 고통을 모를 것이라고 생각한 것이 나의 오만임을 깨달았다.

그 순간, 고등학교 때 읽었던 책 속의 글귀가 하나 떠올랐다.

"자신이 가장 아끼는 인형을 잃어버린 일곱 살 난 계집아이의 슬픔이 전쟁터에서 남편을 잃어버린 미망인의 슬픔보다 작다고 얘기하지 말라."

희로애락은 나이가 적든 많든 부자든 가난한 사람이든 이 땅 위에 살고 있는 사람이라면 모두가 느끼는 감정이다. 다만 모든 사람은 자라난 환경, 타고난 성격 등의 차이로 인해 같은 사건을 경험하고도 다른 깊이와 색깔의 감정을 느끼게 된다. 때문에 나의 기준으로만 남들의 감정을 읽으려고 해서는 안 된다. 또 사람이란 모두 조금씩 이기적인 존재이기 때문에 나의 감정이 남들의 감정보다 더 깊고 클 것이라는 착각을 하게 된다는 점도 간과해서는 안 된다.

연기자가 되기를 꿈꾸는 사람이라면 보다 열린 마음으로 타인의 감정을 이해하고 배려하기 위해 늘 노력해야 한다.

한편, 참으로 다양한 감정의 경험들이 내 안에 다 내재되어 있으므로 내가 표현해 내기 힘든 감정이란 없을 것이라는 자신감을 갖는 것이 필요하다.

연기를 할 때의 감정 표현이란 자신이 맡은 배역의 인물이 느낄 법한 감정과 가장 유사한 감정을 자신의 기억 속에서 찾아내어 밖으로 끌어내는 것에서 시작된다.

여러분이 기억 속에서 찾아낸 그 감정은 여러분 자신이 느꼈던 바로 그 감정일 수도 있고, 나의 친구나 가족이 느꼈던 감정을 관찰했던 기억일 수도 있다.

이 장에 주어진 여섯 개 문장의 감정을 끌어내는 데 성공했다면 스스로 문장들을 뽑아 보자. 함께 공부하는 친구들끼리 하나씩만 뽑아도 다양한 감정 끌어내기 연습을 할 수 있을 것이다.

분석하기

감정 끌어내기는 연기자의 가장 기본이 되는 자질이지만 그러한 자질을 빛나게 해주는 것은 작품 분석 능력이다. 앞에서 잠시 언급했지만 사람들은 자라난 환경이나 주어진 상황, 타고난 성격 등의 차이로 인해 똑같은 사건을 경험하더라도 전혀 다른 감정을 느끼게 된다.

영화 〈라이터를 켜라〉를 예로 들어보자. 극중 주인공(김승우)은 오로지 300원짜리 일회용 라이터를 되찾기 위한 열망 하나로 영화가 지속되는 두 시간 내내 목숨을 건 사투를 벌인다.

300원짜리 일회용 라이터에 자신의 목숨을 내걸어도 좋을 만큼의 가치가 있는가? 보통 사람의 보통 삶에서는 절대로 그렇지 않다. 그러나 서른이 넘도록 변변한 직장도 구하지 못한 채 친구들의 조롱과 멸시 속에 살아가던 주인공에게 있어서는 전 재산을 털어서 샀던 그 일회용 라이터가 자신의 남아 있는 마지막 자존심인 동시에 자신의 존재 자체를 증명하는 매개물로까지 확대 해석되었던 것이다.

작품 분석이란 어려운 것이 아니다. 영화 〈라이터를 켜라〉를 보면서 주인공의 어처구니없는 행동에 공감했었다면, 이미 여러분은 그 작품과 극중 주인공에 대한 분석에 성공한 것이다.

그러나 성우 시험을 준비하는 사람들은 시험장에서 받게 되는 아주 짤막한 대사 외에는 그 앞뒤 상황을 전혀 알 수가 없기 때문에 완성된 작품을 보면서 전체 흐름 속에서 하는 분석보다는 보다 세밀한 공부가 필요하다.

지금부터 소개되는 연기 실습 이론들은 방송사 성우 시험문제에 출제되는 단문 연기를 위주로 마련한 것이다. 단문 속에서의 인물 분석, 상황 분석, 그림 그리기 등을 차근차근 공부해 보자.

인물 분석 : 호기심으로 접근하라

연기자의 입장에서 가장 먼저 분석해야 할 것은 당연히 인물이다. 이 장에서는 한 인물을 연기해 내기 위해서 알아야 할 것들이 무엇이 있을까를 짚어 보자.

가장 쉬운 접근은 여러분 자신에게 좋아하는 사람이 생겼을 때를 가정해 보는 것이다. 마음에 드는 이성이 생겼을 때 그 사람에 대해 알고 싶은 것들이 어떤 것들인가?

사랑에 빠졌을 때 우리는 상대방에 대해서 참으로 많은 것이 알고 싶다.

이름은 뭘까? 나이는? 직업은? 가족 관계는? 그 외에도 성격은 어떤지, 꿈은 무엇인지, 그 사람의 과거에서 가장 인상 깊었던 사건은 어떤 것인지, 주변에 어떤 친구들이 있는지, 종교는 무엇인지, 취미는 무엇이며 어떤 생각을 가지고 있는지, 나에 대한 감정은 어떤지…….

사랑의 시작은 이처럼 호기심이다. 주어진 배역에 대한 분석도 이러한 호기심으로 접근하면 어려울 것이 없다.

자, 지금부터 자신이 분석해야 할 배역과 사랑에 빠져 보자.

인물 분석 실례

다음 예문을 읽고 극중 인물의 성격과 과거의 삶, 현재 상황, 대화를 나누고 있는 상대방과의 관계, 감정들을 추리해 보자.

여자 : 너 샘나지 그치? 아이 꼬소해. 더 샘나는 얘기해 줄까? 내 친구는 툭하면 지 의사 남편을 불러내 웨이터 시켜 먹는다. 그 남자 몸 관리 아주 잘했더라. 배가 하나도 안 나오고 다리도 긴데, 몸에 짝 붙는 청바지 입고, 날렵하게 주문도 받고 맥주도 나르는 걸 보면 얼마나 싱싱한지 삼십도 채 안 돼 보여! 너보다 몇 살 위일 텐데도 너처럼 팍 삭지도 않고 너처럼 밤낮없이 바쁘지도 않고. 내 친구는 남편이 청바지 입고 맥주 나를 때가 제일 섹시해 보인다더라.

● 생각해 볼 것들

• 말하는 여자(이하 화자라 칭함)의 나이는 몇 살일까?
• 화자의 성격은 어떤가?
• 화자가 지칭하는 "너"는 화자와 어떤 관계일까?
• 화자는 "너"에게 어떤 감정을 가지고 있을까?
• 화자가 "너"에게 이런 얘기를 하는 의도는 무엇일까?

자, 여러분의 추리가 끝났다면 함께 답을 비교해 보자. 그러나 그 전에 해두어야 할 얘기가 있다.

우리가 어떤 사건이나 사람을 이해하고 분석할 때 보는 사람에 따라 다 의견이 다르듯이 대본 속의 인물을 분석할 때도 모든 사람이 같은 결론을 내게 되지는 않는다. 게다가 여러분에게 주어진 것은(시험 때도 마찬가지) 너무나 짧은 예문이어서 원작과 비교할 경우, 전혀 다른 해석이 내려질 수도 있다.

그러나 원작의 내용과 여러분의 추리가 다르더라도 낙담할 필요는 전혀 없다. 이런 짧은 단문 분석에는 정답이 없기 때문이다.

잠시 후, 원작과의 비교를 통해 여러분의 추리가 어느 정도 근접했는지 맞추어 보기는 하겠지만 그것은 효율적인 학습을 위해서일 뿐, 여러분이 매번 그렇게 할 필요는 없다. 주어진 대사 안에서의 개연성만 찾아낼 수 있다면 성공한 것이다.

● 말하는 여자(이하 화자라 칭함)의 나이는 몇 살일까?

나이는 두 사람 다 40대 중반. '몸 관리를 잘해서 배가 하나도 안 나왔다', '서른도 채 안 돼 보인다' 등에 주목하면 대화 중인 남녀가 최소한 서른은 넘은 중년임을 알 수 있다.

● 화자의 성격은 어떤가?

'너처럼 팍 삭지도 않고 너처럼 밤낮없이 바쁘지도 않고' 같은 거침없는 표현으로 미루어 활달하고 솔직한 성격이다.

● 화자가 지칭하는 "너"는 화자와 어떤 관계일까?

호칭과 대화의 내용으로 미루어 동년배의 친구, 연인 혹은 부부 사이 등의 친밀한 관계이다.

● 화자는 "너"에게 어떤 감정을 가지고 있을까?

'너처럼 밤낮 없이 바쁘지도 않고'라는 대목에서 "너"의 부재가 화자에게 소외감, 외로움을 준다는 것을 추측할 수 있다. 또한 "너"의 부재가 화자에게 소외감, 외로움을 준다는 것은 화자가 "너"를 사랑하고 있을 때 가능하다.

● 화자가 "너"에게 이런 얘기를 하는 의도는 무엇일까?

너도 내 친구의 남편처럼 몸 관리를 잘하라는 뜻일 수도 있고, 너처럼 몸 관리도 제대로 못하면서 늘 바쁘다고 하고 초췌한 모습만 보이는 사람과는 관계를 지속하고 싶지 않다는 투정일 수도 있다.

원작과의 비교

앞의 대사는 박완서 원작 소설 『아주 오래된 농담』에 나오는 여주인공 현금의 대사다. 46세의 이혼녀인 현금은 초등학교 동창인 호흡기 외과의 영빈과 30년 만에 우연히 만나 연인 사이(불륜관계)로 발전했다. 나이에 비해 젊고 아름다운 현금은 솔직하고 자유분방하며 자신이 원하는 대로 삶을 사는 적극적인 여자다. 영빈은 이런 현금에게 사랑을 느끼지만 여동생의 일 등으로(이 소설의 한 축은 영빈의 여동생 이야기) 현금에게만 몰입할 수 없는 형편이고, 한편 현금은 사랑하는 영빈의 아기를 가지려고 몰래 노력했으나 폐경으로 뜻을 이루지 못하여 상심한다. 설상가상 자신이 다니던 산부인과에서 영빈의 본처를 만나게 된 현금은 그녀가 임신 중임을 알고 영빈을 떠날 결심을 하게 된다. 앞의 대사는 영빈을 떠날 결심을 하던 즈음의 현금이 영빈과 나누는 대화 중에서 발췌한 것이다.

예문 하나 더

다음 예문을 읽고 스스로 분석 공부를 해보자.

A는 어떤 사람일까? 나이는? 직업은? 성격은? 가족 구성은? 현재 상황은? 경제적인 형편은? B와의 관계는? B에 대한 감정은?

A : 정말이지 끔찍해요. 보세요, 여긴 사생활이란 게 없어요. 밤이면 속옷만 입고 이 방 저 방을 돌아다니고 말예요. 그리고 목욕탕 문도 닫으란 얘길 해야 해요. 그따위 상스런 짓은 할 필요가 없잖아요. 제가 왜 나가지 않는가 하고 궁금하시겠죠. 저어, 당신께 솔직히 말씀드리죠. 선생 월급 가지고는 겨우 생활비 정도밖에 안 돼요. 지난해에 저축을 한 푼도 안 해서 여름을 보내러 이곳에 오지 않을 수가 없었어요. 그래서 전 제 동생 남편이 그러는 것도 참아야 하는 거죠. 그리고 그 사람도 역시 날 참을 수밖에 없고 말예요. 자기의 바람과는 상관없이……. 분명 날 얼마나 미워하는지 당신한테는 얘기했을 거예요!

B : 당신을 미워하는 것 같지 않던데요.

A : 그 사람은 절 미워해요. 안 그렇다면 왜 제게 모욕을 주겠어요? 맨 처음 그 사람을 봤을 때 혼자 생각했어요. 저 사람은 내 사형 집행인이구나 하고 말예요. 저 사람은 날 파멸시킬 거야. 만일 내가……

- 「욕망이라는 이름의 전차」 6장 중 블랑쉬와 미치의 대화

상황 분석 : 속사정까지 파헤쳐라

우리는 언제나 어떤 상황에 처해 있다. 배가 고플 수도 있고, 누군가가 그리울 수도 있고, 졸릴 수도 있고, 무언가 재미난 일을 찾고 있을 때도 있다. 사랑에 빠졌을 수도 있고, 상심하여 마음이 아플 수도 있고, 몸이 아플 수도 있으며 심지어는 죽음 직전에 놓였을 수도 있다.

그리고 우리는 이러한 눈앞의 상황들을 해결하기 위해서 움직인다. 주어진 상황은 인간을 움직이게 하는 힘이기 때문이다. 배고픈 사람은 음식을 찾고, 누군가가 그리운 사람은 그 사람을 찾아 나서거나 편지, 전화 등을 이용해 그리움을 표현한다.

물론 배가 고파도 다이어트 때문에 참는 사람도 있고, 그리움 역시 이런저런 사정으로 인해 안으로만 삭여야 할 사람도 있을 것이다.

이 모든 상황과 그 해결 방식들은 그 사람의 살아온 역사와 관련이 있다. 때로는 돌발적으로 갑자기 생겨난 상황도 존재하지만 그러한 돌발 상황에 대한 대처 방법 역시 그 개인의 역사와 상관이 있다.

우리는 극중 인물이 처한 상황을 앞서 공부한 인물 분석과 종합하여 추리할 수 있어야 한다. 상황을 제거한 인물이란 존재하지 않으며 그 인물을 움직이게 만드는 것은 언제나 그에게 주어진 상황이다. 그리고 그 상황에 대처하는 방법은 언제나 그 인물의 과거와 밀접한 관련이 있음을 기억하자.

주어진 대본 속의 상황을 재빠르게 분석하는 능력은 성우 시험을 위해서일 뿐만 아니라 인간관계에서도 꼭 필요한 덕목이다. 어떤 사람이 처한 상황을 알면 그 사람을 이해할 수 있는 폭이 그만큼 넓고 깊어지는 것이다.

상황 분석 실례

다음 대사의 주인공과 얘기를 듣고 있는 상대방은 현재 어떤 상황에 처해 있을까?

이번에는 문장 하나하나를 분석해 보도록 하자.

● **"내 맘대로다 어쩔래? 그럼 걷어 채일 때까지 붙어 있을 줄 알았냐?"**

화자의 어투에서 그녀가 몹시 화가 나 있음을 알 수 있다. 아마도 화자는 상대방에게 헤어지자는 말을 했을 것이고 그 말을 들은 상대방이 "누구 맘대로"라고 받아친 직후일 것이다. 화자의 첫 문장 "내 맘대로다 어쩔래?"에서 그것을 짐작할 수 있다. 또한 화자는 상대방이 자신에 대해 품었던 감정이 식었다고 추측하고 있는 듯하기도 하다. "그럼 걷어 채일 때까지 기다릴 줄 알았냐?"에서 그런 추측이 가능하다. 더 나아가 이들의 헤어짐은 화자의 잘못 때문이 아니라 얘기를 듣고 있는 상대방의 잘못이 원인인 듯하다. 자신의 감정이 식었거나 자신의 잘못 때문에 이별을 고할 경우에는 이처럼 당당하기 어렵기 때문이다.

● "너 입 다물고 조용히 끝까지 내 얘기 듣고 나갈래? 아니면 지금 당장 우리
　집에서 내쫓길래?"

　지금 화자와 '너'가 있는 장소가 제시되고 있다. 집까지 방문해 있는 사이라면
둘 사이가 꽤 내밀한 사이일 수 있다는 추측이 가능해진다. 물론 이렇게 엄포를
놓고 밀어붙일 수 있는 것도 둘 사이의 관계가 무척 가깝다는 것을 시사한다.
또한 화자의 견해로는 이러한 자신의 행위는 전적으로 '너'의 잘못에 있는 것이
다. 전혀 미안함 없이 사람을 내쫓는 것은 보통 철면피가 아니고서는 어려운 일
아니겠는가. 게다가 '너'는 입도 뻥긋하지 말라고 몰아붙이고 있다.

● "아무것도 못 알아내고 내쫓기는 게, 니 신상에 편할지도 모르지만, 사람이
　진실을 모르고 사는 거 그거 할 노릇 아니다"

　모르는 것이 약이라는 속담처럼 그 '진실'이라는 것은 '너'가 모르는 편이 나
을 얘기인지도 모른다. 그러나 화자는 "진실을 모르고 사는 것은 할 노릇이 아
니"라며 '너'에게 그것을 얘기하려고 한다. 단순한 비밀 얘기가 아니라 '진실'이
라는 말에 무게가 실린다. '진실'이란 '너'의 삶과 밀접한 관계가 있는 꽤 무게
있는 내용인 듯하다.

　또한 이 '진실'이 화자로 하여금 '너'와 헤어질 결심을 하게 만든 원인인지도
모른다는 추측을 해 볼 수 있다. 가까이 지내던 사람에게서 내쫓김을 당할 때는
이유가 있는 것이다. 이유도 없이 가깝게 지내던 사람을 내치는 사람은 없으니
까 말이다. 그럴 경우 내쫓기는 사람은 당연히 그 이유를 묻게 될 것이고 말로
설명되지는 않았지만 화자가 말하려고 하는 '진실'은 당연히 '너'를 내쫓는 바로
그 이유일 것이다. 그리고 그 진실이 두 사람을 이별로 몰아간 것이다. 그리고
조금 더 비약한다면 그 '진실'은 화자를 향한 '너'의 애정이 식었다는 것을 반증

하는 내용일 수도 있다. 화자는 분명히 '그럼 걷어 채일 때까지 붙어 있을 줄 알았냐'고 말했었고 화자가 '너'에게 '걷어 채일' 이유가 그 '진실'과 관련되어 있을 확률도 배제할 수는 없는 것이다.

- "불면증에다 좌불안석, 결국은 니 마누라나 못 살게 굴어서 불게 하고 가정 파탄 부르게 될 걸. 어쩔래, 심 박사"

화자가 얘기하고자 하는 '진실'이라는 것에 대한 가장 큰 실마리가 이 부분에서 주어진다. '니 마누라나 못 살게 굴어서 불게 하고' 이 대목에서 화자가 지금 얘기하려는 진실을 '너'의 아내도 알고 있다는 사실을 추측할 수 있다. 그리고 그 진실의 내용이 무엇이 되었건 그것은 '가정 파탄'에 이를 만큼의 무겁고 놀라운 얘기라는 것도 알 수 있다(화자와 '너', '너의 마누라' 세 사람의 관계에 대한 설정은 너무 복잡해지므로 생략한다).

한편 화자는 어차피 알게 될 진실이라면 나에게 듣고 끝내는 게 너희 가정의 안녕과 평안을 위해서 좋은 일 아니겠냐는 제안("어쩔래, 심 박사?")으로 말을 마친다. 화자는 '너'와 헤어질 결심을 하긴 했지만 진실을 숨기고 싶은 마음도 없으며, 그것 때문에 '너'의 가정이 파탄에 이르기를 바라지도 않는다. '너'의 가정을 지켜주고 싶은 만큼 '너'를 사랑하는 것이다.

이 모든 것을 종합해 보면 '너'와 불륜의 관계를 맺고 있는 화자는 현재 몹시 화가 나 있다. 그렇지 않아도 '너'의 사랑이 점점 식어가고 있는 것 같아 불안했던 차에 뭔가 알고 싶지 않은 '진실'을 알게 되었는데(혹은 이 '진실'을 알고 나서, '너'의 사랑이 식었다고 결론지었을 수도 있다), 그것이 너무도 충격적인 일이었던 것이다. 화자는 이 '진실' 때문에 '너'와의 이별까지 결심하게 되었고 때마침 자신의 집을 방문한 '너'에게 이별을 고하기에 이른 것이다. 그러나 그 말을 들은 '너'는 "누구 맘대로?"라고 되받아치며 그럴 수는 없다는 항변으로 맞섰고, 화자는 사랑하는 '너'의 가정이 망가지는 것을 막기 위해서라는 옹색한 구실로 혼자만 담아두기에는 벅찬 '진실'을 토해 내려는 참이다.

위에 분석한 내용들에는 논리상의 허점이 있을 수 있다. 여러분의 견해와 다른 부분들은 더더욱 많이 있을 것이다. 여기서 여러분이 습득해야 할 것은 내가 늘어놓은 추측과 해석들이 아니라, 짧은 대사 하나도 깊숙이 들여다보면 이렇게 다양한 속사정들이 얽혀 있다는 사실임을 알아주기 바란다.

예문 하나 더

다음 예문을 읽고 화자가 처한 상태와 심리 상태를 추리하고 또 분석해 보자.

만일 생을 삼등분해서 쪼갠다면 어떻게 하고 싶어? 물론 삼분의 일은 소예한테 줄 거고…… 또 삼분의 일은 떠난 지수 몫이었을 거고, 또 남은 삼분의 일 말야…… 그거……

그림 그리기

'그림 그리기'란 머릿속에 대본 속의 상황을 미리 그려 보는 것을 말한다. 마치 연극 연출자가 배우들의 세밀한 동선을 짜고 무대 배경을 구상하는 것처럼 말이다.

지금까지 머리 아프게 인물과 상황을 분석하는 공부를 한 것도 다 이 '그림 그리기'를 위해서였다.

'그림 그리기'는 모든 연기자에게 꼭 필요한 연습 과정이지만 성우들에게 있어서는 더더욱 절대적이다. 성우들의 주요 활동 무대 중 하나가 라디오 드라마이기 때문이다.

라디오 드라마는 영화 등의 영상 매체와 달리 관객에게 어떤 것도 보여주지 않는다. 소리 외의 모든 것을 청취자의 상상력에 맡기기 때문이다. 소담스럽게 눈이 내리는 광경도, 끝없이 펼쳐진 수평선과 지는 노을도, 라디오 드라마에선 보여 줄 수 없다. 다만 그러한 광경이 펼쳐지고 있다고 얘기해 줄 수 있을 뿐이다. 나머지 그림은 청취자가 그린다.

휘날리는 눈발, 해지는 저녁 무렵의 바닷가……

상상 속의 풍경은 참으로 아름답지 않은가……

그러나 그러한 풍경들이 청취자들의 머릿속에 그려지는 것은 성우들의 사실적인 연기를 통해서만 가능하다.

첫눈 오는 날의 기쁜 탄성과 장엄하게 스러지는 저녁놀에 대한 경탄이 청취자의 마음속에서도 똑같이 우러나오려면 연기하는 성우의 마음속에서 그러한 풍경들이 실제 상황처럼 아름답게 펼쳐져야 하지 않겠는가?

물론 성우들이 '그림 그리기'에서 그려야 할 것은 이런 풍경만이 아니다. 풍경 외에도 자신이 현재 서 있거나 앉아 있는 자리, 그 주변의 작은 소품 하나까지 눈에 잡힐 듯 머릿속에 그려내야 하며 보이지 않는 군중, 날씨는 물론 연기하는 동안 취해야 할 동작들, 표정, 감정들까지 모든 것을 그려내야 한다.

성우들이 라디오 드라마에 임하면서 그림을 그리는 것은 시나리오를 보고 어떤 장면을 만들까 구상하는 영화감독의 작업과 다르지 않다.

그림 그리기 실전 연습

성우 시험에 나오는 단문을 연기할 때는 특히 이 그림 그리기가 중요하다. 시험관들은 똑같은 문장을 수십, 수백 번씩 듣고 있기 때문에 새로운 해석이 나올 때 솔깃할 수밖에 없다. 보편타당하면서도 신선한 그림을 그릴 수 있도록 노력하면서 다음 대사에 어울릴 그림을 그려 보자.

밑그림 ①1　장소는 어디일까?

화자의 사무실, 카페, 거실 소파 혹은 주방 식탁 의자, 현관문 바로 앞…… 장소 선정에 따라 화자의 목소리 톤 등에 자연스럽게 변화가 생길 것이다.

밑그림 ①2　화자는 어떤 동작을 취하고 있을까?

꽃다발의 촌스러운 포장들을 신경질적으로 벗겨내면서 말하는 중이다, 혹은 꽃다발을 막 흔들어 댄다. 가위로 꽃들을 손질하면서 이미 풀러낸 포장지를 넌덜머리난다는 듯 가리킨다.

밑그림 ⓘ3 얘기를 듣고 있는 '너'는 어떤 표정을 짓고 있을까?

아주 난감한 표정이다, 기분이 나쁘다, 헛- 하고 웃어버린다, 무관심하게 TV에 열중해 있다…… 듣고 있는 사람의 태도에 따라 화자의 말투도 달라질 것이기 때문에 간과해서는 안 되는 부분이다.

밑그림 ⓘ4 계절은 언제쯤으로 할까? 시간은?

계절을 겨울로 설정하면 꽃값이 비싸다는 타박에 무게가 실릴 것이다. 여기서 사실 시간이나 계절은 주요 요소가 아니지만 작은 부분들도 생각해 보는 것을 습관화해야 한다. 파격적으로 늦은 밤 시간이라고 가정하고 몹시 졸린 목소리로 연기해 보는 것도 재밌지 않을까? 곤히 잠들어 있다가 만취한 '너'의 방문으로 잠에서 깨었는데 그때 그가 건네준 꽃다발이 마음에 들지 않았다면?

밑그림 ⓘ5 두 사람은 얼마나 떨어져 있을까?

대화하는 두 사람의 거리는 상당히 중요하다. 목소리 크기를 결정해 주기 때문이다. 가깝게, 멀게, 여러 상황을 가정해 보자. 꽃을 선물한 '너'가 바로 뒤에서 어깨를 감싸 안고 있다면 어떤 소리로 연기를 하게 될까 하는 상상도 재미있지 않을까?

밑그림 ⓘ6 소도구는 어떤 것들을 사용하면 좋을까

당연히 마음에 들지 않는 포장의 꽃다발이 머릿속에 그려져야 하고, 그 외에도 가위라든가, 싱크대, 쓰레기통, 꽃병 등의 소품이 필요하지 않을까?

이 대사가 나오기 직전의 상황은 무엇이었을까?

'너'가 꽃을 사 온 의도와 묶어서 생각해 볼 수 있을 것 같다. '너'가 화자와 다

툰 직후일 수도 있고, 사랑에 빠진 '너'가 태어나 처음으로 꽃가게에서 꽃을 사는 장면이 나왔을 수도 있고, 언제나 '너'의 선물을 타박하는 화자의 행동들이 편집되어 계속되는 중일 수도 있고…….

이러한 모든 것이 여러분의 머릿속에서 구체화될 때 여러분이 분석한 화자의 심리 상태며 상황들이 제대로 잘 전달될 수 있을 것이다.

다음 예문을 읽고 구체적인 상황들을 상상해 보자.

> **예문** 난 내 또래 친구라곤 네가 처음인 걸. 이렇게 누구랑 같이 멀리까지 놀러 온 것도 처음이구. 네가 함께 오게 돼서 정말 기쁘다. 우리 어디부터 갈까?

Q. 장소와 계절은?

Q. 시간은 하루 중 언제쯤으로 하면 좋을까?

Q. 화자의 나이는?

Q. 화자가 평상시에 하는 일은?

Q. 화자가 지금 취하고 있는 행동은?

Q. 화자의 옷차림은?

Q. '너'와 화자의 친분 정도는?

Q. '너'는 이성 친구일까, 동성 친구일까?

Q. 이들의 교통수단은 무엇일까?

Q. 이들은 무엇 때문에 길을 떠난 걸까?

Q. 이들의 손은 빈손일까, 무언가가 들려 있을까?

Q. 지쳐 있지는 않을까?

Q. 화자는 왜 자기 또래 친구가 처음일까?

Q. 두 사람은 어떻게 친구가 되었을까?

표정 연기, 몸동작 : 사람의 몸은 곧 마음이다

표정 연기나 몸동작에 대해서 얘기할 때면 어느 국어학자가 몸이란 마음과 본시 한 단어였다고 주장했던 일이 떠오른다. 그 학자의 주장에 의하면 원시 한 국어에서 몸과 마음은 한 단어로 '몸'이라 했었는데 이후, 몸과 맘(마음)이라는 두 단어로 나뉘었다는 것이다.

사람들은 마음이란 눈에 보이지 않는 정신적인 것이고 몸이란 가시적이며 물리적인 것이니 둘은 상관이 없는 것이라고 분리하여 생각하는 경향이 짙다. 그러나 나는 몸이 곧 마음이란 그 국어학자의 생각에 깊이 공감한다.

테니스 경기를 예로 들어보자. 경기 도중 선수는 물론 관객에게까지 감정 표현을 억제하도록 규제하는 테니스 경기에서 우리는 선수들이 자신의 감정을 억누르려고 얼마나 노력하는지를 종종 보게 된다.

피터 샘프러스나 안드레 아가시 그리고 우리의 이형택 선수 등 세계적으로 유명한 테니스 선수들은 바위처럼 꿈쩍하지 않는 그 무표정하면서도 강인한 표정 덕분에 오히려 전 세계 여성들의 마음을 사로잡고 있는 듯하다.

그들은 공 하나에 울거나 웃지 않는다. 마음속에서는 끊임없이 희비가 교차하겠지만 엄청난 정신력으로 감정 표현을 자제하고 있는 것이다. 그러한 그들도 때로는 경기장에 무릎을 꿇고 주저앉거나 아쉬움 가득한 표정으로 팔을 휘젓는 것을 볼 수 있다.

나는 그런 순간, 그들의 몸짓을 보면서 사람의 몸은 곧 마음이구나 하는 생각을 하곤 한다. 말로 하지 않아도, 얼굴에 드러내지 않아도 그 동작 하나하나가 천 마디 말보다 더 많은 것을 보여주기 때문이다.

테니스 경기 관람에 익숙하지 않은 사람들이라면 축구 경기를 떠올려 보아도 좋다. 축구 선수들이 골대 안으로 볼을 차 넣은 직후에 보여주는 열정적인 골 세리모니 장면 말이다. 터져 나오는 가슴속의 희열을 표현하는 그들의 몸동작 하나하나에서 그들의 마음이 느껴지지 않는가?

몸과 마음은 분리할 수 없는 것이다. 여러분도 어떤 사람의 뒷모습만 보았을 뿐인데 지금 그 사람이 풀죽어 있는지 기분이 좋은 상태인지 알 수 있었던 적이 있을 것이다.

성우들의 연기에서도 마찬가지다. 흔히들 성우 연기에는 아무런 표정 변화도 없고 몸동작도 없을 거라는 착각을 하는데 카메라 렌즈를 들이대고 클로즈업을 하지 않아서 모르는 것뿐이지 성우들의 표정 연기와 몸동작도 그들이 소리로 표현해 내는 만큼 풍부하다. 물론 테니스 선수들처럼 자제하는 경우도 종종 볼 수 있지만 말이다.

기회가 닿는다면 방송국 견학 시스템을 이용해 성우들의 연기를 지켜보길 바란다. 그들의 몸은 춤추듯이 끊임없이 움직이고 있으며 표정 연기도 훌륭하다.

TIP

KBS 라디오국의 15 스튜디오는 고감도의 입체 녹음 설비가 갖추어져 있어서 성우들이 라디오 드라마를 제작할 때 마치 소극장 무대에서처럼 움직이며 연기를 한다.

침묵의 시간을 즐겨라

나는 '소리'로 승부하는 연기자인 성우들에게 연기 지도를 하는 사람이지만 학생들에게 종종 조재현 주연의 영화 〈나쁜 남자〉를 권한다. 영화 속에서 나쁜 남자 조재현이 뱉는 대사는 두 시간 내내 딱 한 마디밖에 없지만, 그는 표정과 몸짓만으로 수천 수만의 언어보다 더 진한 메시지를 남기기 때문이다.

성우 연기에서도 표정 연기는 중요하다. 포즈(Pause, 휴지)를 두라거나 감정을 꺾으라는 얘기를 들어보았을 것이다. 성우들에게 있어서 포즈는 조재현이 영화 〈나쁜 남자〉에서 보여주었던 것 같은 표정 연기를 하는 시간이라고 생각하면 될 것 같다.

자신의 감정을 추스르거나 갑자기 뭔가 다른 생각이 나서 감정이 전환될 때, 혹은 말로는 표현해 낼 수 없는 깊은 감정을 전해야 할 때 성우들은 길거나 짧은 포즈(표정 연기하는 시간)를 두어서 그것을 표현해야 한다.

감정의 꺾임도 이 포즈를 둔 동안 이루어지는 것이다. 물론 때에 따라서는 전광석화처럼 순식간에 바뀌기도 하지만 말이다.

앞장에서 설명했듯이 사람의 감정은 말로만 표현되는 것이 아니요, 얼굴 표정과 눈빛 그리고 온몸으로 전달되는 것이다.

그러나 성우를 준비하는 학생들은 성우들의 연기가 소리로만 전달된다는 생각에 급급한 나머지 침묵의 시간을 갖기 두려워하는 것을 볼 수가 있다.

침묵 연기를 두려워하면 안 된다.

충분히 감정을 다스리고 다른 생각을 떠올리는 침묵의 시간을 가져야 한다. 물론 그러한 침묵의 순간에는 표정으로, 온몸과 마음을 다해 연기하고 있어야 한다.

신기한 것은 표정에는 아무 소리가 없는데도 청중이 그것을 느낀다는 것이다. 그것은 마치 전화 통화를 할 때 상대방의 표정이 보이지 않아도 그의 감정을 느낄 수 있는 것과 비슷하다.

성우라고 해서 입으로만 연기하는 것이 아니다. 이 책을 읽는 여러분은 온 마음과 몸을 다해 표현하는 연기를 할 수 있기를 바란다.

💡 TIP

포즈는 바로 뒤에 오는 말을 강조하는 효과가 탁월하므로 내레이션이나 CM 등의 비연기 분야에서도 가장 빈번하게 사용되는 강조법이다. 또한 앞문장의 내용을 정리하고 음미할 시간을 주기도 한다.

포즈 두기와 감정 전환 실전 연습

실제적인 동작을 취하기 위해서 포즈를 두는 경우와, 감정의 정리나 전환을 위해서 포즈를 두는 경우, 포즈가 거의 없이 순간적으로 꺾이는 감정들을 대사를 통해 연습해 보자.

예문 1은 한때 비구니였다가 파계한 어느 중년 여인의 옛사랑에 대한 기억을 담고 있다. 말줄임표가 유난히 많은 대사인데 내용을 찬찬히 분석해 본 후, 스터디를 함께 하는 친구들과 서로 연기해 보자.

긴 침묵과 짧은 침묵, 갑작스런 감정 변화 등을 어디에서 시도할 것인가? 자연스럽게 우러나오는 대로 연기하는 것도 재미있지만 치밀한 계획하에 해 보는 것도 나름의 재미가 있다는 것을 느끼게 될 것이다.

어느 부분에서 감정의 흐름이 꺾이는가를 중점적으로 보아주기 바란다.

예문 1 그이도 화가였어요…… 늘 우수에 찬 시선으로 절 쳐다보곤 했죠…… 이상하죠? 전 그때 그 시선이 참 좋았거든요…… 하지만 그 우수를 그이한테서 지워주고 싶었어요…… 그래서…… 그 마음은 자비심이 아니었어요…… 그것은 애욕? 그래요! 그것은 애욕이었을지도 몰라요…… 그런 내 마음을 알았는지 몰랐는지 그이는 붉은 노을이 질 때면 항상 기타만 슬프게 치더군요. 그리고 어느 날이던가…… 그이는 내게 울부짖었어요.

예문 2는 몸동작 연기와 감정의 꺾임을 동시에 요구하는 내용들이다. 실제로 몸을 움직이면서 충분한 포즈를 두며 연기해 보자. 예문 2와 같은 연기를 할 때는 연기자 스스로가 연출자가 되어야 한다. 장소와 상황에 대한 구체적인 그림이 눈앞에 그려지지 않으면 실제적인 연기를 할 수가 없다.

예문 2에서는 화자가 미스 김의 표정을 살피는 동작을 꼭 넣도록 해야 한다.

예문 2 그럼…… 아버지는……? 아, 참, 내가 괜한 소릴 했군 그래. 미안해, 미스 김. 어서 먹어. 어? 김치가 떨어졌네? 아주머니 여기 김치 좀 더 갖다 주세요.

몰입하기

인물의 성격과 현재 처한 상황, 감정 등을 분석하고, 그러한 분석을 토대로 주어진 대사를 재구성하는 과정들을 앞선 몇 개의 장을 통해 설명했다. 이제 남은 것은 연기에 몰입하는 일이다.

나는 연기에 몰입하는 것을 "작두를 탄다"고 종종 표현한다. 시퍼렇게 날이

선 작두 위에서 펄펄 춤을 추면서도 피 한 방울 흘리지 않는 무당들의 놀라운 정신력, 그런 정신력으로 주어진 역에 몰입해야 한다는 얘기다.

어린 시절 소꿉장난을 하던 때처럼 완전히 그 상황, 그 인물에 몰입할 수만 있다면 좋은 연기가 자연스럽게 나오지 않겠는가.

그러나 몰입만이 연기의 왕도는 아니다. 즉흥극을 제외한 대부분의 드라마는 정해진 각본에 의해서 흘러가기 때문이다. 감정에 충실하게 빠져든 순간이라 하더라도 머리 한쪽에서는 전체 흐름을 늘 염두에 두고 있어야만 각본대로 드라마를 진행시킬 수 있다. 너무 감정에 몰입하다 보면 대사 전달이 불분명해진다든지 상대방과의 호흡이 깨진다든지 하는 실수를 할 수가 있다. 또 라디오 드라마의 경우는 시간 조절을 위해 전광판의 시계를 보면서 속도 조절을 해야 하는 경우도 많다.

50분짜리 라디오 단막극을 예로 들어 보겠다. 아무리 베테랑 작가라 해도 50분에 정확히 드라마가 끝나도록 대사 분량을 조절할 수는 없다. 사람마다 말 속도가 다 다르기 때문이다. 때문에 전광판의 시계가 40분을 넘기고 나면 성우들은 남은 대사의 분량과 시간을 견주어서 대사 속도를 늘이거나 혹은 빠르게 조절하곤 한다.

물론 PD들도 스튜디오의 창문 너머로 안타까운 손짓을 보낸다. 시간이 얼마 안 남았으니 빨리 하자 할 때는 손가락을 빙빙 돌리고, 시간 많은데 대사는 얼마 안 남았으니 천천히 하자 할 때는 밀가루 반죽이라도 들고 있는 것처럼 양손을 죽죽 잡아당긴다. 브리지 음악의 길이 조절로도 전체 시간 조율을 할 수는 있지만 역시 성우들의 대사 속도가 가장 능동적인 시간 조율 방법이기 때문이다.

그러므로 시험장에 들어선 여러분도 작두를 타되, 2%쯤은 자기 자신으로 남아서 치밀한 연기 계산을 할 수 있기를 바란다.

그냥 넘어가도 좋은 잡담 : '2% 부족할 때'

몰입 이야기가 나왔으니 개인적인 얘기를 하나 하고 넘어가야겠다.

지난해, 나는 우울증으로 약 두 달 정도 신경 정신과 치료를 받으러 다닌 일이 있다. 당시 나의 가까운 주변 사람들은 내가 우울증 치료 중이라는 얘길 듣고(솔직한 성격이라 주변 사람들에게 다 얘길 했던 것이다) 모두들 고개를 갸우뚱했었다. 너처럼 낙천적이고 매사가 즐거운 사람이 어떻게 우울증에 걸릴 수 있느냐고, 도저히 믿기지 않는다는 것이었다.

사실 지금은 나도 나의 우울증 발병 사실이 믿기지 않는다. 그러나 지난 가을, 나는 정말 심각한 우울증에 걸려서 매순간 죽고 싶다는 마음뿐이었다.

살아 있다는 것이 의미가 없고 나 자신이 처한 현실이 너무나 한심하게 느껴졌으며, 나에겐 어떤 희망도 없어 보였다. 게다가 불면증까지 겹쳐서 '이 세상에 나처럼 불행한 사람이 또 있을까……'라고 생각하며 날마다 한숨과 눈물로 지새웠던 것이다.

그러나 약간의 상담 치료 후 나는 곧 내 우울증의 원인을 깨닫게 되었다. 아무도 내가 우울증이라는 사실을 믿어주지 않았을 만큼 낙천적이고 밝은 성격인 내게 우울증이라는 생경한 마음의 병을 안겨준 것, 그것은 바로 "현금"이었다.

앞에서 예문으로 제시한 바 있는 박완서 원작 소설 『아주 오래된 농담』 속의 "현금"이 말이다.

지난 여름, 나는 라디오 일일 연속극에서 "현금"이 역을 맡고 있었다. 극중 현금이의 나이는 마흔 여섯이어서 젊은 역을 주로 맡는 나에게 올 배역이 아니었지만 '말투가 나이에 맞지 않게 어리다'는 원작 속의 인물 소개 때문에 내게 그 배역이 주어졌던 것이다.

그런데 드라마 시작 전 배역 연락을 받고 소설책을 미리 읽어 보니 극중 현금이는 당시의 나와 닮은 점이 참 많았다.

전혀 미인이 아닌데도 자신이 몹시 예쁘다고 착각하는 점, 별로 잘나지 않은 여자인데도 자신이 몹시 잘났다고 착각하는 점, 지나치게 솔직하고 또 조금은 위악적이라는 점, 늦은 나이에 싱글이라는 점 또…… 사랑해서는 안 될 사람과 사랑하고 있다는 점(나의 경우는 짝사랑이었다)…….

그러나 그토록 많은 유사점이 있음에도 불구하고 나는 현금이라는 인물을 가장 강력하게 규정하는 대표적인 감성 두 가지를 이해할 수가 없었다. 그것은 현금이가 가진 돈에 대한 필요 이상의 집착과 폐경에 대한 공포였는데, 그럴 수밖에 없는 것이 나는 경제적으로 너무나 안정적인(부모님 두 분이 다 봉급 생활자셨으니까) 환경에서 자랐고, 폐경에 대한 걱정을 하기에는 너무 젊었던 것이다.

때문에 나는 현금이의 돈에 대한 집착과 여자로서의 생명이 다 했다는 데 대한 두려움을 스스로 느껴보려고 드라마가 지속되는 여름 내내 몹시 노력했던가 보다.

그리고! 그 노력이 하늘을 감동시켰던지 어느 날부턴가 나는 내가 가진 것이 얼마 없다는 불안한 생각과 프리랜서라는 내 직업 때문에 나의 미래가 너무도 불확실하다는 생각, 또 나는 점점 더 늙고 추해지고 있다는 말도 안 되는 비관적 생각 속으로 걷잡을 수 없이 빠져들게 됐던 것이다.

물론 덕분에 나는 현금이 역을 아주 잘 소화해 내었다(순전히 내 생각이지만). 지금도 녹음한 테이프를 보관하고 있을 만큼 아주 애착이 가는 역할이었다.

그러나 역시 '너무 지나친 것은 부족한 것만 못한' 모양이다. 결국 나는 신경 정신과 치료비로 출연료를 고스란히 갖다 바쳐야 했으니 말이다.

물론 정신 분석 치료도 한 번쯤 받아볼 만한 가치는 있는 것 같다. 치료기간 동안 나는 나 자신에 대해 많은 것을 되돌아볼 수 있는 좋은 시간들을 가졌었고 그런 검증 과정을 통해 현재의 나 자신을 더더욱 사랑할 수 있게 되었다.

또 사람의 생각이 마음을 지배한다는 사실을 배웠다. 때문에 학생들에게 나는 늘 긍정적인 사고를 하라고 얘기한다. 마음의 고통은 대개 쓸데없는 걱정에서 시작되는 것이다. 그러나 손바닥 뒤집기처럼 간단해 보이는 생각(마음가짐)의 전환이 의외로 참 어렵다는 것도 알았다.

주어진 배역에의 몰입도 중요하지만 2%는 깨어 있어야 한다는 점을 강조하기 위한 긴 사설이었다.

오디션용 대본 분석 요령

전속 성우를 선발하는 시험장뿐만 아니라 각종 오디션 현장에서 빠른 시간에 대본을 분석하는 요령을 소개하겠다. 본문에서는 연기 전반에 걸친 심도 있는 분석을 시도하다보니 지나치게 여러 질문을 던져서 오히려 혼란을 초래한 면이 있는 것 같다. 대본이 갑자기 주어지는 KBS 전속 성우 선발시험처럼 긴박하게 대본 분석을 해야 하는 상황에서는 딱 두 가지 질문이면 충분하다.

첫 번째는, **직전에 무슨 일이 있었나?** 하는 것이다.

본문에서도 설명했지만 사람은 모두 어떤 상황 속에서 움직인다. 주어진 짧은 대본 속의 주인공(말하는 사람, 화자)이 '왜, 도대체 어떤 상황 속에서 이 첫 대사를 내뱉은 것일까?'가 추리되어야 한다.

두 번째는, **두 사람은 무슨 관계인가?** 하는 것이다.

듣는 사람이 여럿일 때도 있지만 대개는 두 사람이 대화 중인 경우가 많다. 그럴 경우 말하는 사람과 듣는 사람, 이 두 사람의 관계를 정확히 추리해야 한다. 그 외에도 대사 속에 다른 인물이 등장한다면 그 사람까지 포함해서 등장하는 모든 사람 사이의 역사, 그들 사이의 관계, 이런 상황에 놓이게 된 이유 등을 함께 탐색해야 한다.

아주 짤막한 다음 예문을 보고 방금 소개한 두 질문을 던져 보자. 이때 심사위원이 원하는 것은 예문의 원전과 그 내용을 맞추는 정답찾기가 아니다. 주어진 대본 안에서 개연성 있게 재구성한 인물을 여러분만의 개성을 가지고 매력적으로 연기하는 것이다.

> 아이, 실장님 오랜만이에요. 무슨 일이냐구요? 아니 별일은 없구요, 그냥 제가 술 한잔 대접해 드리고 싶어서요. 그럼 저녁 함께 드시는 건 어떠세요? 물론 단둘이서죠.

1. 직전에 무슨 일이 있었나?
2. 두 사람은 무슨 관계인가?

첫 질문과 두 번째 질문에 대한 답이 대본 속에 들어있다고 했는데… 과연 그럴까? 누구나 다 대본 속에 들어있는 것 외에는 알 방법이 없으므로 주어진 대본을 차분히 읽으면서 행간의 의미까지 꼼꼼히 체크하도록 하자.

한 여자가 '아이'라는 애교 섞인 호흡과 함께 '실장님'이란 사람에게 인사를 한다. "오랜만이에요." 대화 도중에 상대방의 질문을 듣고 대답하는 장면이 계속 나오는 것으로 보아 현재 여자는 누군가와 통화중이다. 그렇다면 첫 질문, '직전 상황은 무엇인가'에 대한 답이 나왔다. 허무할 정도로 아주 간단하다. 여자는 아주 오랜만에 누군가에게 전화를 건 것이다.

무슨 이유에서 걸었건 여자는 수화기 너머로 따르릉 하는 신호음을 몇 차례 들었을 것이고, 딸깍하면서 상대방의 목소리가 전화선을 타고 흘러들어 왔을 때, 반가움 혹은 안도감을 느꼈을 것이다.

이러한 직전 상황의 감정과 느낌이 여러분 안에 실제로 생겼는가? 바로 그 기다림과 상대의 목소리를 들었을 때의 반가움을 연기를 시작하면서 표현할 수 있겠는가?

그럼 두 번째 질문.

아주 오랜만에 전화를 걸었다는 사실은 두 사람의 관계를 설정하는 데 있어 어떤 작용을 할까? 특히나 '오랜만'이라고 말하는 여자가 '아이' 하는 애교 섞인 호흡으로 인사를 시작하는 관계에서라면? 글쎄… 늘 만나는 사람끼리 "오랜만이에요"라고 말하지는 않을테니 부부나 연인, 직장 동료일 리는 없고… 여자가 '실장님'에게 애교를 부릴 만큼의 사이는 되는 것 같은데….

여자는 어느 날 문득 실장님이 몸서리치게 그리워진 것일까? 아니면 돈 꿀 일이라도 있었던 걸까? 혹은 그 외 뭔가 부탁할 일이 있었다? 사람들은 어떤 사이일 때 오랜만에 통화를 하게 될까? '물론 단둘이서죠'라고 덧붙인 걸로 미루어서 둘의 관계에 대한 설정에는 더 많은 가능성의 문이 열린다.

계속 두 번째 질문의 답을 찾아보자. 우리는 어떤 사이일 때, 어떤 일이 있을 때 상대방에게 술대접을 하는가? 자축할 일이 있을 때? 상대를 축하해 주려고?

혹은 청탁할 것이 있어서?

　계속되는 질문 속에서 여러분은 나름의 스토리 전개와 인물 분석을 해내고 있을 것이다. 여자와 통화 중인 실장님은 어떤 사람일까도 구체적으로 고민해 보아야 한다. 오랜만에 전화를 한 여성에게 술대접 제의를 받고 "그럼 우리 단 둘이 보는 건가?"라고 물을 수 있는 남자는 어떤 유형의 남자일까? 그런 남자 에게 여자는 무슨 볼 일이 있는 것일까?

　설명이 또 길어졌다. 중요한 건 질문의 수다. 여러분이 스스로에게 물어볼 것 은 어쨌든 위의 두 가지다. 질문의 수를 줄여드린 것만으로 용서해주시길 바라 면서⋯ 여기에 덧붙여 두 가지 서비스 팁을 더 드리겠다.^^

　하나는 **이 대사에 어울릴 배우가 누구일까 찾아보는 것**이다. 꼭 배우가 아니 어도 좋다. 주변 사람 혹은 극중 인물⋯ 누구라도 좋다. 이 대사를 가장 잘 소 화할 것 같은 사람을 떠올리는 것은 아주 급하게 연기의 디테일을 잡아야 할 때 큰 도움이 될 수 있다. 물론 이 방법은 매번 꼭 사용해야 하는 것은 아니다. 대 본이 얼추 분석이 됐는데 감정이 잘 안 잡힐 때 사용하면 좋다.

　또 하나는 **물리적 환경을 설정**해보는 것이다. 주변에 어떤 물건을 둘지, 말하 는 사람과 듣는 사람의 위치와 거리는 어디가 좋을지, 시간은 어떤지, 장소는 어디가 좋을지⋯ 등이다. 이는 위 두 사항을 체크하고도 여력이 있을 때 하면 된다.

　이러한 사항들에 대해 체크가 끝났다면 더 중요한 두 가지(뭐야 이거 점점 내 용이 많아지잖아?!! 하면서 머리 아파하는 분들 보입니다^^)를 소개한다.

첫째, 스파이더맨처럼 변신하라.

슈퍼맨이나 스파이더맨 같은 슈퍼 히어로 영화를 본 적이 있을 것이다. 이런 영화들은 일반인으로 살아가던 주인공이 슈퍼 히어로로 변신하는 과정을 아주 중요하게 담아내곤 한다. 뮤직비디오처럼 배경음악까지 깔아가며 슈퍼 히어로로의 변신 과정을 천천히 보여주는 감독들. 게다가 그 변신 과정은 최소 두 번 이상 반복되며 속편이 나와도 어김없이 재연된다. 끊임없이 새로움을 추구하는 영화에서, 같은 컨셉의 장면을 반복해서 보여주는 이유가 무엇일까? 그건 바로 사람들이 그 장면을 좋아하기 때문이다.

마치 징그러운 애벌레가 나비가 되듯, 한 존재가 전혀 다른 존재로 탈바꿈하는 순간을 사람들은 즐기는 것이다. 영화 〈유주얼 서스펙트〉의 마지막 장면도 비슷한 맥락에서 명장면으로 꼽힌다(영화 내내 피해자의 입장에서 사건의 전말을 진술한 유약한 절름발이 목격자가 사실은 치밀한 계략으로 사람들을 모두 속인 악당이었음이 밝혀지는 엔딩씬으로 케빈 스페이시가 연기했다).

오디션 현장에서의 여러분은 변신을 앞둔 슈퍼 히어로가 되어야 한다. 그곳의 심사위원들도 여러분이 일반인으로 있다가 극중 인물로 변신하는 과정을 보면서 짜릿함을 느끼기 때문이다. 그러니 대사만 신경 쓰지 말고 첫 대사를 시작하기 직전의 1~2초, 마지막 대사가 끝난 뒤의 1~2초에 멋진 표정 연기를 보여줄 수 있는 센스를 발휘해주기 바란다. 물론 이런 것들은 앞서 언급한 두 가지 질문의 답을 잘 찾기만 했다면 자연스럽게 연출될 수 있는 것이다(너무 어렵게 생각하지 말았으면 한다. 앞의 예문에서라면 상대방이 전화를 받을 때까지 기다리는 표정 정도를 연출하면 된다. 다만 진심으로 온 마음을 모아 그 상황에 몰입해야 한다). 또 노파심에서 덧붙이는데 연기하는 여러분의 진지한 얼굴표정을 심사위원들이 꼭 볼 수 있도록 배려해 주길 바란다. 대본으로 얼굴을 가린다든가 하는 일은 알게 모르게 감점요인이 된다.

둘째, **웃음**

오해의 소지가 있을 수 있어 얘기를 할까 말까 많이 고민했는데… 오디션용 단문 연기를 할 때 웃음을 섞어주면 그 연기의 격이 높아지는 경우가 많다. 웃음이라고 해서 깔깔대고 소리 높여 웃으라는 것이 아니다. 슬픈 연기를 하면서도 피식 웃을 수 있고, 화난 연기를 하면서도 기가 막혀 픽- 웃을 수 있다. 사람들은 의외성을 사랑한다. 진지하거나 슬프거나 화난 연기를 한다고 해서 내리 진지한 표정, 슬픈 표정, 화난 목소리를 하면 보는 사람, 듣는 사람 모두 지루하고 피곤해진다. 실제 생활에서 그런 유형의 사람을 만나면 대개가 호감을 느끼지 못한다. 부끄러울 때도, 긴장했을 때도, 어색할 때도, 화가 났을 때도, 슬플 때도 살짝 웃어 주면 더 좋지 않던가? 실제 생활이건 연기에서건 말이다.

자, 이상의 설명으로 오디션 현장에서 급히 대본 분석을 해야 할 때 여러분이 체크해 두면 좋을 질문들을 정리해 보았다. 도움이 되었는지? 건투를 빈다.

CHAPTER 04

분야별 연습

: 라디오 드라마, 외화 및 만화 더빙, 내레이션, CM 등

분야별 연습
: 라디오 드라마, 외화 및 만화 더빙, 내레이션, CM 등

이제 성우 실기 시험 시에 주어지는 단문 연기 연습의 기본적인 설명을 마쳤다. 지금부터는 성우들의 주 활동 무대들을 분야별로 공부해 보자.

요즘은 방송인들의 영역 구분이 많이 사라져 가는 추세이긴 하지만 그럼에도 성우들만의 고유 영역으로 인정되는 분야를 꼽아 보면 크게 라디오 드라마, 외화 더빙, 내레이션, 만화 더빙, CM 이렇게 다섯 가지로 나눌 수 있다.

세계 최초의 라디오 드라마

1924년 영국의 BBC에서 탄광에 매몰된 광부들의 이야기를 소재로 한 세계 최초의 라디오 드라마가 방송되었다(프로듀서 니겔 플래이페어, Nigel Playfair).

지금은 '라디오 드라마? 허, 아직도 그런 게 있었나?'하는 사람들이 대부분이지만 당시(1922년 영국 리버풀에서 세계 최초의 라디오 실험 방송이 있었다)에는 라디오란 첨단 과학 문명의 결정체 같은 것이었다. 당연히 세인의 관심은 이 사상 초유의 라디오 드라마에 집중되었으며 제작자들은 청취자들의 평 한 마디 한 마디에 온 마음을 다해 귀를 기울였다.

결론부터 말하겠다. 탄광에 매몰된 광부들의 이야기를 소재로 한 이 세계 최초의 라디오 드라마는 방송 후, 세인의 극찬을 받았다.

그 이유는 무엇일까?

연극 무대에서 탄탄하게 실력을 쌓은 배우들의 뛰어난 연기?

닫힌 공간 속의 울림을 표현하기 위해 배우들이 바가지를 뒤집어쓰고 연기를 했던 것이나 당시 청취자들을 소름끼치게 한 광산 폭발음 등의 놀라운 효과음 때문이었을까? 아니면 짜임새 있는 드라마 대본?

물론 모든 것이 다 성공 이유였을 것이다. 그러나 나는 언젠가 임영웅 선생님(극단 산울림 대표, 연극 연출자이며 전 KBS 라디오 드라마 PD)께서 해 주신 "이 드라마의 성공 요인은 '탄광'이라는 무대 배경 때문이었다."는 말씀에 가장 무게를 두고 싶다.

매몰된 탄광 속을 상상해 보자.

빛 한 줄기 새어들지 않는 칠흑 같은 어둠.

그 어둠 속에서는 아무것도 보이지 않았을 것이다.

이 어둠을 영화나 TV 드라마 혹은 연극 무대 위에서 표현해 냈다면 어땠을까도 상상해 보자.

관객들은 시종일관 컴컴한 스크린만 바라보아야 하지 않았을까? 배우들의 섬세한 표정 연기도 보이지 않고, 움직임도 전혀 보이지 않고…… 아마도 그런 작품을 보기 위해 자기 자신의 시간을 투자하고 싶어 하는 사람은 없을 것 같다.

그러나 청취자의 상상력으로 완성되는 라디오 드라마로 이 탄광 속의 어둠이 극화되었을 때, 그 어둠은 가장 완벽한, 이상적인 어둠이 되었다. 청취자들은 탄광 속의 어둠과 매몰된 광부들의 두려움을 어떤 오감의 답답함도 느끼지 않은 채 생생하게 느낄 수 있었던 것이다.

세계 최초의 라디오 드라마가 거둔 대성공, 그 속에서 라디오 드라마의 최대 매력을 발견할 수 있을 것 같다. 그것은 바로 '듣는 이의 상상력으로 완성된다'는 것이다.

〈웰컴 미스터 맥도날드〉라는 일본 영화를 보았는지 모르겠다. 생방송으로 제작하는 라디오 드라마 스튜디오 안팎에서 벌어지는 에피소드를 소재로 한 영화인데 우리나라 라디오 드라마도 1960년대까지는 생방송으로 제작을 했다고 한다.

우리나라의 라디오 드라마 역사

우리나라 최초의 라디오 드라마 김희창 작 〈노차부(老車夫)〉가 방송된 1933년 4월 26일은 대한민국 최초의 '우리말 방송'이 시작된 날이기도 하다. 우리나라의 방송과 그 기원을 같이 하는 자랑스런 라디오 드라마의 80년 역사 중 한 페이지를 성우 이혜경 선생님의 증언으로 잠시 되돌아볼까 한다. 이혜경 선생님은 해방 직후인 1949년, 한국방송공사의 전신인 서울중앙방송 극회 2기로 성우 활동을 시작한 이래 현재까지 방송일에 종사하고 계신 우리나라 방송의 산 증인이시다.

"초기에는 생방송으로 라디오 드라마를 제작했기 때문에 연출자가―그땐 도연(導演) 계장이라고 불렀죠―스튜디오 안에서 연출을 했어요. 생효과와 연기가 일사불란하게 돌아가도록 아예 스튜디오 안에 함께 있었던 거죠. 생방송 해프닝은 많아요. 마감을 못 지킨 작가들은 스튜디오 안까지 들어와 원고를 쓰기도 했고, 아, 일본 영화 〈웰컴 미스터 맥도날드〉라는 작품 보셨어요? 그보다 더 했어요. 또 갑자기 재채기가 나기도 해서 성우들이 자기 대사를 놓치면 다른 성우가 목소리를 바꾸어 연기해 주기도 했어요. 청취자들도 그러려니 해주었던 것 같아요. 후배들은 연기자인데도 생효과를 돕기도 했고…… 효과 얘기가 나오니 저희 집에 도둑 들었던 일이 생각나네요. 남편―고(故) 이상민 씨―이 효과하는 사람이었잖아요. 어느 날 집에 도둑이 들었는데 그이가 다급한 김에 방에 있던 쇠붙이로 권총 장전하는 소리를 만들어냈어요. 그랬더니 그 도둑, 귀도 밝지. 진짜 권총인 줄 알고 줄행랑을 놓지 뭐예요. (웃음)

– 2003. 2. 《성우협회보》에서 발췌

독서와 라디오 드라마의 공통점

요즘이야 컴퓨터 그래픽 등의 과학 기술이 발달을 해서 예전에는 표현해 내기 어렵던 배경들을 실사(實寫)보다도 더 사실적으로 재현해 내는 일이 가능해졌지만 지난 반세기 동안 라디오 드라마는 가장 완벽하게 원작의 느낌을 전달할 수 있는 장르였으며 아직까지도 그 순위를 타 드라마 장르에 내주지는 않았다는 것이 나의 생각이다.

라디오 드라마는 표현 예술임에도 불구하고 듣는 사람의 상상력을 자극한다는 점에서 독서와 흡사하다. 영상 매체가 생긴 이래 수많은 소설이 영화와 TV 드라마로 만들어져 왔지만 잘 알다시피 원작 소설보다 영화가 더 좋다는 평가를 받았던 적은 거의 없었다. 이렇게 영상화된 각색판들이 절대로 원작을 넘어설 수 없는 까닭은 어디에 있는 걸까? 그 대답은 의외로 간단하다. 영상매체가 아무리 완벽하게 원작을 형상화한다 하여도 그것이 개개 독자의 상상력을 능가할 수는 없기 때문이다.

예를 들어 보겠다. 영국 작가 오스카 와일드의 작품 중에 『도리안 그레이의 초상』이라는 장편 소설이 있다. 근대 영국을 배경으로 한 이 소설 속에서 주인공 도리안 그레이는 사람들의 넋을 빼앗아갈 정도의 미청년으로 그려진다. 이 청년을 바라보는 것만으로 사람들의 가슴 속은 선한 마음과 기쁨으로 가득 차게 되며 일찍이 그 누구도 이런 미청년을 본 적이 없다고 묘사해 놓은 것이다.

자, 이 소설을 영화로 만든다면 과연 누가 이 도리안 그레이라는 미청년의 역을 맡을 것인가. 제아무리 아름다운 배우를 캐스팅한다 해도 소설 속의 도리안 그레이만큼 아름다울 수는 없지 않겠는가!

그러나 이 작품을 라디오 드라마로 만든다면 얘기는 달라진다. 라디오 드라

마 속 근사한 목소리의 도리안 그레이는 원작을 읽으면서 독자들이 품었던 상
상을 더욱 섬세하게 완성해 주는 존재로 다시 태어날 것이다. 더욱이 우리나라
의 경우, 목소리의 주인공인 성우들은 대부분 자신의 얼굴이 세상에 알려지는
것을 꺼리기 때문에 온전히 소리로만 대중에게 알려져 있다. 이는 청취자들에
게 더더욱 열린 상상을 가능하게 한다.

제아무리 아름다운 사람도 상상 속의 미남미녀를 능가할 수 없으며 제아무리
아름다운 풍경이 펼쳐진다 하여도 상상 속의 아름다운 광경을 능가할 수는 없다.

라디오 드라마는 상상을 하게 한다는 점에서 독서와 같다.

라디오 드라마를 아끼는 너무나 개인적인 이유

또 내가 개인적으로 좋아하는 라디오 드라마의 장점은 나 자신의 외모와 나
이를 떠난 배역을 소화할 기회가 주어진다는 것이다.

어느 해 봄, 라디오 일일연속극에서 반항하는 10대 소녀 역을 맡은 적이 있
다. 이 소녀를 짧게 소개하면 이렇다.

18세, 고2, 전교 1등, 예쁘고 똑똑하며 날씬하고 키가 크다. 밝고 명랑한 성격이나 가정의
몰락으로 잠시 방황, 유흥업소에까지 나가게 된다. 드라마 후반부 어머니와의 화해를 통해
다시 모범 소녀로 돌아온다.

그해 봄 내 나이는 만으로 깎아도 서른 셋. 키와 몸무게는? (여러분의 상상에
맡긴다) 영상매체의 드라마에서라면 성형 수술을 대여섯 번씩 하고 지방제거

수술까지 한다 해도 절대로 내게 돌아올 역이 아니었다. 평소 말투가 십대 애들 수준이고 내 마음도 십대인 것이 사실이긴 하지만 말이다(︶). 그러나 청취자의 상상력으로 완성되는 라디오 드라마에선 30대의 나도 10대 소녀로 돌아갈 수가 있다.

물론 라디오 드라마나 외화 더빙에서도 성우들의 나이, 이미지 등을 고려해서 캐스팅을 한다. 그러나 타 장르에 비해서 캐스팅이 훨씬 더 탄력적일 수밖에 없는 것이다.

배우라면 누구나 한 번쯤 10대 소년 소녀의 풋풋한 사랑 얘기에서 주인공 역을 맡고 싶을 것이다. 그러나 영화나 TV 드라마의 배우들은 20대 중반만 넘어버려도 이런 배역을 맡을 수 있는 기회가 평생 오지 않는다. 오로지 나이라는 물리적 조건 때문에 그런 즐거운 기회를 놓친다는 것은 너무 억울하지 않은가? 그러나 라디오 드라마는 다르다. 라디오 드라마의 가장 큰 장점은 배경, 시대, 배우의 외모나 연령 등의 드라마 외적인 요소에 전혀 제약을 받지 않는다는 점이기 때문이다.

왜? 드라마를 완성하는 것이 청취자들의 무한한 상상력이기 때문에.

그뿐만 아니라 라디오 드라마는 성우들의 입장에서 볼 때, 가장 창조적인 연기를 할 수 있는 장이기도 하다. 외화 더빙이나 만화 더빙을 할 때는 이미 만들어진 영상에 소리를 입혀야 한다. 때문에 주어진 배역을 자신만의 새로운 해석으로 완전히 재창조해 낸다는 것은 사실상 불가능하다. 그러나 라디오 드라마 안에서는 그 어떤 장르보다도 새로운 인물의 창조가 가능하다.

또한 영상물의 경우 그림이 보이기 때문에 사실적이고 단발성인 대사가 많은데 비해서 라디오 드라마는 대사가 극을 이끌어가는 주요축이기 때문에 길고 아름다운 대사들이 많이 나온다. 이 점도 라디오 드라마가 주는 즐겁고 행복한 장점 가운데 하나일 것이다.

라디오 드라마의 생생한 현장 속으로

라디오 드라마가 만들어지는 현장으로 가보자.

특정 프로그램을 지칭하진 않겠지만 내가 소속된 KBS 라디오국의 이야기가 주가 될 수밖에 없다는 점은 양해를 구한다.

연습 시간

예를 들어 50분짜리 드라마 녹음이 오후 3시에 시작된다면 연습 시간은 대개 한 시간 전인 오후 2시로 잡힌다(PD에 따라서 녹음 두어 시간 전으로 연습 시간을 잡기도 하지만 그런 경우는 그리 많지 않다). 배역은 늦어도 3~4일 전에는 연락이 되고, 대본도 일찍 나오기 때문에 성우들은 방송국에 미리 들러 연습 시간이 되기 전에 미리 자기 배역을 체크해 둔다(요즘은 이메일로 미리 받아보는 경우가 더 많다).

이때 체크하는 것은 그 인물의 나이와 성격, 배경, 현재 처한 상황 등의 큰 맥락은 물론 대사 속의 자잘한 상황과 감정들이 될 것이다.

물론 음향, 효과, 기술을 맡고 계신 분들도 미리 대본을 읽고 배경음, 효과음 등을 준비한다.

오후 2시가 되면 프리랜서인 선배 성우들과 전속 성우들로 구성된 배역진과 연출자가 연습실에 모여 함께 리딩 연습을 한다. 이 연습 시간을 통해 각 배역은 서로 호흡을 맞추고, 또 대본 속의 이해할 수 없는 내용에 대해 토론도 할 수 있다. 리딩 연습은 음악, 효과음 등이 빠지기 때문에 실 녹음 시간보다 시간이 덜 걸린다.

연습이 끝나면 약간의 휴식 시간을 가진다. 이때 성우들은 대사를 조금 고치기도 하고 선배 성우들은 후배들에게 개인적인 연기지도를 해주기도 한다. 물론 작품에 대한 각자의 의견이며 서로의 신상에 관한 얘기 등 잡담도 주고 받는다. 잠시 후 3시가 되면 모두 라디오 스튜디오로 자리를 옮겨 녹음을 시작한다.

지금은 너무나 일상적인 풍경이라 전혀 의식하지 않게 되었지만 처음 드라마 작업에 참여할 때는 인상적이었던 것들이 참 많았다. 그때의 기억을 되살려 보겠다.

소리의 산실 스튜디오

스튜디오의 크기는 제각각이지만 대개 드라마를 제작하는 곳이 일반 라디오 스튜디오보다 더 크다. 일반적으로 중·고등학교 교실 크기쯤이라고 보면 될 듯하다.

일단 여닫기조차 벅차도록 육중한 스튜디오의 철문을 밀고 들어서면, 구멍이 송송 뚫린 방음벽이 세상의 모든 소리는 물론 사람의 기운까지도 다 빨아들일 것처럼 버티고 있는 것이 보인다(모든 스튜디오가 품고 있는 사람을 압도하는 기묘한 기운은 이 방음벽 때문이 아닌가 하는 것이 나의 추측이다). 또 연출자와 기술자, 음향, 효과를 맡으신 분들의 얼굴을 건너다볼 수 있도록 기술실과의 사이에 놓여진, 손바닥 길이만큼 두꺼운 유리창, 또 제작 시간을 알리는 붉은빛의 전광판 시계, 고성능 마이크들이 여기저기 매달린 것 등이 눈에 들어온다.

잠시 후 호흡을 가다듬고 나면 전화나 스피커 음을 내는 데 편리하도록 제작된 자그마한 필터 소리용 녹음 부스가 공중전화 부스처럼 스튜디오 한쪽에 놓여진 것이 눈에 들어오고, 열댓 개의 의자와 테이블 등도 보인다. 마이크 앞에 있는 테이블 위에는 생수병도 놓여 있다. 뭔가 마시는 연기를 할 때를 위한 것이다.

그러나 라디오 드라마 스튜디오 안에서 가장 재미난 것은 뒤쪽으로 마련된 생효과 도구들이다. 나무문, 철문, 미닫이 문, 자동차 문 등 여러 종류의 문짝은 물론, 거리를 걷는 발자국 소리 효과음에 필요한 보도블록, 시멘트 바닥, 흙바닥 등도 자그마한 크기로 다양하게 준비가 되어 있다. 그 외에도 여러 종류의 전화기, 자전거 바퀴, 소쿠리, 바가지, 호루라기, 식사 장면을 위한 식기들 등 수없이 많은 생효과 도구들이 마치 만물상처럼 자리를 잡고 있다.

그러나 이 모든 것을 뛰어넘어 나에게 가장 깊은 인상을 남긴 것은 스무 명이 넘는 사람이 한 공간에 있는데도 연기하는 배우들의 목소리 빼고는 어떤 잡음도 나지 않는다는 사실이었다.

잡음 절대 금지

성우 초년생 때는 스튜디오 안에서 가장 힘들었던 것이 소리를 내지 않고 대본을 넘기는 일이었던 것 같다. 때문에 어쩌다 대사가 많아져서 마이크 앞에서 대본을 넘겨야만 할 때는 소리를 내지 않아야 한다는 데 너무 신경을 쓴 나머지 연기를 제대로 할 수 없을 정도였다. 신인들이 가장 두려워하는 것이 NG를 내는 일인데 대본 넘기는 소리 때문에 NG가 나는 경우가 종종 있었던 것이다. 그때 나는 마치 대본이 아예 존재하지 않는 것처럼 조용하게 대본을 넘기시는 선배님들을 보면서 '아, 나는 언제쯤 저렇게 우아하게 대본을 넘길 수 있을까?' 하고 고민하곤 했던 것 같다.

대본의 크기가 A4 용지보다 커서 넘기기 불편할 때는 대본을 엑스자로 접어

두면 조용히 넘길 수 있다는 것을 배운 것도 이때다. 대본을 철해 둔 스테이플러 쇠붙이를 녹음 전에 미리 떼어 두는 버릇도 물론 이때부터 생겼다.

참, 잡소리 절대 엄금인 스튜디오 안이지만 대본 넘기는 소리며 기침 소리 등을 전혀 걱정하지 않아도 되는 때가 있다. 바로 식당 신이나 야외 신을 연기할 때인데 자기 대사가 없는 성우들이 현장 분위기를 살리기 위해 이런저런 소음을 넣어 주어야 하기 때문이다.

식당 신이라면 "아줌마, 깍두기 좀 더 주세요~"라든가 "여기 설렁탕 나왔습니다~"라고 하기도 하고, 식사 중의 잡담인 것처럼 실제 본인들이 하고 싶던 이야기를 자유롭게 나누기도 한다. 나는 개인적으로 이 소음 신을 무척 좋아한다. 동료 성우들과 마음껏 잡담을 나눌 수 있으니까(^^).

아름다운 사중주

드라마가 시작되면 성우들은 각자 자신의 출연 신을 기다렸다가 마이크 앞으로 간다. 대개 마이크는 세 개 정도를 사용하는데 내레이션 전용은 한쪽 켠에 따로 있고, 나머지 두 개의 고감도 마이크가 입체적으로 소리를 잡는다. 때문에 성우들은 드라마 내용 속의 위치에 따라 마이크와의 거리를 조절한다.

꼭 그런 건 아니지만 성우들마다 자신이 좋아하는 위치가 있는 것 같다. 왼쪽을 선호하는 사람, 오른쪽을 선호하는 사람. 나의 경우는 왼쪽 마이크 앞에 서야 마음이 더 편해지는데 그렇다고 꼭 왼쪽을 고집할 수는 없다. 일단은 빈 마이크 앞에 서는 것이 우선이고 양쪽이 다 비어 있을 경우는 선배님들이 먼저 한쪽을 고르시게 하는 게 예의이니 말이다. 또 스튜디오에 따라서는 입체적인 소리를 만들기 위해 PD가 위치를 지정해 주는 경우도 있다.

드라마 제작은 여러분이 연습할 때처럼 진행된다고 보면 된다. 다만 거기에 음악과 효과음, 생효과, 연출자의 큐 사인 등이 추가된다. 연출자에 따라 성우 재량에 맡기는 사람도 있고 자신의 큐 사인에 맞추어 대사하기를 원하는 사람도 있어서 성우들은 각 연출자의 취향에 맞추어 연기를 하는 편이다.

"라디오 드라마란 음악과 대사와 효과음 그리고 침묵이 만들어내는 아름다운 사중주다"

지금은 관리직에 계셔서 드라마 제작에 직접 참여하지 않으시지만 내가 전속이던 당시 〈KBS 무대〉 등을 연출하셨던 조원석 프로듀서(前 KBS 라디오본부장)께서 늘 이렇게 말씀하셨던 기억이 난다.

"라디오 드라마란 음악과 대사와 효과음 그리고 침묵이 만들어내는 아름다운 사중주다."

라디오 드라마 제작 현장에서는 언제나 이 말씀을 절감하게 된다. 배경 음악과 신과 신 사이의 브리지 음악, 살아 숨쉬는 효과음, 그리고 대사와 침묵으로 어우러지는 성우들의 연기…….

별로 재밌지도 않은 제작 현장을 이렇게 자세하게 설명하는 이유는 여러분이 이미지 트레이닝을 통해 성우의 세계에 보다 가까이 다가서 있다는 자신감을 가졌으면 해서다.

이미지 트레이닝은 상당히 중요하다. 운전면허 시험을 볼 때도 자신이 직접 운전을 하는 상상을 하는 것이 큰 도움이 된다는 얘기를 들어 보았을 것이다.

여러분도 스튜디오 안에서 드라마 연기에 임하는 자신의 모습을 상상해 보면서 시험장에서의 긴장감을 떨쳐낼 수 있기를 바란다.

요즘 어떤 라디오 드라마가 있을까

아마 지금 이 책을 읽고 있는 여러분 중에도 요즘 방송되고 있는 각 방송사의 라디오 드라마가 어떤 것이 있는지 알고 있는 사람은 많지 않을 것이다. 나 역시도 입사하기 전까지는 MBC의 〈격동 30년〉 말고는 라디오 드라마가 있다는 사실조차 몰랐었기 때문에 그런 여러분을 탓할 생각은 없다. 라디오 드라마에 대한 홍보 부족 탓이지 성우를 꿈꾸는 여러분이 라디오 드라마에 흥미를 느끼지 못해서 듣지 않는 것은 아닐 테니까 말이다.

이 책에서 소개하는 드라마들은 아직까지 방송되는 경우가 많고 역사적 가치가 있다. 몇몇 작품은 이미 막을 내린 경우도 있지만 인터넷 다시 듣기는 가능하다.

KBS

1R(FM 97.3MHz, AM 711kHz), 2R(FM 106.1MHz, AM 603kHz), 3R(FM 104.9MHz, AM 1134kHz)

KBS의 경우 1, 2, 3 라디오 세 개의 채널에서 모두 라디오 드라마를 제작, 방송하고 있다.

가장 대표적인 것이 〈KBS 무대〉와 〈라디오 독서실〉이다.

● KBS 무대(2003. 1. 5. ~)

〈KBS 무대〉는 50분짜리 순수 창작극으로 성우 지망생들이 가장 열심히 듣는 프로그램 중 하나다. 매년 신인작가 발굴을 통해 신선하고 공익적인 소재 개발에 힘쓰고 있는데 KBS 라디오 드라마 파트에서 가장 자존심을 걸고 만드는 작품이기도 하다. 정통 라디오 드라마의 진수를 맛볼 수 있는 대표적 프로그램으로 성우 지망생들에게 꼭 권하고 싶은 드라마다.

인터넷에 접속하면 회원가입을 따로 하지 않아도 다시 듣기와 대본 보기를 할 수 있으며 대본을 묶은 책도 나와 있으므로 쉽게 구해 볼 수 있다.

● 라디오 독서실(2005. 5. 16. ~ 2016. 4. 24.)

〈라디오 독서실〉도 가장 많은 마니아층을 확보한 드라마 중 하나다. 일종의 오디오 북이라고 할 수 있는 이 드라마는 진행을 맡은 문학 전문가로부터 간단한 작품평도 들을 수 있고, 작가가 직접 출연해서 대담을 나누는 경우가 많기 때문에 문학 작품에 관심이 많은 사람들의 사랑을 많이 받았다. 물론 프로그램의 80%가 원작을 각색한 드라마로 채워졌다(가끔 시집을 소개하기도 했다).

역시 KBS 홈페이지에 접속하면 다시 듣기를 할 수 있을 뿐 아니라 대본을 묶은 책도 시중에 나와 있다.

● 다시 듣는 대한민국 경제실록(2014. 9. 22. ~ 2016. 5. 6.)

2016년 5월 종영한 〈경제실록〉은 베테랑 성우들이 한국의 근현대사, 그 격동의 세월을 연기하고 해설은 서혜정, 진행은 원로 국민배우 최불암 씨가 맡았다. MBC의 〈격동 50년〉이 정치사에 초점을 맞췄다면 이 작품은 경제에 포커스가 맞춰진다. 해방 이후 한국 경제사의 주요 사건들을 돌아보는 것만으로도 시대를 초월한 귀중한 가치를 느낄 수 있는 드라마. 거기에 덤으로 성우 연기자들이 되살려낸 역사 속 인물들을 다시 만나는 재미까지 누릴 수 있다.

이외에도 법률 상담 드라마인 〈이명숙 변호사의 가정 법원〉, 〈교통 캠페인 드라마〉, 〈오픈 다큐멘터리〉, 일일 연속극인 사회교육 방송의 〈라디오 극장〉과 〈보람이네 집〉 등 많은 드라마가 있다. KBS 인터넷 홈페이지에 접속하면 보다 자세한 정보를 접할 수 있을 것이다.

MBC

표준 FM(95.9 MHz), FM4U(91.9 MHz)

MBC 라디오의 경우는 택시나 버스 기사님들의 사랑을 듬뿍 받고 있어서 세간에 홍보가 잘 되어 있는 〈격동 50년〉이 대표적이다. 또 FM 채널에서도 요일별로 음악 드라마를 구성하는 프로그램이 있다.

● 격동 50년(1988. 4. 1. ~ 2009. 10. 17.)

정치 다큐멘터리 드라마. 5 · 16이 일어난 1961년부터 1980년대 말까지 30년 동안의 정치 현대사를 극화했던 〈격동 30년〉이 1999년 3월 이후 〈격동 50년〉으로 제목을 바꾸면서 시대의 폭을 넓혔다.

유신, 12 · 12사태, 5 · 18 광주 민주화 운동, 한보 사태에서 린다 김 사건, IMF 경제 위기를 다룬 최근의 '1997! 국가 부도를 막아라'까지 굵직굵직한 역사적 사건들이 이 프로그램을 통해 재조명되었다. 1991년에는 민감한 정치 사안과 맞물려 방송 중단 사태를 맞이하기도 했던 〈격동 50년〉은 5,000회를 훨씬 넘어서 방송된 장수 프로그램 중 하나다. 해설을 맡으신 김종성 선배님의 독특한 내레이션도 이 드라마를 즐겁게 만든 큰 요소였다.

● 고전열전 – 삼국지(2010. 10. 18. ~ 2012. 10. 14.)

〈배한성, 배칠수의 고전열전〉은 누구나 쉽게 접하고 즐길 수 있는 고전인『삼국지』를 주제로 한 작품. 그러나 '고전'이라는 무게감에 혹시라도 멀어져 갈 청취층을 붙잡아 두기 위해 시대의 트렌드에 맞춘 각종 유행어와 개그 코드, 유명인들의 성대모사, 황당한 시추에이션 등을 담은 코믹 드라마로 재구성했다. 간간이 터져 나오는 세태풍자와 비평은 자칫 가벼워 보일 수도 있는 작품의 한쪽 귀퉁이를 단단하게 동여매 준다. 덕분에『삼국지』라는 유명한 고전을 아직 접해 보지 못한 사람은 물론이고 이미 접해 본 사람들도 더 즐겁게, 더 색다른 기분으로 감상할 수 있다(이후 배한성 씨 단독으로『수호지』,『난중일기』를 진행, 2014년 4월 13일 〈배한성의 고전열전〉이 종영되었다).

EBS

104.5MHz

EBS에도 라디오 드라마의 진수를 느낄 수 있는 아름다운 프로그램들이 있다. 그중 〈라디오 문학관〉을 소개한다.

● 라디오 문학관 – 우리소설 100선(2003 ~ 2014)

〈라디오 문학관〉은 문학계 전문가와 일반인들이 뽑은 한국 근·현대 소설 100선을 뽑아 드라마화한 오디오 북 형식의 드라마로 현진건의『운수 좋은 날』, 이문구의『관촌수필』, 황석영의『객지』등 우리 문학의 별과 같은 작품들을 만날 수 있는 소중한 프로그램이다. 이외에도 '한국단편 50선', '세계 단편 50선'을 방송하였다.

● 고전 극장(2008. 2. 25. ~ 2009. 3. 2.)

매일 오후 20분씩 방송되던 EBS의 〈고전극장〉은 『양반전』, 『구운몽』 같은 우리의 고전 명작들을 만날 수 있는 유쾌한 시간을 제공했다. 대입 수험생들에게도 인기가 있고 원작의 품격을 잃지 않은 채 현대적 감각의 재미를 더한 것이 특징이다. EBS 홈페이지에서 인터넷 다시 듣기가 가능하다.

tbs

● 라디오 문학관(2008 ~ 2009)

교통방송 TBS가 라디오 드라마를 한 번 편성해 주었으면…… 하고 늘 바랐었는데 2008년 봄 개편 때부터 그 바람이 현실이 되어 기뻤다. 앞서 소개한 EBS의 〈고전 극장〉이 우리의 고전 작품들을 다뤘다면 교통방송의 〈라디오 문학관〉은 『메밀꽃 필 무렵』, 『마지막 잎새』 같은 국내외 단편 명작들을 주로 다룬다.

KFN (국군방송)

● 귀로 읽는 소설(2009. 11. 20. ~ 2010. 3. 19.)

국군방송에도 〈귀로 읽는 소설〉이라는 라디오 드라마가 있다.

국내외 유명 장·단편 소설들을 드라마화해 소개하는데, 국군방송 홈페이지에서 다시 듣기가 가능하다.

라디오 드라마 연습하기

라디오 드라마 연기는 모든 연기 중 가장 기본이 되는 연기다. 어떤 분야의 배우건 작품 제작 전에 하는 것이 리딩인데 리딩의 기본기를 충실히 다질 수 있는 것이 바로 이 라디오 드라마이기 때문이다.

예전에는 듣고 싶은 프로그램이 있어도 시간을 놓쳐서 안타까울 때가 있었는데 요즘은 인터넷을 통해 다시 듣기를 할 수 있으니 성우 시험을 준비하는 학생들 입장에서는 참 축복이 아닌가 생각된다.

이 장에서는 라디오 드라마 연습법을 소개하기로 했지만 앞선 연기 이론 편에서 라디오 드라마를 기본 축으로 하여 설명했기 때문에 특별히 다른 설명은 덧붙이지 않기로 한다. 다만 앞에서 공부한 내용들을 토대로 되도록 많은 대본을 접해 보라고 권하고 싶다.

공부하는 학생들이 알아둘 것은, 연기 공부는 **한 작품을 집중적으로 파고드는 것과 다양한 작품을 많이 읽는 것을 동시에 병행하는 것이 좋다는 것이다.** 되도록이면 일주일에 한 편 이상의 드라마 대본을 리딩하도록 하고, 그중 마음에 드는 작품 하나는 오랜 시간 집중적으로 연습하는 것이 좋을 것 같다.

스크랩북을 만들자

매주 새로운 대본을 읽을 때는 각 대본에서 예상 시험 문제를 한두 개씩 뽑아 따로 스크랩해 두길 바란다. 시험이 임박해서 예상 문제를 뽑으려면 마음만 다

급해질 뿐 제대로 준비를 할 수가 없을 것이다. 평소에 스크랩하는 습관을 들이고 자기만의 스크랩북을 만들어 보자(이것은 만화와 외화도 마찬가지다). 주의할 것은 지난번 볼 때와 다시 볼 때의 연기에 변화가 없어서는 안 된다는 것이다.

> KBS나 EBS의 경우, 성우 시험의 실기 시험 문제 대부분이 방송된 라디오 드라마 대본에서 나온다는 점을 명심하고 방송국 인터넷 홈페이지의 다시 듣기와 대본 보기를 통해서 라디오 드라마에 익숙해지기를 바란다.

"네" 한 마디만 가지고 전화 받는 연기를 하는 즉흥극 연습을 해 보았을 것이다. "네. 네…… 네에~ 네. 네. 네. (웃음) 네. 네에~ 네에…… 네"

"네"라는 한마디만 가지고도 수십 가지의 감정을 표현해 낼 수가 있다. 스크랩북 속의 단문들을 정기적으로 반복해서 연습하도록 하고 그때마다 더 새로운 해석을 찾으려고 노력해 보자.

잊지 못할 TV 외화 시리즈

　어릴 때 나는 양지운 선배님이 리 메이저스의 역을 맡으셨던 〈600만 불의 사나이〉를 무척 좋아했었다. 600만 불의 사나이인 스티브가 왜 무쇠 팔, 무쇠 다리, 특수 인조 안구의 기계 인간이 되었는가를 보여주던 도입부 시그널은 어쩜 그렇게 볼 때마다 처음 보는 것처럼 가슴이 뛰던지……. 또 띠리리리리 하면서 그의 인조 안구가 악당들의 위치를 확인한 후, 그들을 물리치기 위해 슬로 모션으로 달리기 시작할 때면 심장이 멎어버릴 것 같은 짜릿함을 느끼곤 했었다.

　여담이지만 나는 성우실 입실 후에도 양지운 선배님과 내가 한방 식구가 되었다는 것이 실감이 나질 않아서 곁에 가지도 못하고 인사도 제대로 드리지 못했었다. 하지만 나의 가슴을 달뜨게 만들었던 목소리의 주인공이 어찌 양지운 선배님 한 분뿐이랴.

　성우실 입실 후 가장 행복했던 것은 영화 속 스타들이 바로 내 곁에 있는 듯한 느낌으로 하루하루를 보낼 수 있다는 사실이었다.

　알랭 들롱 목소리의 주인공인 김세한 선배님, 〈바람과 함께 사라지다〉의 래트 버틀러 유강진 선배님, 율 브리너 목소리 전담이신 박상일 선배님, 브루스 윌리스, 아놀드 슈왈츠제네거 등의 주인공이신 이정구 선배님, 맥가이버의 배한성 선배님, 〈환상특급〉의 내레이터 김종성 선배님, 〈하트 부부〉의 집사였던 임종국 선배님 또 엘리자베스 테일러와 비비안 리를 열연하셨던 장유진 선배님, 〈영화 음악실〉의 이선영 선배님, 〈말괄량이 삐삐〉, 〈달려라 하니〉의 주희 선배님, 〈원더우먼〉의 이경자 선배님……

그 모든 선배님이 바로 내 등 뒤에서 아무렇지도 않게 일상적인 대화를 나누실 때, 나는 그 수많은 은막의 스타가 바로 내 뒤에 서 있는 것 같은 착각에 빠져들었다.

아마 이 책을 읽고 있는 여러분의 기억 속에도 잊지 못할 외화 시리즈 한두 편씩은 다 새겨져 있을 것이다. 〈V〉, 〈소머즈〉, 〈형사 콜롬보〉, 〈맥가이버〉, 〈X파일〉…… 그리고 아마도 그 기억이 여러분을 성우라는 세계에 관심을 갖게 하지 않았을까?

나도 마찬가지였다. 외화 시리즈들 속의 잊지 못할 목소리들…… 그 소리들이 가슴에 남아서 나의 발걸음을 성우라는 세계로 향하게 했다.

입 모양 맞추기보다 연기력이 더 중요한 외화 더빙

TV 외화 더빙은 TV가 일반에 보급된 1970년대 이후 성우들의 주 활동 무대가 되어왔다. 일반인들이 '성우' 하면 떠올리는 것도 이 외화 더빙 속의 목소리들이다. 지금 팬클럽을 가지고 있는 일부 성우들도 대개 외화나 만화 캐릭터로 대중과 친숙해진 사람들인 것을 보면 대중에게 성우라는 직업을 친숙하게 알리는 장르가 바로 이 외화 더빙인 것 같다.

그러나 이 책의 앞부분에서도 잠시 언급을 했지만 성우라는 직업을 연기자가 아니라 목소리 변조나 잘하는 기술자로 생각하게 만든 것도 이 외화 더빙이다.

다시 한번 반복하지만 적은 숫자의 성우들이 수백 명에 달하는 영화 속 인물의 소리를 다 표현하다 보니 목소리 변조에 능하게 되었을 뿐, 영화 더빙이라는 것은 고도로 숙달된 더빙 기술 외에도 원작 속의 배우를 능가하는 연기력이 바탕이 되어야만 가능하다는 것을 기억해 주기 바란다.

혹시 의심이 가는 사람이 있다면(그럴 리는 물론 없겠지만) 아카데미 남우 혹은 여우주연상을 탄 작품들의 우리말 더빙판을 화면을 보지 않은 상태에서 소리만 들어 보라고 권하고 싶다. 성우들의 연기가 얼마나 놀라운 것인지 느끼게 될 것이다.

물론 요즘 일부 개그맨들이 성우들의 말투를 희화화하고 개그 소재로까지 사용하는 것을 보면 더빙에 임하는 성우들에게도 반성해야 할 점들이 없는 것은 아니다. 언어란 상상 외로 빠르게 변화하는 것이어서 똑같은 배우의 말투도 1960년대와 1970년대가 다르고 1990년대와 2000년대가 다 다르다.

그런데도 시대의 흐름을 무시하고 정형화된 말투만 고집하거나 이상하게 비틀어진 억양을 고집해서는 안 될 것이다. 그러나 우리는 성우 시험을 준비하는 사람들이지 성우들의 현재 연기에 대해서 이러쿵저러쿵 비판하는 사람들은 아니니 일단 더빙 연기의 특징에 대해서 살펴보자.

외화 더빙을 잘 하려면 당연히 가장 필요한 것은 연기력이다. 사람들은 흔히 입을 맞추는 것이 어려울 것이라고 생각들을 하는데 직접 해보면 생각만큼 어렵지는 않다. 숙달된 번역 작가들이 최대한 원래 소리 길이에 맞추어 번역을 해주고 끊어 읽기 표시까지 대본에 친절히 표시해 주기 때문이다.

예를 들어 원어가 "Hi" 혹은 "I love you"인데 "안녕하세요."와 "나는 당신을 사랑합니다."라고 길게 번역을 해주는 멍청한 번역 작가는 없다. [하이]나 [알러뷰]처럼 짧은 음절일 때는 우리말 번역도 "안녕" 혹은 "사랑해"라고 짧게 써준다는 얘기다.

물론 대사가 길어지면 입을 맞추는 일도 녹록한 일만은 아니다. 그러나 성우 시험을 준비하는 여러분은 입 모양 맞추기 기술로 고민하는 것보다 연기력을 갈고닦는 것이 더 먼저라는 점을 명심해 주었으면 한다.

학원 수업에서 더빙 연기 실습을 할 때마다 보게 되는 것은 평소 연기를 잘하던 친구들도 더빙을 하라고만 하면 전혀 감을 못 잡는다는 것이다. 나는 그것이 전반적인 연기 훈련의 부족 때문이라고 생각한다.

더빙은 라디오 드라마와 달리 스스로 그림 그리기를 할 필요도 없고 오로지 주어진 화면 속의 배우가 드러내는 감정선 그대로 감정을 가져가면 되기 때문에 오히려 라디오 드라마보다 연기하기가 쉽다고도 볼 수 있다. 물론 남이 이미 해석해 놓은 감정 속으로 똑같이 파고든다는 것이 절대 쉬운 일은 아니다. 그러나 연기 연습을 충분히 해두면 입을 맞추어야 한다는 긴장된 상황에 민첩하게 대응할 수 있게 될 것이다.

외화 더빙에서의 재창조 : 대한민국에서 다시 태어난 콜롬보 형사

사실 나는 고(故) 최응찬 선배님이나 배한성 선배님 같은 훌륭한 성우들의 더빙 연기가 없었더라면 〈콜롬보〉나 〈맥가이버〉가 그토록 사랑을 받을 수 있었을까 하는 생각을 하곤 한다. 나의 생각이 틀리지 않은 모양인지 외화 더빙 연출을 맡고 있는 분들도 원작보다 성우들의 더빙 연기가 작품의 재미를 높여 줄 때가 많다고 하면서 제작국인 미국에서보다 우리나라에서 더 많은 사랑을 받았던 작품들이 많다고 증언을 한다. 그 대표적 예가 추리물인 〈형사 콜롬보〉와 외계인 이야기를 다룬 〈V〉 등이다.

특히 콜롬보의 경우, 원작 속의 콜롬보 목소리와 최응찬 선배님(지금은 고인이 되셔서 최근 시리즈는 배한성 선배님이 최대한 그 분위기를 재현하신 것) 목소리는 전혀 닮지 않았다. 최응찬 선배님께서 만들어낸 그 독특한 코맹맹이 소리 덕분에 원작과는 전혀 다른, 새로운 이미지의 형사 콜롬보가 대한민국 땅에서 새로 태어난 것이다. 이처럼 외화 더빙이라는 것이 이미 있는 그림에 목소리를 입히는 작업이긴 하지만 얼마든지 새로운 캐릭터의 재창조가 가능하다는 점을 기억해야 한다.

흥미진진한 외화 더빙 현장 속으로

외화 더빙 현장을 마음의 눈으로 견학해 보자. 기본적인 것은 라디오 드라마와 비슷하므로 반복되는 내용도 있을 것이다.

시사하기

100여 분짜리 외화 더빙의 경우, 배역 연락은 대개 일주일에서, 늦어도 3~4일 전에 끝난다. 외화 더빙은 라디오 드라마 녹음보다 연습 시간이 더 많이 필요하기 때문이다.

배역의 경우는 라디오 드라마처럼 한 사람에 한 배역이 아니라 한 사람이 두 사람 이상을 맡는 경우가 대부분이다. 영화 속 등장인물의 수가 너무 많기 때문이다. 주인공을 맡은 성우라 할지라도 한두 마디쯤 엑스트라의 역할을 겸하게 될 때가 있다.

더빙 전의 연습 시간을 '시사' 시간이라고 부르는데 신문기자들이 흔히 말하는 시사회(試寫會, 영화를 개봉하기에 앞서 시험적으로 특정인에게 상영해 보이는 모임)와 의미가 같은 것이다. 영화 프로그램이 방송되기 전에 특정인인 성우들만 미리 모여 영화를 보는 것이니까 말이다.

시사 시간은 더빙 시작 두 시간 전쯤이 되는데 이때 다같이 모여서 시사를 하기는 하지만 거의 모든 성우가 미리 대본과 원작 비디오테이프를 챙겨서 각자 먼저 시사를 해둔다. 더빙의 기본은 연기이지만 역시 기술적인 문제인 입 맞추기가 더빙의 완성도를 높여 주기 때문에 모든 성우가 자신이 나오는 신을 집중적으로 반복해 보면서 미리 입 모양을 맞추는 연습을 해두는 것이다. 이 작업은 혼자 하는 것이 여럿과 함께 하는 것보다 좋다. 자신이 나오는 신만 집중적으로 반복해서 보아야 하니 말이다. 때문에 개인 연습이 충분했다고 생각되면 전체 시사 시간에 불참하는 사람들도 있다.

이 얘길 듣고 여러분이 궁금하게 여길지도 모르겠다. '연기란 상대 배우와의 호흡이 무척 중요하다고 하셨는데 어떻게 단체 연습에 당당히 빠질 수 있죠?' 그것은 더빙 연기의 특성 때문이다. 자신과 대화를 나누는 상대 배우의 연기를 원 영화 속의 상대 배우가 대신 해주기 때문에 시사를 충분히 하는 것만으로 호흡 맞추기 연습이 어느 정도 이루어진 것이다. 그러나 대부분의 성우들은 전체 시사 시간에 꼭 참석해 함께 녹음할 동료들과 미리 호흡을 맞추어 보는 것을 더 바람직하게 생각하고 있다.

시사실 풍경 스케치

시사실 안을 잠시 구경해 보자. 방송사마다 시사실 크기와 풍경이 다 다르지만 공통적인 점은 역시 일반 가정에서는 보기 힘든 고성능의 비디오 플레이어와 커다란 TV 수신기가 놓여 있다는 것이다. 또 라디오 드라마 연습실이 둥그렇게 둘러앉는 것을 기본으로 배치된 반면 시사실은 영화관처럼 TV 화면을 향해 일렬로 앉도록 배치된다. 성우들에게 방송사 시사실은 거의 '연중무휴 24시간 개방'되어 있으므로 언제든 자신이 편한 시간에 찾아가 시사들을 한다.

TV 외화들은 개봉관이나 비디오 시장에 이미 소개가 된 이후 방영되는 경우가 더 많아서 나의 경우는 아예 그 테이프를 대여점에서 빌려다가 집에서 편히 시사를 한다. 물론 주요 배역들의 경우 집에 가져가 시사할 수 있도록 방송국에서 테이프를 따로 마련하는 배려를 해 주기도 한다.

더빙 스튜디오

더빙을 하는 스튜디오 안에서는 라디오 스튜디오의 생효과 장비는 볼 수 없다. 대신 출연 성우들 숫자만큼 많은 숫자의 헤드폰이 마이크 아래 테이블 위에 가지런히 마련되어 있는 걸 보게 된다(사실은 조금 부족해서 군중 신을 연기하거나 할 때는 헤드폰 없이 그림만 보고 연기해야 할 때도 있다^^). 이 헤드폰은 원래 영화의 원음을 듣기 위한 것이다.

헤드폰 외에도 커다란 TV 수상기가 마이크 앞 쪽 벽에 두 대 이상 놓여져 있음은 물론이다.

그 외에는 고성능의 마이크들이 키 높이에 맞추어 세워져 있다. 대개는 남녀 키 차이를 고려해서 한두 개는 조금 낮게, 한두 개는 조금 높게 조정을 해 둔다.

⚡TIP

성우들은 외화 속의 원음을 옵티컬(Opticial)이라고 부르는데 '눈의, 시각의, 시력을 돕는'이란 뜻을 가진 옵티컬이란 단어를 원음을 의미하는 말로 바꾸어 부르게 된 것은 음향기기 위에서는 소리가 눈에 보이는 형태로 기록되기 때문이라고 한다.

자잘한 메모가 완벽한 더빙을 만든다

더빙이 시작되면 성우들은 헤드폰을 머리에 쓰고 앞에 있는 TV 수상기 속의 화면을 보면서 연기를 시작한다.

이때, 더빙 연기를 하는 성우들의 대본을 들여다보면 번역 작가들이 미리 해 놓은 /, //, /// 표시 외에도 '천천히', '빠르게', '얼굴 안 보임', '오프에서' 등의 글자 혹은 성우들이 각자 임의로 정해 놓은 그림 기호들까지 자잘한 메모들이 적혀 있는 걸 볼 수가 있다.

전문 번역 작가들이 말 길이를 최대한 고려해서 번역해 주긴 하지만 실제로 입 모양이 딱딱 맞게 녹음을 한다는 것은 몹시 어려운 일이기 때문이다. 때로는 작가들도 실수를 하기 때문에 아예 몇몇 단어를 빼거나 삽입해서 길이를 조절해야 할 때가 있는데 그런 것들을 세세하게 기록해 두기도 한다. 또 말소리는 들리지만 그 배우의 얼굴이 화면에 나오지 않는 경우나 화면 속의 배우가 조금 멀리 있을 때는 '얼굴 안 보임', '오프에서' 등의 기록을 미리 해 두어서 더빙 시에 실수가 없도록 한다.

번역 작가들이 대사 중간 중간에 표기해 넣은 /, //, /// 표시는 그 부분까지 말하고 잠시 쉰다는 의미인데 슬래시(/) 숫자가 많을수록 다음 말이 이어질 때까지의 시간이 길어진다.

나의 경우 더빙 초기에 제일 힘들었던 것은 영화 속 엑스트라 군중의 소음 연기였던 것 같다.

앞장에서 라디오 드라마는 소음 연기가 재미있단 얘기를 했었는데 영화에서는 사정이 전혀 다르다. 그냥 자유롭게 얘기를 나누면 되는 라디오 드라마와 달리 영화는 등장인물들의 입 모양 하나하나를 다 맞춰 주어야 하기 때문이다. 특히 파티장이나 술집처럼 한 화면 속에 여러 사람이 등장하는 신이 나오면 정말 정신이 없어진다.

예를 들어 내가 맡은 배역이 여자 3, 여자 6이라면 입 모양 맞추는 것도 힘에 겨운 판에 목소리까지 다르게 연기를 해야 하기 때문에 정말 정신 바짝 차리고 연기를 해 주어야 한다.

그러나 이런 소음 연기 덕분에 입 맞추는 훈련과 여러 가지 목소리를 만들어 내는 훈련이 몸에 배게 되는 것 같다.

더빙 연습하기

TV 외화들은 라디오 드라마와 달리 홍보가 잘 되어 있으므로 굳이 이런저런 프로그램이 있다고 소개하지는 않아도 될 것 같다. 이 장에서는 더빙 연기를 잘 하려면 어떤 연습을 해야 하는지를 소개하겠다.

성우 지망생들은 물론 일반인들도 궁금하게 생각하는 성우들의 더빙 기술! 그 놀라운 기술은 타고난 것일까? 아니면 훈련을 통해 얻어진 것일까?

반복하지만, 더빙 연기가 다른 연기와 다른 특징은 이미 구체적으로 다 만들어져 있는 인물 속으로 자신을 던져 넣어야 한다는 데 있다. 재창조 작업이 전혀 없는 것은 아니지만 기본적인 감정선이나 몸동작들은 화면 속 배우의 것을 그대로 가져가야 한다. 이렇게 누군가와 똑같은 감정을 느낀다는 것은 정말 쉬운 일이 아니다. 성우 연기의 특징이 순발력이란 얘기를 여러 차례 했었는데 더빙 연기 역시 가공할 수준의 순발력을 필요로 하는 것이다.

순발력이란 물론 어느 정도 타고난다. 그러나 이런 기능적인 순발력은 누구나 다 훈련을 통해 일정 수준에 오를 수 있는 것이다.

더빙 연기를 잘하려면 내 자신이 화면 속의 배우와 똑같이 움직이고 느끼고 있다고 가정하고 그렇게 몰입해야 하며 반복적 노력을 통해 입 모양을 맞추는 훈련을 해야 한다.

나는 강의실에서 만나게 되는 성우 지망생들에게 벌써부터 입 모양 맞추는 연습을 할 필요가 없으니 일단 연기력부터 쌓으라고 얘기하곤 한다. 하지만 학생들의 마음은 그렇지가 않은 모양이다.

성우 하면 외화 더빙이 떠오르고, 더빙 하면 입 모양 맞추기가 떠오르니 그 기술을 습득하는 것을 소홀히 할 수가 없는 것이다.

내 생각이 어떻든 간에 지망생들의 간절한 바람도 무시할 수만은 없는 일이고, 또 전속 성우를 영화부 소속으로 하고 있는 MBC의 경우는 최종 실기 시험 때 더빙 시험을 보기도 하니까 조금 연습을 해두는 것도 나쁘지는 않을 것 같다.

노파심에 덧붙이는데 MBC에서 최종 시험에 더빙 시험을 실시하는 것은, 수험생이 화면 속 배우의 감정을 얼마나 충실히 소화해 내는가를 보기 위해서지 얼마나 입 모양을 잘 맞추는가를 보기 위해서는 아니다. 물론 연기도 잘 하고 입 모양 맞추기까지 훌륭히 해낸다면 금상첨화겠지만 말이다.

입 모양 맞추기 비법을 공개하기에 앞서

성우들의 더빙 비결을 공개하려면 한국 영화와 라디오 드라마 애길 먼저 해야 할 것 같다.

성우들의 신기(神技)에 가까운 더빙 실력은 한국 영화 더빙에서의 강훈련과 라디오 드라마 연기에서 쌓인 순발력을 바탕으로 만들어진 것이기 때문이다.

한국 영화는 1950~1960년대 아시아권에서 꽤 인정을 받았었다고 한다. 그러나 연기자나 가수를 딴따라라 부르면서 좋은 직업으로 인정해 주지 않았던 그 시절에는 영화배우 층이 두텁지가 않아서 외모는 훌륭하지만 표정 연기가 좀 서투르다거나, 표정 연기는 좋지만 사투리가 심해 듣기에 거북한 배우들이 왕왕 섞여 있었던 모양이다.

때문에 당시의 영화감독들은 더 좋은 작품을 만들려는 욕심에 라디오 드라마를 통해 연기력을 인정받은 성우들에게 주연 배우들의 목소리 연기를 대신해 줄 것을 부탁하게 되었다.

또 연기력, 대사 구사력에 전혀 문제가 없는 특급 배우들이라 해도 아무것도 없이 달랑 마이크만 하나 주어진 상태에서 연기를 하는 것이, 모든 것이 갖추어진 영화 세트장의 카메라 앞에서 연기하는 것보다 훨씬 더 낯설게 느껴졌던 모양이다. 자신의 이름을 걸고 만든 영화임에도 직접 더빙하는 것을 고사하는 경우가 많았던 것을 보면 말이다.

나도 1990년대 초반에는 꽤 많은 우리 영화 더빙에 참여할 기회가 있었는데 첫 더빙 때 참 이해할 수 없는 일이 있었다.

지금도 사랑을 받고 있는 터프가이의 대명사인 한 남자 배우가 주연을 맡은 청춘물 영화에서였다. 나는 그 배우의 연인 역을 맡은 신인 여배우의 목소리 연기를 하게 되었고 그 남자 배우는 자기가 직접 더빙을 했었다. 그런데 그는 자기 자신이 연기한 필름에 목소리를 입히는 것인데도 불구하고 성우 초년생이며 머리털 나고 처음으로 더빙이라는 걸 해보는 나보다도 훨씬 더 많은 NG를 내면서 입 모양도 잘 맞추지 못하는 것이었다.

내 자랑을 하려고 하는 얘기가 아니다. 성우들 입장에서도 남이 이미 해놓은 연기에서와 똑같이 감정을 만들어내고, 거기다 입 모양까지 맞춰 대사를 뱉는다는 것이 쉬운 일은 아니다.

그러나 성우들은 라디오 드라마라는 특수 장르에서 해온 연기 훈련을 통해 보이지 않는 상황을 보이는 듯 느끼는 상상력 훈련을 충분히 할 기회가 있고, 그러한 상황 속으로 재빨리 몰입할 수 있는 순발력 훈련 또한 잘 되어 있기 때문에 실제 출연 배우보다도 더 능숙하게 더빙하는 일이 가능할 수도 있다는 점을 설명하려는 것이다.

아무튼 한국 영화 더빙은 외화나 만화 더빙보다 더 정교한 입 모양 맞추기를 요구한다. 원래 배우의 육성을 녹음해 둔 것이라도 들려 준다면 또 모르겠지만 과거에는 그런 '옵티컬'도 없이 방화 더빙을 해야 했었다. 그러니 그런 방화 더빙 현장에서 강훈련을 한 성우들로서는 외화 더빙이나 만화 더빙에 강해질 수밖에 없었던 것이다.

더빙 실전 연습

정말 입 맞추기를 잘하고 싶다면 조금 강도 높은 훈련을 해보자.

◉1단계 TV 드라마의 한 부분을 비디오 테이프에 녹화하자

외화가 아니라 우리나라 드라마여야 한다. 시간은 3분에서 5분이면 충분하다. 비디오는 시간이 표기되는 것을 사용하는 것이 연습하기에 좋을 것이다(연기 연습이 충분하게 되어 있어서 입 맞추는 기술만 연습하면 된다고 생각하는 사람은 9시 뉴스의 아나운서 멘트를 녹화해도 좋다).

ⓘ2단계 녹화한 부분의 대사를 종이에 옮겨 대본으로 만들자

인터넷에 접속하여 대본을 다운받든지 아니면 자신이 직접 반복하여 내용을 들으면서 타이핑을 하든지 해서 배우들의 대사를 종이에 옮긴다.

ⓘ3단계 녹화한 부분을 반복 녹화하자

비디오 두 대를 잭으로 연결하면 녹화한 테이프를 다른 테이프에 복사할 수 있다. 옆집 비디오를 빌려서라도, 아니면 친하게 지내던 동네 비디오 가게 주인에게 부탁을 해서라도 같은 내용을 열 번 이상 반복 녹화한 테이프를 하나 만든다. 그 테이프를 다시 녹화하여 두 개쯤 가지고 있으면 반복 연습하기에는 그만일 것이다. 연결 잭은 동네 전파사에 가면 쉽게 구할 수 있다.

ⓘ4단계 녹화한 테이프를 반복해서 보면서 연기자들의 감정 표현과 대사 패턴을 익히자

대사를 외워 버릴 수 있을 만큼 여러 번 보도록 하고 이때 속으로 대사를 따라해 보는 것이 좋다.

ⓘ5단계 비디오를 끄고 혼자서 연기를 해 본다

드라마 속 배우의 동작과 표정을 기억하면서 그대로 하도록 노력해야 한다. 모든 과정 중 이 연습이 가장 중요한 연습임을 명심하길 바란다.

앞의 방화 더빙 설명에서 잠시 언급했지만 자신이 직접 연기한 것에 목소리를 입히는 데도 배우들이 더빙 연기에 어려움을 느끼는 것은 필름을 찍던 당시의 감정과 몸동작들이 마이크 앞에서 재현되지 않기 때문이다. 그러므로 더빙 연기를 잘 하려면 극중 인물의 감정과 몸동작을 내 것으로 만들어야만 한다.

**◎6 단계 다시 비디오를 켜고 볼륨을 들릴락 말락하게 줄인 후, 드라마 속
배우들의 대사를 자신이 직접 연기한다**

이때 녹음기를 준비하여 녹음해야 한다.

**◎7 단계 자신이 녹음한 카세트 테이프와 드라마를 녹화한 비디오 테이프
를 함께 재생시키고 모니터한다**

이런 과정들을 반복해서 연습하면 더빙 연기가 향상되는 것을 느낄 수 있을
것이다.

또 한 가지 방법은 TV 〈주말의 명화〉를 녹화한 뒤, 똑같은 영화의 비디오 테
이프를 동네 대여점에서 빌려다가 원음과 성우들의 더빙판을 비교해 보는 모니
터 공부를 하는 것이다. 여기에 위의 과정들까지 덧붙여서 연습해 낼 수 있다면
더할 나위가 없을 것이다.

참, 여러분이 가장 궁금해 하는 목소리 변성에 대한 것은 만화 더빙 편에서
다루도록 하겠다.

더빙에서의 개인기

더빙을 할 때 절대 잊지 말아야 할 기술적인 부분은 화면 속 배우가 입을 벌린 직후에 대사를 시작해야 하며 화면 속 배우가 입을 다문 직후에 자신의 대사가 끝나도록 해야 한다는 것이다. 왜 그런지는 모르겠지만 대사의 시작은 조금 늦어도 어색하게 보이지 않는데 화면 속 배우가 아직 말을 마치지 않은 상태에서 더빙한 목소리가 끝나면 몹시 어색해진다.

성격이 급한 사람들은 자기 대사를 원래 배우보다 먼저 끝내게 되는 경우가 많은데 천천히 끝내는 것이 빨리 끝내는 것보다 훨씬 더 보기 좋다는 것을 꼭 명심하기 바란다.

또 한 가지 더빙 연습에서 주의할 것은 이상한 억양을 만들어내지 말라는 것이다. 앞에서도 잠시 언급했지만 성우들의 더빙조 말투가 개그 소재가 되어버리는 비극은 이제 더 이상 없어야 할 것 같다.

☀TIP

성우 더빙이 어색한 또 하나의 이유

우리말과 어순이 비슷한 외국어는 극히 드물다. 때문에 번역 작가가 아무리 성실하게 번역을 해주어도 완벽하게 자연스러운 더빙은 이루어지기 힘들다.

예를 들어 대본에 '이쪽, 저쪽' 등의 표현이 나오고 화면 속 배우도 손짓과 몸짓으로 그 방향을 가리킨다면 성우들은 억지로 어순을 바꾸어서라도 그림 속 배우의 몸동작에 우리말을 맞추게 되는데, 이런 작업들이 더빙 연기를 어색하게 만든다.

사실 과거의 외화 더빙들은 연극 대사식의 과장된 억양이 많았었다. 하지만 그것은 우리 성우들이 일부러 그렇게 한 것이 아니라 1950~1960년대의 할리우드 배우들이 연극 대사하듯 과장된 말투를 사용했었기 때문에 자연스럽게 그렇게 된 것이다. 그 당시 할리우드 영화들과 요즘의 할리우드 영화를 비교해 보면 말투가 전혀 다르다는 것을 느낄 수 있을 것이다. 우리나라 영화의 어제와 오늘만 보아도 그렇지 않은가?

다만 아직까지도 옛 억양을 고집하는 성우들이 있어서 듣기에 거북하다고 느낀 적이 있다면 성우 지망생으로서 또 외화 더빙을 아끼고 사랑하는 성우들의 팬 입장에서 따끔하게 충고를 해주는 것도 좋을 것 같다.

잡담 한 가지

"네가 맡고 싶은 역할의 배우처럼 꾸미고 다녀라"

갓 프리랜서가 되는 후배들에게 꼭 들려 주는 이야기다. 외화 더빙에서의 캐스팅을 눈여겨보면 영화 속 배우의 외모와 더빙하는 성우의 외모가 닮아 있는 경우가 상당히 많기 때문이다.

뚱뚱한 사람은 뚱보 역을 자주 맡고, 콧수염이 있는 사람은 영락없이 콧수염 달린 배우 역을 맡는다. 아무래도 마르고 까무잡잡한 사람이 흑인 역을 맡을 때가 많고 나이가 꽤 들었는데도 소녀처럼 하고 다니는 선배는 소녀 역을 주로 맡는다. 영화 더빙을 담당하는 연출자들이 아무리 성우들의 연기력과 목소리 위주로 캐스팅을 한다 하여도 눈에 보이는 이미지에서 완전히 자유로울 수는 없기 때문이다.

여러분이 성우가 된 후 맡고 싶은 배역이 있다면 그런 이미지로 머리 모양이며 옷 입는 스타일을 꾸며 보는 것도 좋을 것이다.

더빙 존폐론에 대하여

TV 외화에서 더빙을 없애고 우리말 자막으로 다 바꾸자는 주장을 펴는 사람들을 가끔 만나게 된다. 한글 자막판이 원작의 느낌을 더 살린다는 것이다.

솔직히 말하면 나 자신도 원래 배우의 목소리로 영화를 볼 수 있는 한글 자막판을 좋아한다. 그러나 공영 방송의 우리말 더빙을 자막 방송으로 바꾸어야 한다는 주장에 대해서는 절대로 찬성할 수가 없다.

TV 영화를 우리말 더빙으로 내보내야 하는 몇몇 이유들이 있다. 성우를 준비하는 사람이라면 그 이유들을 알고 있는 것이 좋을 것 같다.

첫째, 자막을 보는 것이 어려운 사람들이 있다. 시각 장애인은 물론 시력이 좋지 않거나 문맹인 사람들에게는 우리말 더빙판이 없을 경우 좋은 외화들을 접할 기회가 없어진다.

둘째, 일반 시청자 입장에서는 TV 시청에만 관심을 집중할 수 없는 경우가 많다는 점이다. 만약 외화 시청 도중 잠시 화면에서 눈을 떼게 되더라도 우리말로 더빙된 영화를 시청 중이었다면 배우들의 목소리가 들려오므로 줄거리를 이해하는 데 큰 장애가 되지 않을 것이다. 하지만 자막 방송을 보고 있던 시청자라면 잠시 화면이 보이지 않는 동안 극중 인물들이 무슨 말을 하는지 하나도 알아들을 수 없지 않겠는가. 외국어 실력이 출중하신 분들은 예외겠지만……

셋째, 아름다운 우리말에 대한 자부심을 느낄 수 있다는 것이다. 무슨 말인가 의아한 사람들이 있을 것 같은데 외국의 예를 좀 들어 보겠다.

자국(自國) 문화, 특히 언어에 대한 자부심이 대단한 프랑스나 중국의 경우는 TV 속 외화는 물론이고 개봉관 영화까지도 자국어(自國語)로 더빙하는 것을 아예 법으로 정해 두고 있다.

이것은 자국 언어에 대한 자부심과 애착을 보여주는 것이다. 중국과 프랑스만이 아니다. 거의 전 세계가 공영방송과 개봉 외화의 자국어 더빙을 당연하게 생각하고 있다. 때문에 한미 FTA가 체결됐을 때 미국 측에서 예측한 장래 유망 직종에 '성우'가 들어 있었던 것이다.

그런데 일부 사람들은 '까짓 영화 한 편, 원어로 듣는 게 뭐 그리 민족 정체성을 깎아 먹는 대단한 일이냐'고, '원작의 느낌을 그대로 즐길 수 있고 외국어 공부도 되니 일석이조 아니냐'고 반문할지 모르겠다.

그러나 문제는 그렇게 간단하지 않다. 요즘 우리의 언어생활을 곰곰이 들여다 보면 너무 많은 외래어가 난무하는 것을 볼 수가 있다. 본래 'TV'나 '라디오', '컴퓨터'처럼 우리나라에 유입될 당시 적절한 우리말을 찾아내지 못한 경우는 별수 없이 외래어를 사용하게 된다. 그러나 우리말에도 똑같은 어휘가 분명히 있는데도 단지 자신이 뭔가 많이 알고 있는 사람처럼 보이고 싶어서 일부러 외래어를 남발하는 사람들이 참으로 많다. 과시욕 때문이 아니라 해도 습관적으로 외래어를 사용하게 되는 경우 역시 적지 않다. 아마 나도 이 책을 쓰는 동안 여러 번 그런 실수를 저질렀을 것이다.

우리 사회 전반에 걸쳐 우리말과 글을 아끼고 사랑하는 분위기가 조성되어야 한다. 외국어에 능통하다고 해서 그 사람의 가치가 높게 평가되는 분위기는 무언가 잘못된 것이 아닌가. 원래 배우들의 목소리로 영화를 보고 싶은 마음을 모르는 것은 아니지만 요즘은 비디오나 DVD 등을 통해서 얼마든지 한글 자막을 입힌 원어 영화를 접할 기회가 있다. 그러니 적어도 공영 방송의 TV 외화만큼은 아름다운 우리말로 더빙된 작품을 볼 수 있기를 희망한다. 또한 점차 넓어지고 있는 DVD 시장에서도 한국어 더빙판 제작을 필수로 해 주었으면 한다. 우리말과 글이 전 세계 어느 언어보다도 과학적이고 아름답다는 자부심과 긍지를 생활 곳곳에서 느낄 수 있도록 말이다.

참고로 덧붙이자면 자막 방송의 경우는 원래 배우의 육성을 들을 수 있다는 장점이 있긴 하지만 화면 속에 집어넣을 수 있는 자막의 수에 한계가 있어서 제대로 된 번역이 이루어지기 힘들다. 그러나 우리말 더빙에서는 대사 한 마디 한 마디를 충실히 다 번역해 주기 때문에 세부적인 사항까지 놓치지 않고 다 알아들을 수 있다는 강점이 있다.

04-3 **내레이션**

내레이션은 연기보다 어렵다?

일반인에게 잘 알려진 드라마 속의 해설, 다큐멘터리 해설 등은 물론 오디오북 낭독, 오락 프로그램 자료화면에 입히는 낭독 등 다양한 낭독법을 다 내레이션 범주에 넣을 수 있겠다. 이러한 내레이션들은 일반 극 연기보다 수월해 보인다. 그러나 성우 선배님들께서는 늘 내레이션이 연기보다 더 어려운 것이라고 말씀을 하신다.

나도 성우 시험을 준비하는 학생들에게 실기 시험장에서 내레이션을 선택하지 말고 되도록 연기만 하고 나오라고 당부를 하곤 한다.

선배님들의 말씀과 나 자신의 행동만 봐도 분명 내레이션에는 일반 드라마 연기를 넘어서는 어려움이 존재하는 것 같다.

일견 단순하고 쉬워 보이지만 의외로 무척 어려운 내레이션. 나는 그 어려움의 이유 중 하나를 사람들이 다른 사람의 이야기에 집중할 수 있는 시간에 대한 연구 결과에서 찾을 수 있지 않을까 생각한다.

"사람이 다른 사람의 얘기에 집중할 수 있는 가장 긴 시간은 얼마나 될까?"

이런 질문을 던지면 학생들은 저마다 "30분이요, 한 시간이요."라고 대답을 한다.

그러나 정답은 단, 17초.

참으로 짧다. 그것도 최장 시간이 17초라는 것이다. 이 시간은 말콤 글래드웰(Malcolm Gladwell)이라는 캐나다 출신 언론인이 쓴 책 『티핑 포인트(The Tipping Point)』에 소개된 연구결과인데 이 연구를 실시한 사람들의 주장에 의하면 제아무리 집중력이 뛰어난 사람도 타인의 얘기를 들을 때 17초를 채 넘기지 못하고 딴 생각에 빠져들게 된다고 한다.

이렇게 사람의 관심이란 늘 연기처럼 흩어지려는 성향을 가지고 있다. 때문에 그 관심을 한곳에 모은 채 일방적으로 얘기를 이끌어간다는 것은 절대 쉬운 일이 아닌 것이다.

드라마는 갈등과 긴장이라는 극의 기본 요소에 의해서 진행이 되기 때문에 관객의 주의를 계속 환기시키며 나아갈 수가 있다. 또 연기자들이 표현하는 감정 변화의 폭도 크기 때문에 관객의 입장에서는 잠시 딴 생각을 하다가도 이내 다시 드라마에 집중할 수가 있다.

그러나 내레이션은 다르다. 내레이터는 혼자서 일방적으로 한 가지 주제의 기나긴 이야기를 풀어 가야만 한다. 내레이션 대본 속에는 크게 웃는다거나 운다거나 화를 낸다는 등의 감정 고조도 없다. **내레이션의 목적은 대개가 특정 정보의 전달**이기 때문이다.

그러나 특정 정보라는 것은 그 정보에 관심이 없는 사람들에게는 매력적이지 못하다. 때문에 정통 다큐멘터리 프로그램들은 대개 소수 마니아층을 고정 시청자로 가지고 있을 뿐, 시청률 경쟁에서는 높은 순위를 차지하지 못하는 것이 현실이다.

그러나 방송을 만드는 사람들의 목적은 아무래도 보다 많은 사람에게 그 프로그램을 선보이는 것이 아니겠는가.

내레이션을 맡는 성우들의 어깨가 무거워지는 것은 이처럼 그 정보에 관심이 없는 사람들까지도 채널을 고정시키게 만들 수 있어야 한다는 데 그 이유가 있는 것이다.

끊임없이 흩어지려고 하는 사람들의 관심을 어떻게 한곳에 붙잡아둘 수 있을까?

기억 속의 선생님

학창시절의 기억을 더듬어보자. 자신이 별로 좋아하지 않던 과목이었는데 갑자기 그 과목을 좋아하게 되었던 기억이 한 번쯤은 있을 것이다. 그리고 그런 변화는 분명히 그 과목을 맡았던 선생님과 깊은 연관이 있을 것이다.

만약 기억 속에서 그런 선생님을 찾아냈다면 그 선생님이 수업하시던 모습을 떠올려보자.

그 선생님은 자신이 가르치는 내용에 대해서 전문적인 지식을 가지고 계셨으며, 그 지식에 대한 애정 또한 가지고 계셨을 것이다. 그리고 아주 열정적으로 여러분에게 자신의 지식을 전하려고 애쓰셨을 것임은 물론 인간적으로도 무척 매력 있는 분이셨을 것이다.

자, 특정 정보의 전달이 목적인 내레이션을 잘하는 비결 중 대부분이 이 기억

속 선생님의 모습 속에 다 들어 있다.

첫째, 낭독할 원고에 대한 깊이 있는 이해와 애정이다.

둘째, 자신이 이해한 내용을 잘 전달하기 위해 진심으로 노력하는 것이다.

셋째, 여러분 자신이 매력적인 사람이 되는 것이다.

우리가 매력적이고 열정적인 한 선생님에 의해서 전혀 관심 없던 과목에 갑자기 흥미를 느끼게 되었던 것처럼 시청자들도 이 세 가지 요건을 갖춘 내레이터의 목소리를 듣게 된다면 관심 없던 분야의 프로그램을 보게 되더라도 조금 관심을 갖게 되지 않을까?

내 개인적인 관점에서는 국내에서 이 세 가지 요건을 가장 잘 갖춘 내레이터 중 한 사람이 DJ 겸 가수인 배철수 씨다. 그렇다고 배철수 씨가 국내 최고의 내레이터라는 의미는 아니지만 배철수 씨의 내레이션은 정말 매력적이다.

그는 자신이 지금 읽고 있는 원고의 내용에 몹시 흥미를 느끼고 있다는 느낌을 준다. 때문에 그의 해설을 듣는 사람들은 '어? 배철수가 이렇게 재미있어 하는 얘기가 도대체 무슨 내용이지?' 하고 흥미를 느끼게 된다.

또 그는 그 분야에 대해서 해박한 지식을 갖추었다는 느낌을 준다. 오랜 DJ 경험이 그에게 빠른 원고 이해력을 주었고 동시에 자신이 습득한 정보를 자기 것처럼 소화하여 표현할 수 있도록 해 주었던 것이다.

그리고 라디오 DJ들의 특징인 '말하듯 자연스럽게' 원고를 읽어 내려가는 매력과 정확한 발음, 의미상의 끊어 읽기 등의 전달력에 있어서도 부족함이 없다.

물론 배철수라는 한 개인의 대중적 인지도도 성우들만의 아성이었던 내레이션의 세계에 그가 내레이터로서 뿌리를 내릴 수 있게 한 주요 원인이다. 그러나 이 부분은 논외의 문제인 듯하다. 성우들 중에는 얼굴이 알려지는 대중적 스타가 되는 것을 꺼리는 사람들이 여전히 많기 때문이기도 하고, 생래적으로 연기자인 성우들은 배철수 씨처럼 '배철수'라는 한 가지 정체성만으로 대중을 만나기보다는, 다양한 목소리, 다양한 감성의 해설로 대중과 만나기를 더 좋아하는 것 같기 때문이다. 어찌되었건 위에 열거했던 세 가지를 이 책을 읽고 있는 여러분도 갖출 수 있기를 바란다.

물론 이 세 가지 요건 외에도 정확한 발음, 의미상의 끊어 읽기, 적절한 호흡법 훈련 등 기술적인 것들이 병행되어야 한다. 또 빠른 시간에 주어진 원고의 내용을 이해하기 위해서는, 반복하는 얘기지만 평소 다양한 독서를 해 두는 것이 좋다.

내레이션도 연기다

"연기란 사기 치는 거예요."란 말을 종종 한다고 앞에서도 얘기했었는데, 나는 내레이션을 공부할 때 학생들에게 늘 이렇게 말한다.

"내레이션만큼 심하게 사기 쳐야 하는 연기가 없어요"

그러면 학생들은 "내레이션이 연기라구요?" 하면서 몹시 의아해 하곤 한다.

예를 하나 들어 보겠다. 대선을 앞두고 있던 지난 겨울, 가깝게 지내던 녹음실에서 아주 급한 일이니 빨리 좀 와달라고 부탁을 해서 무슨 일인지 묻지도 못한 채 한달음에 달려간 일이 있다. 그런데 녹음실에 도착해 보니 대선에 입후보한 ○○○ 후보의 홍보 비디오 내레이션 녹음을 한다는 것이었다.

그 말을 듣고 나는 조금 당황스러웠다. 나는 다른 후보를 지지하고 있었던 것이다. 하지만 그렇다고 이미 약속한 녹음을 펑크 낼 수는 없는 일이어서 별수 없이 스튜디오 안으로 들어갔다. 그리고 잠시 후, 나는 눈물까지 글썽이며 이렇게 외치고 있었다.

"기호 ○번, ○○○ 후보와 함께 하면 꿈은 이루어집니다!"

내레이션을 하는 동안만큼은 본래의 내가 가진 정치적 성향을 완전히 잊고 마음으로부터 ○○○ 후보의 열렬한 지지자로 변신하였던 것이다.

이번엔 이런 가정을 해보자. 여러분이 시험장에 들어섰더니 환경 문제에 대한 내용을 담은 다큐멘터리 해설이 문제로 주어졌다. 곧 마이크 앞에서 멋들어지게 내레이션을 해야 하는 상황이다. 그런데 여러분은 환경 문제에 대해서 아는 것이 전혀 없다. 그 원고의 내용이 생소하기만 할 뿐이다.

이럴 경우 여러분은 환경 문제에 문외한인 자기 자신을 그대로 드러내며 그 원고를 읽어낼 것인가? 아마도 그렇게 바보스런 짓은 하지 않을 것이다.

여러분은 먼저 그 원고의 내용을 찬찬히 읽고, 그 원고에 쓰인 내용을 완벽하게 이해한 후, 마치 원고에 쓰인 내용들을 오래 전부터 잘 알아왔던 것처럼 읽어 내려갈 것이다.

그렇다. 그 원고를 읽는 동안만큼은 모두 환경 전문가가 되어야 하는 것이다.

내레이션도 연기라는 말의 뜻은 이렇듯 주어진 원고의 내용과 특성에 따라서 내레이터를 맡은 사람의 캐릭터를 변화시킬 수 있어야 한다는 뜻이다. ○○○ 후보의 열혈 지지자가 되기도 하고, 환경 전문가로도 변신하면서 말이다.

주의할 것은 전문가나 특정인의 지지자로 변신을 하게 되더라도 지나치게 선동적이 되어서는 안 된다는 것이다. 협상 전문가나 뛰어난 로비스트들은 상대방을 설득할 때 지나치게 감정 표현을 하거나 목소리를 높이지 않는다. 상대방의 마음을 움직이려면 나직하게 속삭이는 것이 더 효과적이라는 것을 그들은 잘 알고 있는 것이다.

사람들은 강요당하는 것을 상당히 싫어한다. 때문에 특정 후보자의 열혈 지지자가 되어 그에게 소중한 한 표를 던져달라고 호소하거나, 환경 문제의 심각성을 알리며 우리 모두 환경 문제에 신경을 쓰자고 주장할 때도 너무 강성으로 목소리를 높이거나 구차하게 부탁하게 되면 듣는 사람들은 마음을 닫아버릴 수가 있다.

내레이션이 어려운 또 하나의 이유는 이처럼 감정의 수위를 조절해야 한다는 데 있다.

지금까지의 얘기를 정리해 보겠다.

훌륭한 내레이터는 각 원고의 내용과 분위기에 맞도록 캐릭터를 설정하되, 적절히 절제된 감정을 표현할 수 있어야 한다. 이것은 왜 연기력이 기본이 되어야 하는가에 대한 이유이며 또한 앞장에서 얘기한 '매력적인 사람'이 되는 비결이다.

캐릭터 만들기

내레이터도 하나의 극중 인물이다. 때로는 원고의 내용 자체가 아주 구체적인 인물을 요구할 수도 있고, 그렇지 않다고 하더라도 원고 내용에 맞는 적절한 감성과 지성을 지닌 캐릭터가 요구된다.

아래 주어진 예문을 읽고 자신이 이 원고를 낭독할 때 어떤 캐릭터로 변신하면 더 효과적인 내용전달이 가능할지를 가늠해 보도록 하자. 뒤따라오는 설명은 아주 기초적인 것일 뿐, 여러분 스스로 더 구체적이고 매력적인 캐릭터를 찾아내도록 해 보길 바란다.

> 지난 50년 동안 우리는 흙에서 얻을 수 있는 모든 것을 빼앗았다. 그리고 더 많이 얻기 위해 원치 않는 양분섭취를 강요하고 있다. 그로 인한 피해는 고스란히 우리의 몫이다. 흙은 생명의 텃밭이다. 모든 생명은 흙을 터전으로 살아간다. 흙을 잃어버리면 전부를 잃게 될 것이다. 더 늦기 전에, 비만에 빠진 흙에서 군살을 빼야 한다.
>
> – 〈환경 스페셜〉

ㄴ 지적이며 따스한 마음을 가진 환경 전문가가 생명의 터전인 흙이 황폐해지는 데 대해 안타까워하고 있다. 그러나 너무 지나친 감정 표현은 역효과를 가져온다는 점을 염두에 두고 절제의 미를 살리며 연기해 보자.

> 과연 사이버 연애도 부정한 행위인가 하는 문제의 법적판단은 아직까지 유보 상태입니다. 그런데 지난 7월 18일 서울 지방 법원 남부 지원 문종식 판사는 국어사전적 의미

└ 원고 내용으로 미루어 내레이터의 직업을 법률 전문 기자나 변호사로 상정할 수 있을 듯하다. 기자나 변호사들 특유의 말투를 머릿속에 그려 보면서 낭독해 보자. 이 원고에서는 '바람' 앞부분에서 약간의 포즈를 두어야, 작가의 원래 의도대로 '바람'이란 단어를 강조해 줄 수 있을 것이다. 얼핏 보면 끊어 읽기가 필요한 곳 같지 않지만 작가가 〈 〉 표시로 굳이 강조를 해둔 것은 전체 극의 흐름상 중요한 단어이기 때문이다.

└ 긴 호흡, 문어체 말투 등은 정통 TV 역사극의 특징이다. 호흡 연습이 충분히 되어 있는 사람만 제대로 소화할 수 있다. 역사적 사실인 만큼 무겁고 지적인 이미지가 어울릴 것이고 해설자의 나이가 너무 어리면 어울리지 않는다.

'서인들로서는 반가울 리 없는 일이었다.' 하는 부분에서는 서인들의 불만에 찬 모습을 머릿속에 상상해 보자. 극의 긴장감을 고조시킬 수 있을 것이다.

└ 원고 내용으로 미루어 지난 줄거리의 요약이다. 이들 사랑이 자꾸만 어긋 나는 데 대한 안타까움을 내레이터도 함께 느껴 주어야 한다. 그러나 그 느낌을 최대한 절제하면서 표현해 보자. '고등학교 시절에 시작된 첫사랑', '십 년 후' 등에 주목하면 이 사랑 이야기의 주인공들 나이를 가늠할 수가 있다. 내레이터의 나이는 주인공들의 연령대와 비슷한 것이 좋을 것이다.

내레이션을 잘하기 위한 방법들

내레이션을 잘하기 위해서는 평소 어떤 훈련을 해두는 것이 좋을까? 세세한 낭독법 실전 연습은 CM, 스팟 편에서 함께 다루도록 하고 이 장에서는 가장 기 본이 되는 훈련만 소개한다.

방법 ①1 '긴 호흡을 위한 신문 읽기' 연습을 꾸준히 하자 ⇨ p.42 참고
문장을 읽을 때 의미 전달을 위해 잠시 끊어 읽기를 하는 것과 숨이 벅차서 숨을 마시느라고 끊어 읽는 것 사이에는 큰 차이가 있다고 기초 훈련 편에서도 애기했었다. 불필요한 곳에서 새로운 호흡을 하게 되면 문장의 흐름만 끊어지게 되기 때문이다.

웬만큼 긴 문장이라도 의미상 숨을 쉴 필요가 없을 때는 한 호흡에 읽을 수 있도록 '한 호흡에 오래 읽기' 연습을 꾸준히 하길 바란다. 폐활량이 커지면 더 매끄러운 내레이션을 할 수 있게 될 것이다.

이때, 국어책을 읽듯이 또박또박 읽는 것이 좋다. 필요 없이 멋을 부리지 말고, 초등학교 1학년 국어시간으로 되돌아갔다고 생각하고 어린아이들처럼 또박또박 읽도록 해야 한다. 이렇게 해야 흔히들 말하는 '쪼(조:調)'가 배지 않는다.

방법 ⓐ2 평소 다양한 정보를 많이 접하도록 노력한다

내레이션 원고 속의 내용을 조금이라도 알고 있던 사람과 전혀 몰랐던 사람은 이해 속도에서 큰 차이를 보일 것이다. 설사 전혀 몰랐던 내용을 접하더라도 평소 많은 독서를 한 사람은 독해력에서 다른 사람보다 앞설 것이 분명하다.

1번에서 소개한 '한 호흡으로 신문 오래 읽기'도 여러분이 새로운 정보 습득에 익숙해지길 바라는 마음에서 굳이 '신문' 오래 읽기라고 제목을 붙인 것이다. 그러니 신문 기사 한 개를 오려 놓고 똑같은 기사문을 1년 내내 반복해서 연습하는 어리석음은 범하지 말기 바란다.

방법 ⓐ3 프로그램 모니터를 열심히 한다

모방만큼 훌륭한 교습법은 없다. 정통 다큐멘터리 프로그램의 해설들을 많이 들도록 한다.

방법 ⓐ4 연습한 내용을 녹음하고 들어본다

자신이 녹음한 것을 모니터해 보자. 녹음을 할 때는 원고 내용에 맞는 캐릭터가 자기 마음속에 정확히 만들어졌는지, 자신이 원고의 내용을 완전히 이해하고 있는지 등을 점검한 후에 시작해야 한다.

내레이터도 하나의 극중 인물임을 잊지 말도록 하자.

개인기 '변화와 안정의 법칙'

위의 연습을 통해 기본기를 다진다면 별 어려움 없이 좋은 내레이션을 해낼 수 있을 것이다. 그런데 이때, 잊지 말아야 할 기교가 한 가지 있다. 그것은 '변화'와 '안정' 두 마리의 토끼를 동시에 잡아야 한다는 것이다.

변화와 안정? 무슨 얘기일까?

내레이션 연습의 기본은 아나운서의 뉴스 멘트처럼 별 억양 없이 평조(平調)로 죽 읽는 것이다. 1번 설명에서 국어책 읽듯이 읽으라고 한 것도 그런 이유에서였다. 아나운서 지망생들은 이런 낭독법을 '내림조'라고 부르면서 성우 지망생들보다 더 열심히 연습한다. 이 연습법이 '내림조'라고 불리게 된 것은 문장 전체를 줄곧 같은 높이로 읽다가 마지막의 '~이다, ~입니다, ~하다' 등만 음높이를 떨어뜨리기 때문인데 음의 높낮이에 변화가 거의 없는 우리말은(경상도 사투리는 예외) 이런 식의 낭독법으로 읽어야 안정감 있게 들리는 특징이 있다.

이 말만으로는 도무지 그 억양이 떠오르지 않는 사람은 라디오 뉴스를 한 번 들어보면 무엇을 말하는지 곧 알게 될 것이다. 그리고 이런 낭독들이 참 '안정감' 있다고 느낄 것이다.

이러한 '안정감'이 아나운서나 성우들의 낭독에 격조와 품위를 더해 주는 것이다. 그러나 지나친 안정감은 사람을 지루하게 만든다. 격조와 품위가 지나친 사람들이 상대방을 따분하게 만드는 것처럼 말이다.

그래서 사람들은 늘 안정을 원하면서도 마음 한편에서는 '신선한 변화'를 꿈꾼다. 여러분의 내레이션을 듣게 되는 시청자, 청취자들도 마찬가지일 것이다. 그들은 편안하고 안정감 있으면서도 동시에 변화를 느낄 수 있는 그런 내레이션을 원하고 있다. 그러므로 낭독을 할 때, 읽고 있는 내용 속에만 빠져들지 말고 변화를 주려고 노력해야 한다.

그러나 정통 해설의 경우는 눈에 띄는 변화를 시도하면 어색해지므로 아래 두 가지 방법을 권한다.

방법①1 첫 문장을 읽기 시작하는 자신의 목소리 높이를 기억해 두자

첫 문장을 읽기 시작할 때의 자신의 목소리 높이를 기억해 두고 두 번째 문장, 세 번째 문장을 읽을 때는 조금 다른 높이로 읽도록 한다. 예를 들어 조금 높게가 a, 조금 낮게가 b, 기본 소리가 c라면 a, b, c를 다양한 조합으로 배치하는 것이다. 이때 높이 차이가 너무 크면 어색해지니까 모니터를 통해서 적절한 자신의 소리 폭을 찾도록 하자. 이때 가장 중요한 것은 원고 내용과 그 높낮이가 잘 어울려야 한다는 것이다.

방법①2 간간이 원고 내용에 따라 속도 조절을 해라

간간이 원고 내용에 따라 속도 조절을 한다. 특정 문구나 단어, 문장을 읽을 때 의도적으로 느리게 읽거나 빨리 읽는 것이다. 포즈의 적절한 사용도 당연히 필요하다. 내레이션에 있어서의 포즈는 다음에 나올 단어나 어절의 강조를 도울 뿐 아니라 듣는 사람들에게 이해할 시간, 감정을 정리할 시간 등을 주기 때문에 무척 중요하다.

물론, 원고를 잘 이해하고 또 그 내용에 몰입하고 있다면 이런 변화들도 자연스럽게 이루어지겠지만 컨디션이 좋지 않거나 유난히 긴장되는 날은 몰입하기도 쉽지 않으므로 이런 기교를 마음에 새기고 있으면 많은 도움이 될 것이다.

안정과 변화를 동시에 원하는 모순, 그 모순의 힘 덕분에 인류는 언제나 '어제보다 나은 오늘'을 살고 있다. 여러분의 연기력도 인류를 발전적으로 이끌어 온 이 두 개의 힘에 의해서 계속 발전해 갈 것이다.

내레이션 제작 현장을 찾아서

내레이션 제작 현장은 특별할 것이 없다. 대개 자그마한 TV 수상기와 이어폰이나 헤드폰, 그리고 마이크가 테이블 위에 설치되어 있다. 해설을 맡은 성우들은 대본을 세세히 읽어보고 녹음에 들어가기도 하지만 스튜디오 사정이나 방송국 사정에 따라서는 무슨 내용인지 읽어보지도 못한 채 마이크 앞에 앉아야 할 때가 많다. 이럴 경우 제일 앞 문장과 마지막 문장만은 이동하는 짧은 시간을 이용해서라도 읽어 두는 것이 좋다. 전체적인 이야기 개요와 주제는 제일 첫 문단과 마지막 문단에 쓰여 있으니 말이다(13~19페이지에 자세한 얘기가 있으니 참고하기 바란다).

TV 다큐멘터리나 오락물 자료화면 내레이션의 경우 대개는 이미 편집된 화면을 보면서 녹음을 하게 된다. 때문에 마이크가 설치된 테이블 앞에 앉으면 먼저 TV 수상기 전원이 켜져 있는지 헤드폰은 잘 들리는지 확인해 두는 것이 좋다.

녹음이 시작되면 화면 속의 내용과 헤드폰 속에서 흘러나오는 현장음, 배경음악들을 들으면서 창밖 연출자의 큐 사인에 맞추어 원고를 읽어 나간다.

이런 영상물 내레이션은 화면 속의 장면들에 집중을 잘할 수만 있다면 자연스럽게 필요한 감정들이 만들어지기 때문에 녹음이 수월해진다. 현장음과 배경 음악을 듣는 일도 적절한 감정 만들기와 상황 이해에 큰 도움을 준다.

성우들은 평소에 음악 감상도 많이 해두는 것이 좋다. 배경 음악의 분위기는 곧 그 프로그램에서 원하는 분위기이기 때문에 음악이 주는 느낌을 잘 포착하는 것은, 제작 의도를 파악하는 데 큰 도움이 된다.

한편, 50분 프로그램이라도 성우 내레이션이 50분 내내 지속되지는 않으므로 중간중간 현장음이 나오거나 배경음으로만 처리된 부분을 지날 때는 넋 놓고 쉬지 말고 재빨리 다음 원고를 읽어 두는 것이 좋다.

TV 속의 코믹 내레이션

요즘 인기 있는 TV 오락물들을 보면 코믹하고 과장된 성격의 내레이터 캐릭터들이 자주 등장한다. 〈VJ 특공대〉 등의 프로그램이 대표적 예가 되겠는데 1990년대 후반부터 서서히 인기를 누리기 시작한 이런 코믹 캐릭터들은 최근에는 거의 모든 오락 프로그램의 자료화면 내레이션을 점령하고 있다.

오락물 내레이션에 자주 쓰이는, 과장되고 비틀어진 억양들은 문장 위에 찍힌 방점처럼 시청자들의 관심을 끌어당기는 효과가 있는 것이다. 그러나 이렇게 코믹한 캐릭터의 내레이션이 앞으로도 계속 사랑을 받게 될지 어떨지는 아직 미지수다.

나는 이런 코믹 터치 내레이션에 관심을 보이는 성우 지망생들에게 일단은 기본을 충실히 하라고 권고한다. 이런 류의 코믹 연기는 케이크 위의 데코레이션 같은 것이어서 기본기를 닦지 않은 상태에서 따라하다 보면 속 빈 강정처럼 되기 십상이기 때문이다.

유행은 늘 변하는 것이지만 기본 틀은 변함이 없다는 사실을 기억하고 조금 아쉽더라도 이런 류의 내레이션들에 아직은 욕심을 내지 않길 바란다. 극연기와 낭독 연습을 충실히 해두면 이런 코믹 내레이션도 쉽게 소화할 수 있을 테니 말이다.

그래도 다양한 느낌의 내레이션 연습을 꼭 한번 해보고 싶다는 지망생들을 위해 다음 예문을 소개한다.

자원 순환에는 결코 끝이 없습니다.
버려진 알루미늄 캔으로 첨단 자동차의 휠을 만들고
딱딱한 페트병이 보드라운 옷으로 바뀌는
무한한 가능성이 열려 있습니다.
자원 순환 사회의 끝없는 이야기 속에
환경도 경제도 새로워집니다.

무이자 무담보 대출을 강조하면서 시민들을 현혹시키는 대부업체 광고!
은행의 대출이 쉽지 않아 누구라도 솔깃하지 않을 수 없다는데
게다가 대부업체를 광고하는 사람이 다름 아닌 톱스타 연예인이라면?
신뢰가 생명인 연예인들의 대부업체 광고에 대해 시민들의 의견을 들어 본다!

아름다운 메밀 꽃밭의 맛있는 선물, 메밀!
추운 곳에서도 잘 자라 오래전부터 구황작물로 사용됐던 메밀은
최근에는 혈압을 낮추고 피를 맑게 하는 최고의 건강식품으로 각광받고 있습니다.
대표적인 요리는 바로 메밀묵!
이 탱글탱글한 메밀묵의 변신, 기대해 주세요!!

전 세계적으로 유명한 중국 서커스단이
환상적인 묘기와 수준 높은 기술로 여러분을 모십니다.
서울문화예술회관에서 7월 27, 28, 29일 삼 일간
중국전통 서커스의 진수를 만끽해 보십시오.
열린이벤트가 주관하는 이 행사의 관람권은
시내 주요 예매처에서 구입하실 수 있습니다.

지난주 아시아 최초로 뉴욕 메디슨 스퀘어 가든에서 공연을 마친 비 때문에 온 나라가
들썩였는데요. 미국 언론은 열광적인 무대를 향한 찬사 속에서도 냉정한 평가를 빼놓
지 않았습니다. 과연 비의 뉴욕 공연이 남긴 것은 무엇인지 알아봤습니다.

울릉도엔 눈이 많이 내린다. 일 년 중 눈이 쌓이는 날이 70일 안팎. 평균적설량이 1미터
나 된다. 울릉도의 연강수량은 1,485밀리미터. 전국에서 가장 많은데, 그중 눈이 차지하
는 비율이 무려 40퍼센트. 이곳의 강수량은 11월에서 이듬해 2월, 겨울에 집중된다.
이른 봄. 눈이 녹기 시작하면 섬 곳곳에서는 뭍에서 볼 수 없는 절경이 빚어진다.
지하에서 솟아오르는 용천수를 가두어 그 낙차를 이용, 섬 전력의 1/3을 공급할 정도
인데, 이렇듯 풍부한 물은 울릉도를 세계 유래 없는 식물의 낙원으로 만들었다.

CM 연기는 성우 실기 시험의 범위가 아니지만 성우들의 주요 영역이어서 간단하게나마 살펴보도록 하겠다. 영화 채널을 많이 가진 케이블 TV 온 미디어와 전속 성우가 영화부 소속인 MBC의 경우는 실기 시험에 영화 예고 문항을 넣고 있는데 이런 예고들은 기본적으로 CM과 다를 바가 없기도 하다.

이 장에서는 CM과 예고 연기의 특징인 '맛깔스럽게 말하는 법'을 소개하고자 한다.

성우 연기의 정수 CM

누군가 나에게 CM 연기의 정의를 내려 보라고 한다면, 나는 "CM은 성우 연기의 정수(精髓)"라고 말하고 싶다.

짧게는 15초, 길게는 30초 사이에 제품의 모든 것을 보여주고 들려주어야만 하는 CM에서는 스팟*이라는 표현처럼 보고 듣는 사람의 마음에 점을 찍듯, 강하고 간결하게 메시지를 전달해야 한다(라디오 CM은 20초, TV CM은 방송 시간대와 프로그램에 따라 15, 20, 30초 세 가지 길이로 제작된다).

강하고 간결한 메시지 전달, 이를 위해서는 영상도 큰 몫을 한다. 모델의 이미지, 배경 화면, 제품의 사진 등이 시청자들의 마음에 강렬하게 새겨지기 때문이다.

---

* Spot. 미국 구어(美國 口語)에서 프로그램과 프로그램 사이의 짧은 광고를 일컫는 말로 방송에서는 흔히 상업광고 이외의 프로그램 예고 광고를 스팟이라 부른다.

그러나 짧은 시간에 제품의 장점과, 이미지, 상품명 등을 가장 구체적으로 전달해 내는 것은 역시 언어인 '소리'의 몫이다. 언어라는 것이 생겨난 이유 자체가 정보전달과 의사소통을 위한 것이니 말이다. 그러니 '소리를 통해 연기하는' 배우들인 성우가 CM 시장의 목소리 연기를 책임지고 있는 것은 당연한 일인지도 모르겠다.

성우란 우리말을 가장 맛깔스럽게 소화해 낼 수 있는 사람들이다. 나는 영상 없이 소리만으로 제작되는 라디오 CM을 듣는 것을 퍽 좋아하는데 똑같은 어휘, 똑같은 문장도 라디오 CM 속의 성우들이 말을 하면 마치 음악을 들을 때처럼 부드럽게 다가온다.

인기 있는 FM음악 방송에서는 평균적으로 한 시간에 세 번 이상 CM이 흘러나온다. 한 시간에 세 번이면 청취자 입장에서는 짜증이 날 법도 하다. 적게는 5~7개, 많을 때는 10개 이상씩도 한 묶음으로 나오는데 대략 노래 한 곡의 길이다. 그럼에도 채널을 고정해 놓고 듣는 청취자들이 많이 있는 것은 라디오 CM이 가진 음악성 때문일 것이다. 아름다운 배경 음악과 시 낭송처럼 부드러운 성우들의 음성은 분명 짜증으로 다가올 수 있는 중간 CM을 음악처럼 느낄 수 있게 하는 비밀이다.

드라마 연기나 내레이션이 산문이라면 CM 연기나, 짤막한 캠페인, 예고 스팟 등은 시에 비유할 수 있을 것 같다. 리듬감과 함축성이 이러한 원고들의 특징이기 때문이다.

이런 녹음들에서는 성우라는 연기자군(群)만의 특징인 재빠르고 정확한 이해와 정확한 전달력, 맛깔스런 언어 사용 능력 등이 유감없이 빛을 발한다.

이 장에서는 맛있게 말하는 법을 함께 고민해 보도록 하자.

말의 맛을 살려라!

말에도 맛이 있다. 똑같은 말이라도 어떻게 말하느냐에 따라서 그 느낌이 완전히 달라지는 것이다. 아마도 성우를 꿈꾸는 사람들 혹은 성우들에게 관심이 많은 사람은 이 말이 무얼 의미하는지 공감하리라고 생각한다.

1980년대 후반, 무명의 여배우였던 최진실을 일약 스타덤에 올려놓았던 모전자 제품 회사의 광고 카피를 기억할 것이다.

"남자는 여자하기 나름이에요~"

최진실이라는 여배우의 사랑스럽고 야무져 보이는 이미지와 너무나 잘 맞아떨어졌던 이 짧은 카피는 방송 직후, 강력한 전염성으로 전 대한민국을 감염시켰다.

이 카피 문구가 왜 그토록 그 시대의 사람들에게 인상적으로 다가갔는지, 이 카피가 대중들의 생활에 미친 영향은 또 무엇이었는지 등에 대해선 광고 전문가나 사회학자가 아닌 이상 분석해 내기 어렵다.

그러나 이 광고가 우리 광고사에 한 획을 그을 만큼 대히트를 쳤다는 것, 또 이 광고가 최진실이라는 여배우를 무명의 늪에서 건져 주었다는 사실만은 그 시대를 통과해 오늘에 이른 사람이라면 누구나 알고 있는 사실이다.

그런데 이 광고 속의 애교 넘치는 목소리는 이미 많은 이가 알고 있듯이 최진실 본인의 것이 아니었다. 이 멘트는 당시 성우 권희덕 씨의 음성으로 녹음되었고 그 후로도 몇 년간 광고 속 최진실의 목소리는 성우 권희덕 씨가 전담 녹음을 했었다.

가끔 이런 의문을 스스로 던져 본다. 그때 만일 최진실의 목소리 연기를 한 사람이 권희덕이라는 성우가 아니었더라도 그 광고가 그렇게 인상적일 수 있었을까?

물론 그 광고는 구성과 카피가 훌륭하고, 모델이었던 최진실 씨의 이미지도 광고의 홍보 전략과 너무나 잘 어울렸다. 그러나 말을 맛있게 한다는 것이 어떤 것인지를 잘 알았던 권희덕이란 성우의 말솜씨가 그 모든 것에 상승효과를 불러온 것은 아닐까?

또 다른 예를 하나 들어 보자. 오래전에 TV 프로그램에서 예쁘장하게 생긴 신인 개그우먼이 한 제약 회사의 감기약 광고를 흉내 내는 것을 보았다.

"감기 조심하세요~"

일순간 객석에는 웃음의 파도가 일었다. "감기 조심하세요~"라는 평범한 말 속 어디에 웃을 거리가 숨어 있었던 것일까?

웃음을 유발하기 위한 코미디의 제1원칙은 '반복성'이라고 한다. 이 개그우먼 아가씨의 광고 패러디에 온 객석이 웃음으로 물들었던 것은 바로 이 감기약 선전의 반복성이었다.

이 광고는 1970년대에 제작된 이래 여러 차례 새로운 버전으로 탄생되었지만 "감기 조심하세요~"라는 카피만은 40년 가까운 세월 동안 변함없이 '반복'되면서 광고의 끝자락을 장식해 왔던 것이다.

이 개그를 보면서 궁금해지는 것은 "도대체 왜 대중은 이 똑같은 외침을 지겨워하지 않는 것일까?" 하는 점이다. "감기 조심하세요~"라는 카피가 들으면 들을수록 신선하고 인상적이어서? 그렇지는 않을 것이다.

똑같은 외침을 40년 가까이 지속적으로 들어오면서도 질리지 않을 수 있는 것, 그것은 바로 이 목소리의 주인공인 성우 장유진* 씨의 맛깔스런 말씨 덕분이다. 물론 1970년대에 녹음한 소리를 아직까지 쓰고 있으니(저작권 문제가 어떻게 되는지는 모르겠다) 듣기에 조금 촌스럽게 느껴질 수도 있다. 그러나 들어도 들어도 참 맛깔스럽고 다정한 외침이 아닌가. "감기 조심하세요~" 말에도 맛이 있는 것이다.

> **TIP**
>
> 사실 요즘 나오는 광고는 몇 년 전에 새로 녹음한 것이다. 하지만 녹음된 테이프가 낡아서 다시 녹음한 것일 뿐, 1970년대에 녹음한 것과 똑같이 해달라는 요구가 있었다고 한다.

말에 맛을 내는 비결

CM의 목적은 광고하고자 하는 상품을 홍보해서 대중의 구매 욕구를 유발하는 것이다.

그러나 TV나 라디오 속의 광고들은 시간 제약이 있어서 하고 싶은 얘기를 마음껏 늘어놓을 수가 없다(요즘 케이블 방송에서 자주 보게 되는 10여 분짜리 광고 방송은 제외).

되도록 간결하고, 강렬하게, 한꺼번에 많은 것을 전달할 수 있는 방법. 이런 것들이 광고를 만드는 사람들이 늘 머리를 맞대고 고민하는 내용일 것이다. 그

---

* 엘리자베스 테일러와 비비안 리, 잉글리드 버그만 등 1970~1980년대 TV 외화 속 아름다운 여주인공의 목소리 대부분은 모두 장유진 선배가 차지했다.

리고 CM 제작 마지막 단계에 자리한 성우들의 몫은 이들 고뇌의 부산물 중 언어로 표현된 부분들을 더더욱 효과적으로 전달하는 것이다.

말에 맛을 낸다고나 할까? 이러한 '말에 맛을 내는 작업'은 CM에서만 필요한 것은 아니다. 예고 스팟이나 캠페인, 내레이션 등 사실적인 극 연기를 제외한 거의 모든 분야에서 기술적인 맛내기가 필요하다.

그렇다면 이 '말에 맛내기'는 어떻게 하는 것일까?

사람들은 흔히 성우들의 이러한 맛있게 말하는 방식에 어떤 규칙이나 비법이 있을 것이라고 생각한다. 그러나 거기에는 아무런 기술적 법칙도 없으며 또 있어서도 안 된다. 이 세상에 똑같은 말은 없기 때문이다. 문자로 표기하면 똑같아진다고 해도 말하는 사람, 듣는 사람의 상황에 따라 다 다르게 들리는 것이 말이 아니던가. 이처럼 변화무쌍한 말 속에 정형화된 규칙은 있을 수 없다.

물론 '아버지가 방에 들어가시다'를 '아버지 가방에 들어가시다'라고 읽어서는 안 된다는 규칙처럼 문법적인 규칙은 존재한다. 그러나 어떤 말을 더 강조하고, 어떤 단어를 더 부드럽게 표현해 낼 것인가 하는 감정적인 것은 상황에 따라 다 달라진다.

그러나 말을 맛있게 하는데 비결이 전혀 없는 것은 아니다. 이제, 그 비결을 공개하려고 한다.

두구 두구 두구 두구……

말을 맛있게 하는 비결!

글자로 써 놓으면 다 같은 말이지만 누가 하느냐에 따라 큰 차이를 만들어 내는 말, 그 말을 가장 맛있게 하는 방법은 바로 원고를 쓴 사람의 마음의 소리를 듣는 것이다.

마음의 소리를 들어라

'마음의 소리라니요?'라고 되묻는 학생들에게 나는 워드 프로세서 작업을 할 때를 떠올려 보라고 말한다.

학교 과제물을 제출할 때를 생각해 보자. 제일 먼저 제목을 타이핑하고 이어서 작성자, 제출일 등을 쓴다. 본격적인 내용에 들어가면 서론, 본론, 결론의 세 덩어리로 혹은 그 이상으로 문단을 나누어서 타이핑을 해 나갈 것이다.

때로는 애교 섞인 개인적 부탁의 말을 첨부하기도 할 것이다. "선생님, 몸이 아파서 열심히 못했어요. 예쁘게 봐주세요~"

이럴 때 여러분은 제목과 작성자, 본문 내용, 애교의 한 마디 등을 모두 동일한 글씨 크기와 동일한 글씨체로 만드는가?

제목 바로 뒤에 줄 바꿈도 없이 작성일과 제출자를 쓰고 역시 줄 바꿈도 하지 않은 채 본문을 써내려 가는가?

그렇지 않다. 여러분은 글씨 크기도 다 다르게 만들 것이고 글씨체에도 변형을 줄 것이며 글씨의 굵기도 다르게 만들 것이다. 적절한 곳에서 문단을 바꾸며 줄 바꿈을 하게 될 것이다. 사람에 따라서는 자신이 강조하고 싶은 부분을 색색으로 꾸미거나 밑줄을 긋기도 하고, 방점을 찍을 수도 있다.

왜, 무엇 때문에 그러한 행위를 하는가?

여러분 마음속의 어떤 소리 때문은 아닐까?

자, 학교 과제물은 별로 재미가 없으니 친구에게 편지를 쓴다고 가정해 보자. 그리고 편지를 쓰는 동안 가만히 귀를 기울여보자. 처음엔 컴퓨터 자판 두들기는 소리나 펜 굴러가는 소리 외에는 아무 소리도 들리지 않을 것이다.

그러나 가만히 귀를 기울여보면 글을 쓰고 있는 자신의 마음속에서 어떤 소리가 들려올 것이다. 친구의 이름을 부르고, 얘기를 풀어 나가는 마음속의 소리 말이다. 정신없이 재잘대다가 멈추기도 하고, 소리를 높이거나 크게 웃기도 하며, 때로는 슬퍼하거나 나직이 속삭이기도 하는 그 소리 말이다.

여러분은 여러분 세대만의 언어인 컴퓨터 자판의 이모티콘을 사용해서 그 감정들을 그려내기도 할 것이다.

^^, ^^;;;;, =^.^=, T.T, -_-a,
(⊙.⊙), ('.'), = : -〈 ……

다시 과제물로 돌아가자.

과제물 작성에서는 편지쓰기에서처럼 다양한 감정이 등장하지는 않을 것이다. 그러나 과제물을 쓰는 동안에도 여러분 마음속에선 크고 작은 목소리가 들려오고 있다. 그리고 그 소리가 가진 생각과 느낌에 따라 문단을 바꾸고, 글자 크기를 바꾸며, 굵기와 글자체에 변화를 준다.

작가가 글을 쓸 때도 마찬가지다. 이해하기 쉽게 드라마의 예를 들어 보겠다.

언젠가 TV 드라마를 쓰는 내 친구가 탤런트 K양에 대해 이런 칭찬을 했다.

"K랑 같이 일해 본 작가들은 걜 참 좋아하게 된다. 예뻐서가 아냐. 참 똑똑해."

"똑똑하다니?"

평소 '예쁜 여자는 똑똑하지 않다.'라는 일반적인 통념을 믿고 있던 나에게 그 말은 조금 충격적(^^;;;)이었다.

다음은 작가 친구의 설명이다.

"작가들이 대사를 쓸 때 자기 머릿속에서 배우가 그 말을 하는 장면을 그려 볼 거 아냐. 말투, 억양, 어디서 쉬었다 말할지, 표정은 또 어떤지, 얼마큼 흥분하고 얼마큼 기뻐하면 좋을지…… 그런 것들이 아주 구체적으로 떠오르거든. 근데 K는 그걸 귀신같이 똑같이 표현해 낸다구. 어떻게 그게 가능한지는 모르겠는데 무지 똑똑하거나 남의 마음을 읽는 천부적 감각을 타고난 모양이야."

느낌이 팍팍 오는 얘기가 아닌가? 훌륭한 연기를 하기 위해서뿐만 아니라 말을 맛있게 하는 비결을 터득하기 위해서는 K양처럼 원고에 쓰인 작가의 마음을 읽어야 한다. 의도만 파악하는 데서 그치는 것이 아니라 아예 그들 마음의 소리를 들어야 하는 것이다.

그렇게 할 수만 있다면, 여러분의 따스한 감성과 충분히 갈고닦은 연기력이 '맛있게 말하기'쯤은 해결해 줄 것이다.

마음의 소리 듣기 실전(1) : "부자 되세요!"

사농공상의 관념이 강한 우리나라에서는 재벌이 존경을 받는다거나 '부자 돼라', '돈 많이 벌어라' 등의 덕담을 주고받는 문화가 거의 존재하지 않았었다. 그러나 요즘은 부자 되라는 신년 덕담을 심심치 않게 접하게 된다.

바로 2002년 초에 제작되었던 모 카드 회사 광고 덕분이었다.

여러분들 기억의 창고 속에 저장되어 있는 위 광고를 마음속으로 다시 들어 보도록 하자. "여러분, 부우자 되세요~" 하는 모델 김정은 씨의 너무나 정겹고 맛있었던 외침이 지금도 들려 오는 것 같지 않은가? 이 광고를 들으면 내 가장 소중한 사람이 지금 나의 행복을 기원해 주고 있다는 착각이 들면서 절로 미소가 번져 나온다.

사실 카드라는 것은 소비할 때 필요한 물건이다. 신용카드를 사용해 봤자 은행 잔고만 줄어들 뿐 절대로 부자가 될 수 없다. 그럼에도 왜 사람들은 ○○카드를 사용하면 부자가 될 것 같은 착각에 빠져들었던 걸까? 이 광고가 우리의 오랜 신년 덕담 문화까지 바꿔놓은 힘은 어디에 있는 것일까?

원고 내용을 다시 한 번 보자.

"김 대리님, 박 부장님, 미숙아, 그리고 정욱 씨. 모두 부~자 되세요."

늘 생각하는 거지만 만약 내가 김정은 씨였다면 이 원고를 처음 받아들고 참 황당했을 것 같다.

지금 이 책을 읽는 여러분이야 이미 이 광고에 익숙해져 있어서 '뭐가 황당하지?' 할 수도 있겠지만 뜬금없이 사람들 이름을 마구 불러대다가 '부우자 되세요~' 하고 외치는 일이 과연 쉬운 일이었을까? 나로서는 아무래도 쉽지 않게 여겨진다.

　자, 우리 모두 이 원고를 처음 보았다고 가정하고 이 낯선 원고를 다시 들여다보자. 왜 하필이면 김 대리, 박 부장, 미숙이, 정욱 씨인가? 이 네 명의 등장인물들은 도대체 누구일까? 이들을 소리 높여 부르는 여인은 그들에게 어떤 감정을 갖고 있을까?

　이런 의문을 가지고 원고를 다시 들여다보면 작가의 섬세한 의도가 하나하나 눈에 들어온다.

　아마도 김 대리와 박 부장님은 그녀가 매일매일 직장에서 만나는 정겨운 동료와 상사일 것이다.

　20대 중·후반의 사회 초년생인 그녀에게 직장생활이 쉽지만은 않을 것이다. 그러나 언제나 그녀 곁에서 그녀를 지켜봐 주는 김 대리와 박 부장님이 있기에 하루하루 견뎌낼 수 있었을 테고 그런 그들이 그녀는 참 고마웠을 것이다.

　또 미숙이는 누구인가? 어린 시절부터 속내를 다 드러내놓고 지내 온 가장 가까운 친구일 것이다. 아직은 사회 초년생이라 확고하게 이루어 놓은 것이 없겠지만 하루하루 열심히 살아가는 나의 소중한 친구 미숙이(어쩌면 미숙이는 최근 실연의 상처를 당했을 수도 있고, 다이어트의 성공으로 10kg쯤 몸무게가 줄었을지도 모른다. 나의 가장 절친한 친구의 얼굴을 떠올려 보자).

　그리고 정욱 씨…….

　정욱 씨는 두말할 것도 없이 그녀의 연인이다. 그녀가 온 인생을 걸고 함께하고 싶은 남자…… 그의 행복이 곧 나의 행복인 그런 사람 말이다.

　작가가 골라낸 이 네 명의 등장인물은 그녀의 삶에서 가족 이외의 가장 소중한 사람들이다. 때문에 그녀는 이 사랑하는 사람들을 소리 높여 부르며 '부자'가 되기를 기원하는 것이다.

자, 주변의 수많은 사람 중 굳이 이 네 명의 인물을 선택한 작가의 의도가 파악되면 그들을 부르는 외침 속에 저절로 정겨움이 생겨나지 않겠는가? 그 정겨운 느낌이 바로, 우리가 공부하고자 하는 '말의 맛'인 것이다.

"부~자 되세요~"라는 외침도 마찬가지다. 내 가장 소중한 사람들이 부자가 되기를 바라는 소박하고 단순한 바람. 그러나 참으로 간절한 그 바람이 사람들에게서 큰 공감을 얻어내면서 급기야 "부~자 되세요"라는 낯선 인사말이 "새해 복 많이 받으세요"의 자리에 파고들 수 있었던 것이다.

설명이 길어졌는데 결론은 아주 간단하다. 이 광고에서 "부~자 되세요~"라는 외침이 그토록 인상적이었던 것은 모델인 김정은 씨가 '김 대리, 박 부장, 미숙이, 정욱 씨'라는 각 인물들을 등장시킨 작가의 의도를 잘 파악했던 데 있다.

마지막으로 덧붙이고 싶은 말은 이 광고에서처럼 말에 맛을 내게 해주는 힘은 대개의 경우, **밝고 따뜻한 마음**이라는 점을 기억해 달라는 것이다. 또 기술적인 부분에서 말하자면 이런 연기를 할 때는 당연히 만면에 함박웃음을 머금어야 한다.

마음의 소리 듣기 실전(II) : "내 남자친구의 결혼식에 당신을 초대합니다"

다음은 영화 예고 원고인데 프로그램 예고의 목적은 더 많은 사람이 그 프로그램을 보게 만드는 것이라는 점에 주목하면서 함께 작가의 마음속 소리를 헤아려 보자.

위 예고 멘트는 누군가에게 초대장을 보내는 형식을 취하고 있는데 굵은 글씨로 표기한 '나'와 원고를 낭독하는 사람이 동일인물인가 아닌가에 따라 전혀 다른 느낌을 주게 된다.

영화 속의 여주인공인 '내'가 직접 이 예고 전부를 낭독하는 것으로 설정한 것인지, 여주인공인 '나'와 또 다른 한 사람이 원고를 나누어 읽는 것으로 설정할 것인지에 따라 다르게 읽힐 수 있다는 이야기다.

분명 글을 쓴 작가는 그중 어느 한 가지를 마음에 두고 썼을 것이므로 작가에게 물어보면 가장 좋겠지만 녹음 현장에 늘 작가가 함께 있는 것이 아니니 스스로 작가의 마음을 헤아려 보는 연습을 해 두어야 하는 것이다.

상황 ①1 **영화 속 여주인공인 "내"가 직접 예고 멘트 모두를 낭독할 경우**

이 경우는 편지글을 읽듯이 여주인공 한 사람의 감성으로 처음부터 끝까지 읽게 될 것이다. 그러나 이런 설정에서는 맨 마지막 문장 "내 남자친구의 결혼식"을 조금 쓸쓸히 말하게 된다. 원고 전체가 독백하는 형식인데다가 내용을 보아도 (늘 나를 감싸주던 남자친구가 결혼을 한다…… 그 결혼식에 당신을 초대한다……) 삽상한 슬픔이 밀려올 것이 분명하니 말이다.

이런 해석은 시적(詩的)이긴 하지만 듣는 사람에게 영화 제목을 강하게 심어주기 힘들기 때문에 영화 예고로는 적절치 못한 설정으로 보인다.

상황 ❷ **원고 마지막 두 줄의 "내 남자친구의 결혼식"을 영화 제목으로 설정하고 낭독자의 입장에서 읽을 경우**

이 경우, 앞부분은 여주인공인 "내"가 이야기하는 것처럼, 그리고 마지막 두 줄은 또 다른 낭독자가 나타나 영화 제목을 소개하는 것처럼 들리게 될 것이다. 이때, 영화 제목을 낭독하는 목소리는 강도나 높낮이, 느낌 등이 앞사람과 달라지게 될 것이므로 듣는 사람에게 영화 제목을 강하게 각인시킬 수 있을 것이다. 이때 마지막 두 줄의 "나"는 말하는 화자가 아니라 그냥 영화 제목이 된다.

상황 ❸ **원고의 마지막 한 줄만 다른 톤으로 읽는 경우**

'오늘 내 남자친구의 결혼식에 당신을 초대합니다.'라는 문장까지의 "나"는 여주인공 본인이지만, 마지막 줄인 "내 남자친구의 결혼식" 속에서의 "나"는 그냥 영화 제목 속의 단어가 된다.

나라면 두 번째 방법으로 원고를 읽을 것 같다. 첫 번째는 변화가 없어 좀 지루하고 세 번째는 변화는 시도했지만 어딘가 불안정하기 때문이다. 그림이나 조형물에서 사용되는 '황금 분할'처럼 낭독을 할 때도 '이쯤에서 톤을 바꾸는 것이 더 안정적으로 느껴진다'고 생각되어지는 지점이 있다. 그런 지점을 잘 찾아내면 변화와 안정감, 두 마리 토끼를 다 잡을 수 있다(물론 미리 편집된 영화 화면을 보면서 녹음을 해야 할 경우에는 변수가 있을 수도 있겠다).

사실, 이런 설명들은 직접 얼굴을 맞대고 강의를 하면 아주 쉽게 설명이 되는 것인데 글로 표현하려니 참 복잡하게 느껴진다. 너무 어렵게 생각하지 말고 찬찬히 읽어 보길 바란다.

내가 이 예문을 통해 설명하고 싶었던 것은 나 한 사람이 읽는 원고라도 때에 따라서는 여러 사람이 읽는 것 같은 느낌을 줄 수 있어야 한다는 것이다.

광고나 예고 원고에서는 이렇게 두 사람 이상의 화자를 요구하는 경우가 많다. 작가의 다양한 마음속 소리에 귀 기울이려는 노력이 여러분이 적절하게 목소리 톤과 느낌을 조절할 수 있도록 도와줄 것이다.

다음 예문을 읽고 목소리 톤을 바꾸어 가며 읽어 보자.

그의 손이 돌아누운 내 머릿속으로 들어왔다.
그리고 물결치듯, 그의 손끝이 내 머릿속을 헤엄쳐 다녔다.

나른한 일상과 무덤덤한 관계에 지친 어느 중년 부부.
그 부부가 우연히 접하게 되는 자극적인 손길.
그들이 그 자극을 통해 감미로운 애정을 회복해 가는 이야기.
— KBS 무대 〈미장원에 다녀오다〉

마음의 소리 듣기 실전(Ⅲ) : "카드 대금은 돌려받을 수 있다는 것입니다"

첫 번째 장에서는 원고 전체에서의 작가 의도를 가늠해 보았고, 두 번째 장에서는 한 원고 안에서도 작가의 목소리가 다양한 높낮이를 갖는다는 걸 알았다.

이번에 예시하는 문장에서는 더 범위를 좁혀 단어 하나하나에 방점을 찍어보자. 이 공부는 중·고등학교 시절의 국어 수업 시간과 크게 다르지 않을 것이다.

다음 예문은 KBS 라디오 드라마 〈이명숙 변호사〉에 나오는 이명숙 변호사의 해설에서 발췌한 것이다. 이 예문 속에서 작가가 의도하는 바는 법적 사실의 전달이다. 일반인에게는 지루할 수도 있는 이런 문장의 낭독은 강조할 부분들을 낭독자가 확실히 짚어 주고 의미상의 끊어 읽기에 유의해서 이해를 도와야 한다.

매끄럽게 읽는 것보다 내용을 전달하는 것에 중점을 두고 읽어 보자. 처음 듣는 사람이라도 한 번에 이해할 수 있도록 천천히 또박또박 읽어야 할 것이다. 그러나 낭독하기에 앞서 충분히 읽어서 어떤 법률문제에 얽힌 이야기이며 판결은 어떻게 내려졌는지 머릿속에 줄기를 먼저 잡아야 한다. 자기가 이해하지 못한 내용은 남에게도 절대 이해시킬 수 없다는 점을 기억하면서 말이다.

> 이번 판결의 요지는 미성년자가 부모 등 법정대리인의 동의 없이 신용카드를 발급받았다면 그 카드 발급은 무효이므로 이미 납부한 카드대금은 돌려받을 수 있다는 것입니다. 그러나 카드로 이미 구입한 물품 역시 '부당 이득'이기 때문에 그 물품에 해당하는 금액은 카드사에 되돌려줘야 한다고 재판부는 밝히고 있습니다.

다음은 위와 똑같은 원고에 끊어 읽기와 강조할 부분들을 표기한 것이다. 왜 굵은 글씨로 표기되었는지 왜 밑줄까지 그은 것인지, 왜 이곳에서 끊어 읽는 것이 적절한지 등을 생각하며 읽어 보자. 이러한 표기들은 어디까지나 편의를 위한 것일 뿐, 따로 정해진 규칙 같은 건 없다. 반복해서 말하는데 끊어 읽기, 강조하기 등은 말하는 사람의 의지와 감정 상태, 가치관, 개성에 따라 변화하기 때문에 절대로 원칙을 만들 수 없는 것이다. 다만 문법적으로 전혀 말이 안 되게 끊어 읽지만 않으면 되는데 원고 내용만 숙지하면 큰 어려움은 없을 것이다.

> 이번 판결의 **요지**는/ 미성년자가/ 부모 등 법정대리인의 **동의** 없이 신용카드를 발급받았다면/ 그 카드 발급은 **무효**이므로/ **이미 납부한 카드대금은 돌려받을 수** 있다는 것입니다.// **그러나** 카드로 이미 구입한 물품 **역시**/ '**부당 이득**'이기 때문에/ **그** 물품에 해당하는 금액은/ 카드사에 **되돌려줘야** 한다고/ 재판부는 밝히고 있습니다.

조금 지루하겠지만 하나하나 설명을 해 보자.

분석 ①1 **이번 판결의 요지는/**

'이번 판결의 요지'는 이 문장의 주어다. 주어이니 당연히 강조하기 위해 굵은 글씨로 표기했고, 주어 다음에 끊어 읽기를 시도한 것은 그 뒤에 나올 문장에 대한 궁금증을 유발하기 위해서다. 상황에 따라서 붙여 읽어도 무방하지만 신문 기사문이나 이런 류의 딱딱한 글에서는 주어 뒤를 끊어 읽는 것이 좋다.

분석 ②2 **미성년자가/**

전체 문장의 주어는 아니지만 이 뒤에 이어질 문장 속의 주어이므로 끊어 읽었다. 이 판결문은 '법적으로 미성년자인 사람의 카드 사용'에 관한 것이므로 '미성년자'를 강조해 주어야 한다.

분석 ①3 **부모 등 법정대리인의 동의 없이 신용카드를 발급 받았다면/**

'~라면, ~하다'의 문장 구조에서 '~라면'까지 말하고 잠시 쉬는 것은 뒤에 올 내용을 강조해 주는 효과가 있다. 앞에서도 언급했지만 강조하고 싶은 말 앞에서 쉬어 주는 것은 언제나 효과가 있다.

'동의 없이'에서 '없이'에 밑줄까지 그은 이유는 무엇이겠는가? 내용으로 미루어 미성년자의 이름으로 발급된 카드의 대금을 되돌려받는 문제에 있어서 가장 관건이 되는 것은 법정 대리인의 동의가 있었는가 없었는가 하는 부분이다. 당연히 '없이'에 방점을 두게 된다.

분석 ①4 **그 카드 발급은 무효이므로/**

카드 사용의 효력이 무효인지 유효인지가 이 사건의 관건이므로 무효에 방점을 둔다. 여러분의 지적 수준을 의심하는 것 같아 더 이상은 설명하지 않겠다.

분석 ①5 **이미 납부한 카드대금은 돌려받을 수 있다는 것입니다.//**

한 문장이 끝났으니 충분히 호흡을 하자(설마 그 동안 한 번도 안 쉬고 읽었던 것은 아닌지? ⌒⌒ 숨쉬기 표기를 여기서 처음 하는 것은 이곳이 가장 맘편히 쉴 수 있는 곳이기 때문이지 그 외의 곳에서 숨을 쉬면 안 된다는 의미는 아니다).

이 문장에서 강조해야 할 곳은 당연히 "이미 납부한 돈도 돌려받을 수 있다"는 사실이다(카드 회사에서 사용 대금을 돌려준다니 충격적인 얘기 아닌가!). 이런 문장들에서는 '있다 없다'에 방점이 많이 찍힌다.

분석 ⓘ6 **그러나 카드로 이미 구입한 물품 역시/**

반전을 가져오는 '그러나'와 강조의 부사어인 '역시'에 방점을 두었다. '역시'는 사실 그렇게까지 강조할 필요는 없지만 강하게 읽고 나서 잠시 쉬어 주기까지 하면 바로 뒤에 이어 나오는 '부당 이득'이란 단어를 강조해 줄 수 있기 때문에 그 효과를 노린 것이다.

분석 ⓘ7 **'부당 이득'이기 때문에/**

문장 속에 등장하는 따옴표는 주의해서 봐야 한다. 작가가 가장 강조하고 싶은 말일 때가 많기 때문이다. '부당 이득'은 이 예문 전체에서 가장 강조해 주어야 하는 부분이다.

분석 ⓘ8 **그 물품에 해당하는 금액은/ 카드사에 되돌려줘야 한다고/ 재판부는 밝히고 있습니다.**

'금액은' 뒤에서 잠시 쉬어 주면 그 뒤에 나오는 내용을 강조해 줄 수 있다. 또 '그'를 굵게 표기한 것은 '되돌려주어야 하는 것'이 바로 '그'것이기 때문이다. '되돌려줘야'를 굵게 표기한 이유는 굳이 설명하지 않아도 될 듯하고 '되돌려줘야 한다고' 다음을 끊어 읽은 것은 여기까지의 내용이 재판부가 밝히는 내용의 전부이기 때문이다. 특히 이 문장은 '그러나 재판부는 ~~~~라고 밝히고 있습니다'라는 기본 어순 대신 주어인 재판부를 맨 뒤로 빼내는 도치의 강조법을 사용하고 있다. 재판부의 판결이라는 것은 일반 시민들에게 얼마나 무게 있는 것인가. '다른 누구'의 판결도 아닌 '재판부의 판결'임을 강조하기 위해 당연히 그 앞에서 잠시 퍼즈를 두어야 한다. 여기서 '재판부는 ㅡ'을 톤 다운시켜서 읽으면 더 큰 강조 효과를 볼 수 있다.

원고들 중에는 이런 식으로 단어와 문구 하나하나를 해부하면서 작가의 의도를 헤아려야 하는 것도 있다. 물론 CM 원고에는 이렇게 긴 문장이 없지만 이런 긴 문장들을 통해 작가의 의도를 낱낱이 파악해 보는 훈련이 분명히 CM류의 간결한 원고 해독에도 도움이 된다.

이런 류의 문장 공부를 위해서는 TV 기자들이 하는 뉴스 보도를 유심히 들어 보는 것이 도움이 된다. 그렇다고 기자들의 말투를 익히라는 뜻은 절대로 아니다. 기자들은 사실을 정확히 전달하는 사람들이지 말을 아름답게 하는 사람들은 아니니 말이다.

이번에는 위 글과 성격이 조금 다른 글을 한 번 읽어 보자. 모 일간신문 칼럼에서 발췌한 〈사랑에 우는 자여, 당신은 사랑을 모른다〉라는 제목의 글인데 일방적인 사랑의 고통, 그 어리석음에 대한 글쓴이의 견해가 참 마음에 들어서 스크랩해 두었던 것이다(묻지도 않고 막 여기 실어도 되는지는 모르겠다. 글쓴이 이충걸 씨에게 양해를 구한다).

성우 시험 준비하기도 바쁜데 늘 사랑 때문에 아파하는 여러분, 아래 예문이 성우 시험 준비뿐 아니라 여러분의 사랑에도 도움이 되길…….

국어 상식 한 가지 : 조사 '은/는'

　이 제목을 본 여러분들 머리에서 쥐가 나는 것이 내 눈에도 보이는 것 같다. 미안하지만 멈출 수는 없다^^. 우리말의 특징 중 하나는 조사가 발달했다는 것이다. 한때 미팅에 나오는 남자는 딱 네 가지 유형이라는 농담이 유행했었던 적이 있었다.

1. 키도 큰 남자 (돈 많고 잘생기고 똑똑한데 키까지!!)
2. 키만 큰 남자 (다른 건 볼 게 없지만 키 하나는 크군!)
3. 키만 작은 남자 (다 좋은데 키가 작은 게 흠이군!)
   (2번 남자와 3번 남자의 우열에 대해서는 저마다 의견이 다르다)
4. 키도 작은 남자 (오! 마이 갓!)

　우리말에서 조사가 얼마나 큰 효용을 지니는가를 잘 보여 주는 간결하고도 재미있는 표현이다. 하지만 위의 우스갯소리에 등장하는 '만'과 '도'에 대해서는 이미 잘 알고 있을 테니 여기서는 '은/는'에 대해서 잠시 얘기하려고 한다. 조사 '은/는'은 평범한 주격 조사 같지만 의외로 쓰임이 많다. 다음 두 문장을 비교해 보자.

5. 철수는 돈이 많다.
6. 철수는 돈은 많다.

5번은 그냥 철수가 돈이 많다는 사실의 서술이지만 6번은 철수가 돈만 많지 그 외엔 좋은 점이 없다는 빈정댐이 느껴진다(5번 문장은 앞뒤 상황에 따라 다른 사람은 돈이 없지만 '철수'는 돈이 많다는 걸 강조하는 내용일 수도 있다).
이런 문장도 생각해 보자.

7. 영희가 얼굴은 예쁘지.

이 말을 듣고 영희란 사람이 얼굴만 예쁜 게 아니라 다른 점도 훌륭하다고 생각할 수 있을까? 그렇지 않을 것이다. 얼굴만 예쁘지 인간성이나 품행은 별로라는 의미가 조사 '은' 속에 숨어 있기 때문이다.
조사 '은/는'은 목적격, 부사격으로도 쓰여 강조를 돕는다. 이 경우도 의미는 '만'과 비슷하다(여러분, 노파심에 하는 말인데 '목적격', '부사격' 이런 말에 밑줄 긋고 달달 외우거나 하지 마세요^^).

8. 선생님이 철수는 더 사랑하신다.
   (목적격 '를' 대신 쓰여서 = 철수만 사랑한다)
9. 엄마가 형은 용돈을 주셨다.
   (부사격 '에게' 대신 쓰여서 = 형에게만 용돈을 주셨다)

조사 '은/는' 뒤에서 끊어 읽기를 자주 하게 되는 이유는 이러한 다양한 쓰임새 때문이니 문장을 읽을 때 '은/는'을 만나면 유의하기 바란다.

CM의 핵심을 파악하라

'말에 맞내기' 얘기로 흥분해서 너무 길어졌다. 간략하게 CM 제작 현장, CM 연기의 특징들, 연습법 등을 알아보면서 CM편을 마무리하자.

CM을 녹음하는 스튜디오도 녹음실마다 모양새는 각양각색이지만 기본적인 꾸밈새는 내레이션 제작현장에서 소개한 것과 비슷하다. TV 수상기, 헤드폰, 마이크…… 다만 녹음 장비가 일반 녹음실보다 훨씬 고가라고 한다. CM에서 소리가 차지하는 비중을 녹음실 녹음기기의 장비 값이 대변하는 모양이다.

CM 녹음의 발성법은 평상시와 많이 다르다. 원고 내용에 따라 다 다르겠지만 기본적으로 노래할 때처럼 배에 힘을 많이 주게 되고 두성과 흉성을 많이 사용한다. 광고 속의 성우들 목소리가 노랫소리처럼 감미롭게 들리는 이유가 이 발성법에 있다.

두성과 흉성을 많이 사용한다는 것이 무슨 말인지 지금은 이해가 잘 되지 않겠지만 CM(TV보다 라디오 CM을 권한다)들을 많이 듣고 또 따라해 보면 점차 이해할 수 있을 것이다.

CM 녹음 역시 순발력이 필수다. 원고를 받으면 무슨 상품 광고인지, 이 상품의 홍보 전략은 무엇인지, 원고의 내용 중 어느 곳을 강조해야 하는지 등을 재빨리 짚어내야 한다.

라디오 CM의 경우는 시간 안배도 참 중요하다. 방송 시간은 20초뿐인데 해야 할 말은 많은 라디오 CM의 경우는 한 글자도 빼지 않고 정해진 시간 안에 원고 내용을 다 집어넣기 위해 0.1초까지도 소중하게 사용하게 된다.

나는 학생들에게 CM 공부는 천천히 하라고 권한다. 극 연기에서의 기본적인 감정 표현 훈련과 발성 등의 기초 훈련이 제대로 되어 있지 않은 상태에서는 그 어떤 연기보다도 정교함을 요하는 CM 연기를 잘 해낼 수 없기 때문이다.

15~30초 분량의 찰나 같은 녹음을 위해 두세 시간씩 마이크 앞에서 소리를 지르기도 해야 하는 CM 녹음은 마치 오페라 무대의 소프라노가 곡의 클라이맥스 부분을 부르는 것과도 같은 정교한 기교와 절정에 다다른 풍부한 감정을 필요로 한다. 그리고 그렇게 표현된 감정들은 잘 닦여진 은식기처럼 매끄럽고 윤기가 흐른다.

그러나 이런 연기를 해낸다는 것이 쉬운 일일 리 없다. 때문에 CM 시장에서는 새로운 성우를 발굴하는 데 큰 관심이 없다. 그 이유는 위에 늘어놓은 화려한 수식어구에 어울릴 만한 연기 공력을 가진 성우를 신인들 중에서는 찾아내기 힘들기 때문이다. 그렇다고 성우를 지망하는 사람들이 CM 공부를 접을 수도 없는 것 아닌가.

내가 여러분들에게 권하는 가장 좋은 공부는 모니터다. 평소 광고 방송을 많이 듣고, 마음속으로 따라해 보는 것이 가장 좋은 공부가 될 것이다.

연습 방법은 더빙 공부 때와 크게 다르지 않다. 라디오 CM을 카세트테이프에 녹음하고 내용을 반복해 들으면서 원고를 작성한다. 그리고 스스로 녹음을 해보고 모니터도 해 보는 것이다. 또 발성 연습, 호흡 훈련 등도 꾸준히 해두어야 한다. 긴 호흡, 좋은 발성 없이는 남보다 뛰어난 연기를 절대 할 수 없다는 걸 명심하자.

또, CM 제작 시에는 배경 음악을 들으면서 녹음하는 경우가 많은데 이때 좋은 성우는 자신의 멘트가 배경 음악의 멜로디, 리듬의 강약 등과 완벽한 조화를 이루며 녹아들 수 있도록 해야 한다. 그러려면 내레이션 편에서도 강조했지만 평소에 음악 감상을 많이 해 두어야 한다.

그렇다고 자기 취향이 아닌 음악들까지 억지로 찾아 들으라는 얘기는 아니다. 우연히 라디오에서 흘러나오는 옛 가요 한 곡이라도 온 몸과 마음을 다해 느끼고 즐길 수 있다면 그것으로 족하다.

이렇게 음악 감상이며 독서 등 평상시 생활의 중요성을 강조하다 보면 결국 좋은 연기자가 된다는 것은 '인생을 풍요롭게 즐기며 산다'는 것의 다른 말이 아닌가 하는 생각이 든다.

늘 열린 마음으로 세상 모든 것을 듣고, 보고, 느끼고, 그 느낌을 간직하고 살아가는 것……. 나도 음악 한 곡 들으면서 쉬고 가야겠다(^^). 여기까지 잘 따라와 준 여러분도 노래 한 곡 들으면서 잠시 쉬어가길 바란다. 그렇다고 마냥 쉬라는 건 아니다. 아래 노랫말을 쓴 사람의 마음을 하나하나 느끼면서 소리내어 읽어 보는 것은 어떨까?

사랑 two

– 윤도현 밴드

나의 하루를 가만히 닫아 주는 너
은은한 달빛 따라 너의 모습 사라지고
홀로 남은 골목길엔 수줍은 내 마음만…

나의 아픔을 가만히 안아 주는 너
눈물 흘린 시간 뒤엔 언제나 네가 있어
상처받은 내 영혼에 따뜻한 네 손길만…

처음엔 그냥 친군 줄만 알았어
아무 색깔 없이 언제나 영원하길…

04-5 만화 더빙

꿈은 이루어진다

월드컵 4강이라는 신화를 이루어냈던 2002년 이후, 우리의 화두는 '꿈은 이루어진다'가 된 것 같다.

'꿈은 이루어진다'. 이 유쾌한 문장이 가장 어울릴 만한 장르는 바로 만화, 애니메이션이 아닐까. SF의 고전으로 꼽히는 오시이 마모루 감독의 〈공각기동대〉를 예로 들어 보자.

이처럼 다소 무거운 존재론적 고민까지도 재미난 스토리와 화려한 영상에 버무려 낸 작품 〈공각기동대〉는 SF 마니아들로부터 많은 사랑을 받아 왔다.

그런데 이 〈공각기동대〉의 마니아들은 작품 속에 등장하는 수많은 과학적 상상이 오늘날 현실로 이루어지고 있으며 그중에서도 현대 사회의 거대 정보 신경망인 인터넷은 〈공각기동대〉에서 최초로 예측한 것이었다고 주장을 한다.

이처럼 영화나 만화 혹은 소설의 SF 장르 작품들이 미래를 예견한 일은 적지 않다. 내가 어릴 때만 해도 화상 전화기 같은 것은 만화책 속에나 들어 있는 꿈의 물건이었다. 컬러 TV가 유년 시절에 경험한 가장 큰 문화적 충격이었으니 당연한 얘기일 것이다.

휴대전화로 집안의 가전제품들을 작동시키고, 현금 결제까지도 가능하게 만든 오늘날의 과학 기술은 분명 이러한 SF 장르의 작품들이 그려냈던 상상력 위에서 가능했던 것이다. 그리고 그러한 장르의 최전방에 만화가 있다는 것은 나만의 생각은 아닐 것이다.

물론 만화에서 보여주는 꿈들은 이렇게 과학적인 세계에만 국한되는 것은 아니다. 설사 현실세계에서 이루어지지 않을 꿈이라 해도 만화는 마치 그것이 현실인 양 생생하게 보고 느낄 수 있게 해준다. 〈이웃집 토토로〉, 〈바람계곡의 나우시카〉 등으로 잘 알려진 미야자키 하야오 감독의 작품 〈센과 치히로의 행방

불명〉을 예로 들어 보자.

베를린 영화제 황금곰상을 수상한 이 작품 속에는 이처럼 상상을 초월한 상상의 세계가 기다리고 있다.

〈공각기동대〉와 〈센과 치히로의 행방불명〉 이 두 편의 만화만 살펴보아도 만화처럼 다양한 소재와 주제를 다룰 수 있는 장르는 없는 것 같다는 생각이 든다.
그러나 이처럼 다양한 소재와 주제를 다루고 있음에도 불구하고 모든 만화에는 한 가지 공통점이 있다. 그것은 바로 '꿈'이라고 불리는 상상력의 세계를 그리고 있다는 것이다.
〈센과 치히로의 행방불명〉 개봉을 앞두고, '지금 열 살이 된 아이들과 한때 열 살이었던 때가 있는 어른들에게 이 작품을 바친다'고 한 미야자키 감독의 말에서 우리는 이 애니메이션의 거장이 바라는 것이 '이 땅의 모든 어른이 어린아이들처럼 꿈을 잃지 않고 사는 것'이라는 걸 엿볼 수가 있다.

만화는 곧 꿈이다. 그러나 만화를 보는 주 관객층이 어린아이들이라고 해도 결국 만화란 '어른들이 꾸는 꿈'이다. 그것을 만드는 사람들이 어른인 까닭이다. 허나 이제 더 이상 아이가 아닌 어른들에게 어린아이들처럼 꿈꾼다는 일은 얼마나 어려운 일인가.

만화 더빙을 이 책의 가장 뒤에 배치한 까닭도 이미 어른이 되어버린 성우들에게 아이들의 꿈의 세계를 재현해 내는 만화 더빙이 참으로 어려운 일이기 때문이었다.

사오정의 탄생

한때 많은 사랑을 받았던 사오정 시리즈를 기억할 것이다.

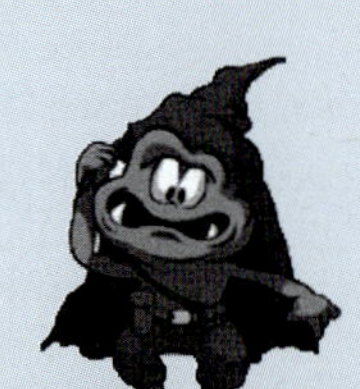

사오정 4명 카페에 가다

사오정1 : 난 오늘 커피 먹을래.

사오정2 : 난 커피가 먹고 싶은데…….

사오정3 : 나 혼자만 커피 먹게 생겼군…….

사오정4 : (종업원에게) 여기 오렌지주스 4잔 주세요~!

사오정 담배 피우다!!

사오정이 나쁜 친구들과 어울려 수업시간 도중에 화장실에서 담배를 피우고 있었다.

귀가 잘 들리지 않아 언제나 동문서답을 하지만 그 생뚱맞은 대답이 오히려 유쾌한 웃음을 자아내게 했던 사오정 시리즈. 이 유머 시리즈의 주인공 사오정을 탄생시킨 것이 TV 만화 〈날아라 슈퍼보드〉였다는 사실을 모르는 사람은 아마 없을 것이다. 『서유기(西遊記)』의 주인공인 원숭이 '손오공'의 이야기는 아동용 소설책과 만화책으로 또 만화로 수없이 재구성되어 왔지만 그 많은 작품 속에서 사오정은 별다른 주목을 받지 못했었다. 그러나 〈날아라 슈퍼보드〉에서는 다르다.

겉모습만 보고서는 이 흉측하기 그지없는 보라색 괴물이 왜 그토록 사랑을 받았었는지 이해하기 어려울 것 같다. 그러나 TV 만화 〈날아라 슈퍼보드〉 속의 사오정을 기억하는 사람이라면 그의 목소리를 기억해 내는 것만으로도 얼굴 가득 흐뭇한 미소가 피어오르지 않을까?

맹구처럼 느리고 어눌했던 사오정의 말투. 이 코믹한 말투는 긴 털에 귀가 덮여 상대방의 말을 잘 알아듣지 못하는 사오정이라는 인물에게 '엉뚱하지만 재미있다'라는 새로운 이미지의 생명을 불어넣었고, 덕분에 수세기 동안 손오공의 그늘에 가려져 있던 사오정이 드디어 세인의 주목을 받게 되었다.

탄생 후 수세기 동안 무명이던 사오정을 하루아침에 인기 스타로 부각시킨 힘, 그것은 '남의 말을 잘 못 알아듣고 딴소리를 하는 엉뚱함'이라는 새로운 캐릭터의 설정과 그 설정을 잘 형상화해 낸 성우의 힘이 아닐까?

만화 〈날아라 슈퍼보드〉 속의 사오정이란 인물을 주목 받게 한 가장 큰 원인 중 하나는 분명 그 역을 맡았던 성우 유해무 씨의 개성 넘치는 캐릭터 연출이었다. 설사 만화 속 사오정의 말투가 코미디언 이창훈 씨의 맹구를 모방한 것이라 반박한다 해도 나의 주장은 변하지 않는다. 그림 속의 사오정을 보고 맹구를 떠올릴 수 있는 것 자체가 그 성우가 가진 창조 능력의 유연함을 보여주는 증거가 되기 때문이다.

이처럼 만화 더빙은 성우의 연기에 따라서 전혀 새로운 인물을 탄생시키곤 한다. 앞서 다루었던 라디오 드라마에서도 캐릭터 창출이 필요하지만 상상속의 인물들이 자주 등장하고, 다소 과장된 감정 표현을 하게 되는 만화에서는 더더욱 기상천외한 캐릭터 연출이 요구된다. 만화가 재미있고, 또 그만큼 어려운 이유도 여기에 있다.

이런 만화 속 인물 창조는 아직 성우 입문 단계에 있는 여러분들에게 가르칠 수 있는 성격의 것은 아닌 듯하다. 또 내가 그럴 만한 능력을 아직 갖추지 못했다는 것도 또 하나의 이유일 것이다.

만화 속 주인공이 되고 싶은 여러분에게 내가 해 줄 수 있는 것은 만화에서 필요로 하는 것이 이처럼 새로운 캐릭터의 창조라는 사실을 알려 주는 것이다. 그리고 그런 능력을 키우기 위해서는 만화를 열심히 보고, 또 기존 성우들이 연기한 것을 열심히 따라해 보는 것이 가장 좋다는 것. 모방은 창조의 어머니임을 잊지 말도록 하자.

놀이터 같은 만화 더빙 현장

만화 더빙 현장을 살펴보자. 제작 현장의 모습을 보는 것만으로도 만화 연기의 특징을 알 수 있을 것 같다.

만화 더빙 스튜디오와 외화 더빙 스튜디오는 구분 짓지 않고 같은 곳을 쓴다. 두 녹음 방식이 대부분 동일하기 때문이다. 지금 여러분 머릿속에 TV 수상기와 녹음기, 헤드폰 등이 놓여져 있는 스튜디오의 모습이 떠올랐다면 더 이상 설명을 들을 필요는 없을 것 같다.

시사를 끝낸 성우들은 녹음이 시작되면 '옵티컬'이라고 불리는 원음을 헤드폰을 통해 들으면서 그림 속의 인물들을 연기해 낸다. 그러나 이처럼 원음을 들으며 녹음할 수 있는 것은 수입한 외국 만화의 경우이고 국내 제작물일 때는 원음이 없는 경우도 있다.

성우들이 들고 있는 대본에는 외화 더빙 때처럼 입 모양 맞추기를 위한 이런저런 메모들이 적혀 있다. 그러나 1인 다역일 경우가 많은 만화 녹음 대본은 외화 더빙 때보다 좀더 다양한 색상의 펜들이 등장하기도 한다. 색색의 사인펜을 사용해서 배역별로 다른 색의 밑줄을 그어 두면 알아보기 편하기 때문이다.

한편, 만화 더빙 현장은 타 녹음과는 비교도 되지 않게 활기로 가득하다. 상상 속의 캐릭터 구현이 많아서 실사 연기보다 훨씬 더 과장된 감정 표현을 요구하다 보니 감정, 소리, 몸동작 등 모든 것이 과장되는 것이다.

〈달려라 하니〉의 홍두깨 선생님의 목소리를 기억할 것이다. 일상생활에서 그런 식으로 말하는 사람은 없다. 그러나 만화 속에서는 그런 과장된 말투가 오히려 더 자연스럽게 느껴진다.

축구 만화 같은 스포츠 만화 더빙 때는 부상자도 속출한다. 과장된 감정은 자연스레 과장된 몸짓을 이끌어내기 때문에 그림 속 운동선수들처럼 몸을 날리며 연기하던 성우들이 종종 무방비 상태로 있던 다른 성우들에게 일격을 가하게 되는 것이다.

어린이용 만화가 많은 방송국 만화 더빙 현장에 있다 보면 내가 서 있는 곳이 갑갑한 스튜디오 안이 아니라 아이들이 뛰어노는 놀이터 같다는 착각이 든다. 아이들의 상상에 따라 광활한 우주 공간도 되고, 깊은 바다 속도 되고, 요정과 공주, 난쟁이들이 등장하는 환상 속의 공간으로 탈바꿈하기도 하는 그런 아이들의 놀이터. 만화 더빙 중의 성우들은 동심이 만들어내는 꿈의 세계에 가 있는 것 같다.

TIP

애니메이션 제작방식

애니메이션 제작에 있어서의 목소리 입히기는 크게 두 가지 방식으로 나뉜다.

먼저 만화를 그리고 소리를 나중에 입히는 후시(後時) 녹음과 소리를 먼저 녹음하고 이 소리를 기준으로 동화작업을 하는 선(先) 녹음 방식. 우리나라나 일본의 경우는 후시 녹음을 주로 택하고 디즈니나 할리우드에서는 선 녹음 방식을 자주 택하는데 이것은 제작비와 연관이 깊다.

디즈니나 할리우드에서 제작한 극장용 애니메이션들은 인물들의 동작이나 배경 화면이 영화에서처럼 자연스러운데 TV용 일본 만화나 우리나라 만화들은 동작 연결이 조금 부자연스럽고 반복적이라는 것을 느꼈던 적이 있을 것이다.

이것은 프레임(Frame : 영화, TV, 애니메이션 등에서의 한 화면. 정지된 이 화면들이 모여 움직이는 그림이 된다) 수와 관련이 있다. 프레임 수가 많으면 많을수록 동작이 자연스럽게 보인다.

그러나 프레임 수는 곧 제작비와 직결되기 때문에 제작비 여건이 좋지 않은 경우 프레임 수를 줄일 수밖에 없고 그러다 보면 등장인물의 표정이나 동작들이 부자연스럽게 연결되는 것이다.

이렇게 부자연스러운 동작 연결은 굳이 선 녹음 방식을 필요로 하지 않는다. 녹음된 소리와 감정에 맞는 정확한 입 모양, 표정 등을 그림에 담아내기가 어렵기 때문이다. 때문에 먼저 그림을 그리고 그 그림에 맞추어 더빙 작업을 하는 후시 녹음 방식을 취하게 된다.

그러나 프레임 수가 많아서 표정 변화나 입 모양을 영화처럼 정교하게 잡아낼 수가 있을 때는 목소리 배우들의 연기를 먼저 녹음하는 선 녹음 방식을 취해 배우들의 섬세한 연기를 그림 속에서 그대로 재현해 내는 것이다.

다양한 음색과 말투를 계발하라

만화 더빙에서의 연기는 일반 연기와는 다르다. 방송용 만화들은 어린이 대상 애니메이션이 많기 때문에 판타지의 세계가 주가 되므로 사실주의에 입각한 연기 패턴과는 다른, '만화적 과장'이 필요하다. 현실생활이 배경인 만화라고 해도 마찬가지다. 2차원일 수밖에 없는 만화 속 캐릭터들을 살아 있는 생명체처럼 느끼게 만드는 힘이 바로 이런 과장된 연기이기 때문이다.

동물의 세계가 의인화되고, 로봇이나 요정 등 현실계에 존재하지 않는 수많은 캐릭터가 살아 움직이는 만화의 세계, 이러한 만화적 세계는 성우들에게 라디오 드라마나 외화 더빙을 넘어서는 넓은 연기 폭과 다양한 음색을 요구한다.

만화 더빙을 커리큘럼 가장 마지막에 배치한 것은 앞에서도 얘기했지만 그만큼 연기하기가 어렵기 때문이다.

만화에서는 역할 파악도 참 중요하다. 주인공인지 조역인지, 선의 편인지 악의 편인지 등에 따라서 어느 정도 정형화된 연기의 틀이 정해져 있기 때문이다.

대개 어린이용 애니메이션의 경우 선악 구별이 확실하다. 주인공과 조연급의 연기에도 코믹성에서 많은 차이가 난다. 악역인지 선한 역할인지에 따라서 목소리와 어투가 어느 정도 정형화되어 있고, 조연들은 아무래도 주인공보다 과장되고 익살스런 연기를 하는 것이 어울린다.

또, 만화는 제작 여건상 1인 다역을 맡는 경우가 많으므로 다양한 음색과 어투의 계발이 이루어져야 하는데 그러려면 자신의 소리 폭을 정확히 알고, 여러 소리와 말투를 계발하는 작업이 병행되어야 한다.

자, 이제 여러분이 가장 궁금하게 생각하는 목소리 변형에 대한 이야기를 해야 할 때가 온 것 같다.

천의 마음, 천의 목소리(I)

"선생님, 지금 제 목소리가 어린아이 같아요?"
"선생님, 지금 제 목소리가 50대로 들리세요?"
학생들의 나이가 20대에서 30대 초반이다 보니 자기 나이대와 근사한 10대에서 30대까지는 별 무리 없이 소화들을 하는 편인데 그보다 나이가 많아지거나 어려지면 영락없이 소리 때문에 고민이다.
그러나 이런 질문을 받을 때마다 내가 해주는 대답은 하나다.
"목소리 신경 쓰지 마세요, 그 배역의 느낌을 가지면 저절로 그 소리가 나옵니다."

물론 이것은 100% 진실은 아니다. 목소리를 자유자재로 변형시키는 연기는 감정만으로 되는 것이 아니라 많은 훈련을 필요로 하기 때문이다.

그러나 훈련이란 많은 시간을 필요로 하는 것이어서 누구나 처음부터 잘할 수는 없다. 그러므로 성우를 준비하는 여러분은 두 가지 각도에서의 연습이 필요하다.

첫 번째는 자기에게 주어진 배역이 아역이건 노역이건 그 사람의 감정에 충실하게 빠져드는 것이다. 아역이나 중, 노년 연기를 하게 되면 목소리에만 신경 쓰느라 감정을 놓치는 학생들이 많은데 그렇게까지 목소리에 신경 쓸 필요는 없다.

'극(劇)'이라는 것은 언제 어떤 경우에도 관객과의 약속 하에 이루어진다. 관객들은 자신이 보거나 듣고 있는 이야기가 '만들어진 허구의 세계'라는 것을 알고 있다는 것이다. 때문에 TV 만화를 보면서 "어디, 성우들이 얼마나 어린아이랑 비슷한 소리를 내나 심사해 볼까?" 하는 마음을 갖는 사람은 없다. 그들은 그저 그 만화 속의 이야기에 빠져들 뿐이다. 어쩌다 목소리가 조금 어색하게 느껴진다 해도 연기자가 그 배역의 감정을 충실하게 표현해 주기만 하면 관객들은 큰 불만을 품지 않는다.

성인 연기자가 어린아이 역을 소화해 내기 위해서 갖추어야 할 것은 아이와 똑같은 소리를 만들어내는 것이 아니라 아이와 똑같은 동심을 되찾는 것이다. 동심으로 돌아가면 자연스럽게 아이의 말투와 행동이 나올 테니 말이다.

동자신(童子神)이 내린 무당들을 생각해 보자. 그들의 말하는 모습을 보면 보이지 않는 동자신이 그들 마음속에 들어 앉아 말을 하고 있는 것 같은 착각에 빠지게 된다. 그들이 보여주는 표정도 말투도 영락없는 어린아이의 그것이기 때문이다. 이런 일이 가능해지는 원인은 무엇일까? 물론 신이 내린다는 현상의 진위 여부는 여기서 논할 것이 아니다. 우리가 주목해야 할 것은 그들이 그렇게 말하는 바로 그 순간, 그들의 마음 가득 어린아이가 들어차 있다는 사실이다. 그렇기 때문에 그 목소리나 표정이 조금 거북하게 느껴진다 해도 사람들은 그 무당에게 동자신이 내렸다는 믿음을 갖게 되는 것이다.

일반인들에게도 이러한 동심 찾기는 어려운 일이 아니다. 언젠가 정신분석학 책에서 이런 얘길 읽은 일이 있다.

'모든 사람의 마음속에는 어린아이가 살고 있다.'

그 책의 주장은 어린 시절의 어느 시점인가에서 성장을 멈춘 어린 자아가 모든 사람의 무의식 속에 숨어 있다가 연애를 할 때 튀어나온다는 것이었는데, 연인들이 보여주는 유치한 행동과 유아적인 말투가 그 어린 자아 때문이라는 것이었다(그리고 그 어린 자아는 사랑이라는 행위를 통해 상처를 치유 받고 성숙해 간다고 한다. 때로는 더 큰 상처를 받기도 하지만 말이다^^).

공감이 가는 얘기가 아닌가? 위의 예들이 아역을 소화할 때만 소용 있는 얘기들은 아닐 것이다. 어떤 배역을 맡게 되건 그 배역의 마음이 되는 것이 가장 중요하다. 천의 목소리는 천의 마음에서 나오는 것이기 때문이다.

💡TIP

우리나라의 경우는 일본이나 중국 등의 이웃 나라와 달리 어린 사내아이나 10대 소년 역을 남자 성우들이 맡게 되는 때가 많다. 그러니 남성 성우 지망생들도 아역 연습을 게을리 하지 않기 바란다.

천의 마음, 천의 목소리(II)

언젠가 10여 분짜리 화장품 광고 방송의 내레이션 녹음을 하는데 그 광고에 삽입된 일본 여성 6명의 인터뷰까지 혼자서 더빙을 해야 했던 일이 있다.

내레이션까지 합치면 1인 7역인 셈이니 조금 무리한 요구였다. 게다가 인터뷰는 띄엄띄엄 나오는 것도 아니고 여섯 여자가 줄줄이 이어지도록 편집이 되어 있었다(심의용 광고 시안들은 제작비 절감을 위해 한 명의 성우에게 아주 다양한 역할을 요구할 때가 있다. 아마도 광고주가 가난하거나 혹은 자린 고비여서 그런 걸 텐데……. 얼굴만 봐서는 내막까지 알 수는 없다^^).

나는 별 수 없이 화면 속 젊은 여인들의 말투와 생김새를 유심히 살핀 후, 머릿속으로 작전을 짰다. '첫 번째 여자는 나이도 들어 보이고 표정 변화도 별로 없으니까 부드러운 말투의 저음으로 해야겠다. 두 번째 여자는 평상시 내 톤이랑 소리가 비슷하니까 소리는 그대로 가고 다만 말이 좀 느린 편이니까 나도 천천히 말해야지, 세 번째 여자는 10대 소녀로 보이니까 조금 높은 소리를 써서 여고생 분위기를 내고 말도 조금 빠르게 해야 어울리겠군…….' 정확히 기억이 나지는 않지만 이런 식의 작전이었던 것 같다. 물론 이런 작전들에 선행하는 것은 인터뷰 중인 그 여인들의 표정과 감정을 그대로 표현하는 일이다.

그날 녹음을 마치고 스튜디오 밖으로 나오니 엔지니어며 담당 PD가 "히야, 성우들은 정말 신기해요. 어떻게 그렇게 목소리가 달라져요?" 하면서 혀를 내둘렀다.

나는 그때 이렇게 대답했던 것 같다. "목소리가 달라지는 게 아니라 듣는 사람들이 뭔가에 속고 있는 거예요."

사실 이런 녹음의 경우 오디오만 따로 들어 보면 한 사람 소리라는 것을 금방 알아차릴 수가 있다. 그러나 사람들은 그 소리를 그림과 함께 보기 때문에 그 그림에 현혹되어서 다 다른 소리처럼 듣게 되는 것이다.

결국 목소리를 바꾼다는 것은 평상시와 다른 높이의 소리, 다른 속도의 말투 등을 사용한다는 의미다.

물론 발성법에도 차이가 있다. 하지만 목소리에 변화를 주는 방법은 개인의 목소리 특성에 따라 너무나 많은 경우의 수가 있기 때문에 여기서 하나하나 다 설명하는 것은 불가능할 것 같다.

다만 여러분에게 얘기하고 싶은 것은 인물의 감정에 먼저 충실한 후, 주어진 자신의 소리 안에서 변화를 시도하면 얼마든지 천의 소리를 가질 수 있게 된다는 것이다. 이때 주의해야 할 것은 정형화된 소리 이미지에 얽매여선 안 된다는 것이다.

무슨 얘기인지 다음 설명을 들으면 이해가 될 것 같다.

어린아이 역을 처음 해보는 학생들은 백이면 백 이렇게 생각한다. '어린아이들의 목소리는 맑고 높고 예쁜 소리여야 어울린다.' 그러나 그것은 편견이다. 놀이터나 초등학교 교실에 가서 아이들의 소리를 한번 찬찬히 들어보기 바란다. 아이들의 음색이라고 천편일률 맑고 곱고 높은 소리인 것이 아니다. 아이 중에도 허스키 보이스가 있고, 저음이 있고, 코맹맹이 소리가 있다. 성인들의 목소리가 천차만별인 것처럼 아이들의 소리도 천차만별인 것이다.

그러나 그 다양한 소리 안에는 어린아이들의 소리만이 갖는 공통된 말투와 느낌이 존재한다. 여러분이 캐치해야 하는 것은 바로 그 공통된 느낌이지 상상 속의 예쁜 소리가 아니다.

노인들의 소리를 낼 때도 마찬가지다. 노인들이라고 해서 모두 걸걸하고 낮고 기운 빠진 목소리를 내지는 않는다.

중요한 것은 언제나 느낌이고 감정이다. 자기 자신이 80대 노파가 되었다는 최면에 완전히 빠지면 몸속의 기운이 쇠하고 호흡이 가빠지는 느낌이 들 것이다. 그러나 그런 느낌을 더욱 구체화할 수 있으려면 평소 노인들을 볼 때 세밀히 관찰해 두는 것도 중요할 것이다.

한 사람의 일생을 놓고 볼 때 그 사람의 목소리 변화 폭은 그다지 크지 않다. 다만 사람마다 소리 차이가 있을 뿐이다. 우리는 자기 보이스 컬러의 기본틀에서 벗어나는 소리를 낼 수도 없거니와 설령 그것이 가능하다 해도 무리해서 그렇게 할 필요가 없다. 만화처럼 과장된 연기를 하면서 목소리까지 무리하게 변형시키다 보면 성대 결절 같은, 성우들에겐 치명적인 병에 걸릴 수도 있기 때문이다.

두 번째로 권하는 연습 방법은 모니터다. 사실 목소리 변형을 위한 방법은 그 누구도 이것이 왕도다 하고 얘기할 수 없을 것 같다. 사람의 목소리는 너무나 다양해서 각자 자기 목소리에 맞는 변화를 모색해 보는 것 외에는 특별한 묘수가 없기 때문이다.

다만 모니터가 다양한 소리를 개발하는 데 가장 큰 도움이 된다는 것만은 자신 있게 귀띔해 줄 수가 있다.

모니터는 다각도에서 이루어져야 한다.

1. 실생활에서 다양한 연령층의 사람이 말하는 것을 지켜보아야 하며,
2. 성우들의 연기를 열심히 들어야 하는 것은 물론,
3. 자기 자신의 소리를 녹음하고 들어보는 일을 게을리하지 말아야 한다.

특히 만화 같은 과장된 연기에서는 울음소리나 웃음소리, 하품 소리, 신음 소리 등 '호흡 연기'라고 불리는 연기들을 소화해 내는 것이 상당히 어렵다. 이런 소리들을 집중적으로 연습하고 녹음해 들어보면서 보다 듣기 좋은 소리들을 찾아내 가길 바란다.

하지만 이런 모니터를 통한 소리 찾기 연습을 하기 전에 기초 훈련 편의 발성 연습을 열심히 해 두는 것이 훨씬 더 중요하다.

발성 연습 편에서 '아—' 하고 소리치는 것을 저음, 중음, 고음의 세 단계로 나누어서 해 보라고 얘기한 것을 기억할 것이다. 그 이유는 자신의 평소 목소리 외에도 안정적으로 낼 수 있는 고음과 저음을 개발해 두는 것이 목소리 변형에 가장 큰 도움이 되기 때문이었다.

CHAPTER 05

방송사별 기출문제

KBS
EBS
대교어린이TV
대원방송
투니버스

방송사별 기출문제

다음은 최근 몇 년간 각 방송사에서 실시한 성우 공채 시험의 기출문제들이다.

요즘은 모든 방송사가 면대면 시험 대신 직접 만든 녹음 파일로 1차 시험을 치른다. 때문에 직접 녹음해서 파일로 만들어 보는 연습을 꼭 해 두어야 한다. 단, 컴퓨터 기본 사양 녹음 기능만으로도 충분하니 굳이 좋은 장비를 찾느라 연습 시간을 허비하지 않길 바란다.

완전히 바뀐 KBS 성우 공채

2016년 겨울, KBS 전속 성우 공채 시험이 크게 바뀌었다. 이미 오래 전부터 타 방송사들(EBS, 투니버스, 대원, 대교방송 등)이 온라인상에서 소리파일을 접수하는 형식으로 1차 시험을 치러 왔지만 KBS만은 1차 시험에서도 면대면 시험을 고집해 왔다. 그러나 2017년 입사할 새 전속 성우 선발 시험에서는 KBS도 타 방송사와 같은 형식을 선택하고 말았다. 첨부하는 모집 요강의 내용을 보면 알 수 있듯이 KBS는 나이, 성별, 연령, 학력의 제한이 거의 없다. 원서 접수비용도 0원. 그러다 보니 그렇지 않아도 뜨거운 시험에 허수 참가자까지 상당수 더해지면서 매해 수천 명의 응시자가 몰려들어 관련 부서가 몸살을 앓곤 했다. 여의도 공원 건너편 건물에서 일하는 멀쩡한 직장인들이 점심 식사 후 그 앞을 지나다 장난삼아 시험 접수를 하는 경우도 많다. 그만큼 성우라는 직업에 대한 사람들의 호감이 크다는 얘기겠지만 선발하는 입장에서는 지원자 폭주라는 것이 반갑지만은 않았을 것이다. KBS 성우 공채는 결국 타 방송사의 접수 방식을 따라 하긴 했지만 누구도 예측 못한 출제로 KBS만의 독특함을 지켰다는 평을 받았다.

이곳에 실린 타 방송사의 기출문제를 보면 대부분의 방송사가 너덧 줄짜리 대사 2~4개와 내레이션 한 개 정도로 시험문제를 구성해 왔음이 보인다. 그러나 2016년 겨울, KBS는 대사 없이 장문의 내레이션만 출제했다. 엄청난 파격이다.

출전도 방송 원고가 아니라 유명 문예지에 문학 평이 실렸던 수준 높은 문학

소설들이다. 남자 문제는 김영하의 소설 「너를 사랑하고도」에서, 여자 문제는 최은미의 「눈으로 만든 사람」에서 발췌되었다.

물론 이 두 작품은 KBS 라디오가 문학작품 소개를 위해 제작하는 〈라디오 문학관〉이라는 프로그램에서 소개된 바 있다(김영하 「너를 사랑하고도」 2016. 10. 9./ 최은미 「눈으로 만든 사람」 2016. 10. 16. 방송).

연기력을 가늠해야 하는 성우 선발 시험에서 드라마 대사가 아니라 소설의 지문을 시험 문제로 발췌한 이유는 무엇일까?

출제자의 마음속에 들어갔다 나온 것은 아니니 100% 정확히는 알 수 없지만 확실한 한 가지 이유가 있었으리라 짐작된다.

KBS는 성우 시험 선발에서 언제나 낭독의 중요성을 강조해 왔다. KBS는 TV가 아니라 라디오에서 성우를 뽑고 관리하기 때문이다. 사랑의 소리 방송, 국제 방송, 한민족 방송 등 무려 7개의 라디오 채널을 가진 KBS는 라디오 드라마에서 실감나는 연기를 보여 줄 성우 연기자만큼, 아니, 그 이상으로 낭독 실력을 갖춘 전속 성우가 필요하다. 시각 장애인을 위한 매일 매일의 뉴스 낭독, 도서 낭독 등을 전속 성우들이 소화하는 경우가 많기 때문이다. 그리고 개인차가 있지만 대사 연기와 낭독 연기 중 낭독 연기의 완성도를 높이는 데 더 많은 시간이 필요하다. 문제 출제자는 많은 시간 훈련해 온 지망생을 뽑고 싶었던 것으로 보인다. 게다가 소리 내어 읽을 때 입에 착착 붙는 아름답고 리듬감 있는 명문장이 해당 소설 속에 많이 있었을 텐데도 불구하고, 굳이 어조사 '의'를 남발한, 그래서 굉장히 실력 없는 사람이 쓴 것 같은 구절을 골라 출제한 것도 (「눈으로 만든 사람」에서 '소년은 강윤희의 아버지의 막내 남동생의 아들이었고..' 부분을 보자. 글쓰는 사람에게 '의'의 반복은 피해야 할 글쓰기의 가장 기본이 되는 원칙이다. 글 속에 '의'가 많아지면 의미가 흐려지고 입에 달라붙지도 않는다. 낭독하는 입장에서는 그런 문장이 읽기가 제일 까다롭다) 참가자의 낭독 실력을 아주 중요하게 생각했기 때문으로 보인다.

내레이션 편에서 낭독도 연기라는 얘길 했었다.

이 말을 이해할 수 있게 되어야 본인의 낭독 실력이 어느 정도 경지에 오른 것인데 그걸 더 구체적으로 설명해 낼 수 없는 내 짧은 어휘력이 안타깝다.

어쨌거나 이 장문의 내레이션 문제는 참가자들을 당혹시켰다. 도대체가 이 지루하고 재미없는(남자 문제는 그래도 좀 재미있다^^;;;) 긴 글을 어떻게 읽을 것인가?

물론 정답 따위가 있을 수 없다. 연기에 정답이란 없는 거니까. 다만 궁금한 마음만은 풀어야겠기에 합격한 막내 전속들의 소리 파일을 들어 보았다.

합격한 성우들의 내레이션 연기 파일들.....

와우! 막내 기수 것이라곤 믿기 어렵게 아주 훌륭했다. 물론 아주 아주 아주 약간의 편차가 있긴 했다. 원고를 이해한 정도, 그걸 낭독으로 표현해 낸 정도에 약간의 수준 차이가 있었고, 내레이터의 소리와 작품 분위기가 어울리는 정도에도 약간의 차이가 있었다. 그런데 모두가 합격한 걸 보면 심사위원은 그런 점에 큰 점수를 준 것 같지 않았다. 심사위원이 집중한 것은 그 파일들에 들어 있는 공통된 무엇이었을 것이다.

합격한 후배들의 소리파일에서 내가 찾은 한 가지 공통점!

그것은 '내공'이었다.

'이 사람이 정말로 연습을 많이 해왔구나. 긴 호흡의 낭독을 견딜 수 있을 만큼 아주 아주 많은 훈련을 해왔구나....'

아니, 그것은 느낌이 아니다. 실제로 들으면 구체적으로 알 수 있는 것이다.

너무 긴 얘기를 할 수는 없다. 아쉽지만 '문제 출제 방식이 바뀌었고, 기출 문제는 이랬으며, 출제 의도는 이런 것 같고, 합격자들의 공통점은 이것이었다.' 정도로 마무리해야 할 것 같다.

참고로 덧붙이면 남자들의 소리 파일 녹음 길이는 대개 2분 10초 전후, 여성들은 2분 35초 전후였다. KBS 입사를 꿈꾸는 지망생이라면 자신의 낭독을 녹음해 보고 그 길이도 비교해 보기 바란다. 합격자들 것보다 많이 길다면 조금 속도를 내고 짧다면 문장과 문장 사이나 주요 어휘 앞에서 좀 더 쉬어 보는 것이 좋을 것이다. 대략 ±5초 정도는 상관없겠고, 10~20초 이상 심하게 차이가 날 경우에는 독법을 조금 달리할 필요가 있다. 내가 들은 바로는 아주 약간 느리다 싶게 또박 또박 읽은 것을 선호한 것 같다.

또 문장의 전체 느낌이 나의 목소리 칼라와 썩 어울리지 않는다 해도 너무 신경 쓰지 않길 바란다. 다음에도 또 이런 문제가 나온다면 출전은 가능한 찾아보는 것이 좋겠다. 다만 시험문제의 출전을 찾아보는 것은 앞뒤 내용을 이해하기 위해서만 해야 한다. 기존 성우의 연기를 흉내 내는 것은 바람직하지 않기 때문이다. 그리고 앞에서도 누누이 얘기했듯 많은 작품을 접해보길 바란다. 특히 다양한 장르의 책을 많이 읽어 독해력을 키워 두면 성우로서의 미래에 큰 도움이 될 것이다. 또 1차를 통과해 2차 시험으로 가면 당연히 면대면 대사 시험이 기다리고 있으니 대사 연기를 소홀히 해서도 안 된다.

개정판에 덧붙이는 아주 짧은 첨언

　1차 시험에서 면대면 테스트를 하던 전통을 깨고 음성 파일을 받기 시작한 KBS는 첫해에 내레이션 원고를 출제했지만 최근에는 조금 긴 호흡의 다양한 대사를 선보이고 있다. 그 동안의 기출문제(A4 용지 11~12포인트 크기, 대여섯 줄 대사)에 익숙하셨던 분들은 긴 호흡 대사 연습을 많이 하시는 것이 좋겠다. 유명 연극 대사나 영화 대사 등 이미 보고 익숙했던 장면들을 찾아(길이가 최근 기출문제와 비슷한 것으로) 실전 연습을 많이 하시고 KBS 견학홀을 찾아 라디오 15스튜디오(RS15)에서 진행하는 라디오 드라마를 직접 견학하시는 것이 큰 도움이 된다. 녹음 시간은 KBS 성우실로 전화하면 안내를 받을 수 있다.

　예전에는 타 방송사에 합격한 전속 성우가 '큰물에서 놀고 싶다'는 생각으로 KBS에 다시 시험을 봐 소속사를 옮기는 경우가 빈번했지만 최근에는 전혀 그런 일이 일어나지 않는다. 라디오부터 시작하는 KBS와 달리 타 방송사는 만화 더빙으로 바로 데뷔하게 되므로 만화 더빙을 사랑하는 분들은 굳이 KBS를 선택할 필요가 없는 것이다.

KBS 49기(2024. 4)

● 남자 1차 문제

　애들아! 애들아, 이리 와봐. (아이들 다가오자) 너희들 영웅이 뭔지 알지? 히어로! 음... 영웅은 세상을 구하는 사람이야. 근데 세상에는 영웅을 해치려는 나쁜 사람들이 정말 많아. 그래서! 영웅은 절대 정체를 들키면 안 되거든? (아이들 집중) 사실 아저씨는…. 영웅이야.(피!) 어? 못 믿는 거야? 그럼 증거를 보여주지. (소매를 걷고) 자, 이거 보이지? 이게 아저씨가 악당하고 싸우다가 난 상처야. 너희들! 아저씨가 전 세계 악당들하고 어떻게 싸웠는지 궁금하지 않아? 얘기해 줄까? (네!) 대신 약속을 해 줘야 해. 이건 너희들한테만 알려주는 비밀 이야기거든. 에떠 씨끄릿! 이건 영웅들의 말로 비밀이라는 뜻이야. 너희들, 비밀 지켜야 한다. 약속! (약속!) 영웅은 사실 피곤해. 매일 비행기를 타고 세계 여러 나라를 다녀야 하고, 절대 정체를 들키면 안 되니까 항상 변장을 해야 돼. 비밀을 지키는 건 참 피곤한 일이란다.

(10초 간격을 두고 연기해 주세요)

불안감이 엄습해 온 것은 바로 지난 여름이었다. 이전까지 나는 나 자신의 의지로는 아무것도 쓴 적이 없다, 문득, 내가 글을 쓸 수 있을지도 모른다는 생각이 떠올랐다. 나는 무엇이든 해야 했고, 그 불안은 너무나 거대했다. 내가 글을 쓰기 시작해야 할지 모른다는 생각은 아주 갑작스레 떠올랐다, 그것은 그 불안감이 엄습해 온 이후였다, 나는 무언가를 해야만 했고, 그 불안을 떨쳐 내야만 했다. 하루 중 가장 좋은 때였지만, 이제 해질 무렵은 아주 불안하다, 아주 끔찍하게 불안하다. 모르겠다. 이 불안감을 견딜 수 없는 까닭에, 나는 이 소설을 쓰고 있다. 나는 여기 앉아 있다. 나는 혼자다. 나는 여기 존재한다. 그것이 이 불안감이다. 나는 내 집, 다락방에 앉아, 글을 쓰고 있다. 지금 기분은 그리 나쁘지 않다, 막 쓰기 시작했을 따름이지만, 소설을 쓰기 시작한 것은 좋은 생각이었다고, 나는 생각한다. 이 불안감은 견딜 수가 없고, 그것이 내가 글을 쓰는 이유다.

● 여자 1차 문제

　(생선 발라 아들 밥 위에 올려주며) 싹싹 발라먹어. 고등어 한 마리가 글쎄 5천 원이야, 5천 원. (밥 먹는 아들을 물끄러미 바라보다가) 문자 했어? 만나서 반가웠습니다, 했어? 안 했으면 오늘 서너 시쯤에 문자 한 번 더 넣어. 주말에 만나자고. 결혼은 남자가 적극적이어야 이뤄지는 거야. 학교 선생에 나이도 30대고 이런 조건 잘 없다. 누가 먼저 채가기 전에 무조건 잡아야 해, 응? (꾸역꾸역 먹기만 하는 아들이 속터진다) 제발 이번에 끝내자. 엄마가 명색이 마담뚠데 제 아들은 장가 못 보냈다고 뒤에서 얼마나 수군대는지 알아? 내가 면이 안 선다고. 네가 가야 나도 당당히 수임료 올려받을 거 아니야. 아가씨한테 문자 해. 꼭! 알았지? (묵묵부답 아들에게 열받기 시작) 내가 오죽했으면 그래, 오죽했으면. 평생 혼자 늙어 죽을 거야? 내가 입이 부르트도록 둘이 낫다고 말하는 건 다 이 엄마 경험에서 나온 거야. 너는 나처럼 외롭지 말라고 힘들지 말라고 하는 걸 왜 몰라. (숨이 턱턱 막히며) 대체 언제까지 말해줘야 알아들어? 어? 아휴 왜 이래. 숨이... 숨이 안 쉬어지네. 과.. 광세야.

　(10초 간격을 두고 연기해 주세요)

　눈부신 날이다. 아스팔트는 아른거리며 빛을 내고, 사람들은 칼로 베듯 군중을 헤치고 나아가고, 건물들은 보기 드물게 푸른 하늘을 배경으로 뚜렷하게 도드라져 보인다. 인도에는 사람들이 떼로 모여 있고 차들이 내는 소리는 귀가 먹먹할 정도다. 나는 천천히 걷고 사람들은 내게 부딪힌다. 채 1킬로미터를 가기도 전에 내 걸음은 빨라지고, 두 눈의 긴장이 풀리고, 두 귀는 소음에서 해방된다. 여기저기서 끝없이 전진하는 군중으로부터 떨어져 나온 누군가의 얼굴이,

몸이, 몸짓이, 되살아난 내 주의를 잡아 끈다. 도시가 들리고, 그 존재가 느껴지기 시작한다. 마른 체구에 잘 차려입은 이십대 남자 두 명이 내 곁을 스쳐 지나간다. 한 남자가 다른 남자에게 빠르게 말한다. "그 여자는 알아줘야 돼. 아무것도 없었는데 거기까지 올라갔잖아. 진짜 개뿔도 없었는데." 나는 웃음을 터뜨리는 바람에 박자를 놓친다. 실례합니다, 미안해요, 죄송합니다…. 피부색이 어두운 매력적인 중년 커플이 사람들 속에서 모습을 드러낸다. 그들이 나와 나란히 걷게 되었을 즈음 남자가 여자에게 말한다. "항상 내 책임이지. 당신 책임인 적은 단 한 번도 없고."

KBS 48기(2023. 3)

● 남자 1차 문제

고등학교 입학한 직후였어요. 그 녀석은 그룹의 리더였는데, 처음엔 제 물건에 손을 대기 시작했죠. 책이랑 문제집을 가져가서 찢어버리기도 하고, 제 사물함에서 교복이며 체육복을 훔쳐가기도 하고… 그러다 삥을 뜯기 시작했어요. 거의 매일 제가 순순히 당해주고 있으니까 점점 수위를 높이더군요. 화장실에 데려가 억지로 담배를 피우게 하고, 물고문에다… 발가벗겨서 담배빵을… 담뱃불로 살을 지지는 거요. 그걸 사진으로 찍어서 인터넷 게시판에 올렸어요. 제가 약한 모습 보일수록 더 악랄해졌어요. 손발을 묶어놓고 주로 배나 가슴 쪽을 때렸어요. 얼굴은 티가 나니까 머리카락에 불을 붙이기도 하고… 나중엔 몸이 성한 데가 없어서 매일 아팠어요. 죽고 싶었죠. 자살하려고 몇 번이나 결심했는데, 그때마다 부모님 생각에 못했구요. 제일 견딜 수 없었던 건, 우리 집에 쳐

들어와서 가족사진 보면서 욕한 거 (호흡곤란) … (진정하는 심호흡) 죄송합니다. 치료중이라서… 약물치료, 심리치료 아직도 하고 있습니다. 하지만 보시다시피, 잘 낫질 않네요. 15년이나 흘렀는데… 그놈, 만난 적은 있냐고 물었죠? …소식만 간간이 접하고 있었어요. (상대방을 빤히 본다. 심호흡) 일단 수수료는 선금이니까 먼저 입금시켜드리죠. 준비하고 계시면, 연락드리겠습니다.

상황설명(참고)

화자가 학교 폭력의 사과를 대신 받아주는 일을 하는 남자에게 돈을 주고 일을 부탁하는 장면. 의뢰인은 남자가 자신의 가해자였음을 알고 있지만 남자는 의뢰인을 알아보지 못하는 상태임

(10초 간격을 두고 연기해 주세요)

조선 말 경복궁을 중건할 때 큰 나무가 많이 필요했는데요. 강원도의 나무를 베어다 여기서 뗏목을 만들면 남한강 천 리 물길을 따라 한양에 닿을 수 있었죠. 이때 떼꾼들 벌이가 썩 좋아서 '떼돈 벌었다'라는 말이 나왔다고도 합니다.

아우라지의 솔숲, 웬 처녀가 우두커니 서 있습니다. 장맛비에 불어나 갈색이 된 강물을 하염없이 보고 선 그 사연이 궁금해집니다. 과거, 사랑하는 처녀와 총각이 아우라지를 사이에 두고 이편과 저편에 살았답니다. 둘은 함께 꽃을 따러 가자 약속했는데요. 그날이 되었건만, 밤새 내린 폭우로 배가 떠내려가 만나지 못하게 됐답니다. 이렇게 강 건너 서로를 바라볼 수밖에 없었죠. 애틋한 사연은 떼꾼들의 입술을 통해 정선 아라리로 전해지고 있습니다.

● 여자 1차 문제

(조금 취한 듯한) 아저씨 배 탔었어요? 누가 그러데요. 망망대해 어느 어선에서 본 거 같기도 안 본 거 같기도 한데 본 거 같은 기분이 더 많이 든다고. (대꾸 없다) 전혀 아닌 말은 아닌가 보네요. 근데 아저씨, 조금도 궁금했던 적 없어요? 뭐 하는 여자길래 날이면 날마다 취해 와 잔다고 테이블 빌려 가는지… 후후. 저 여기 사람 아니에요. 뭐 아주 멀리 사는 사람도 아니지만… 마지막, 마지막이에요. 날이 밝으면 떠날 거예요. 그래서 아저씨한테 사과 겸 (피식) 어쨌든 매일 취해 테이블 빌려 나갔으니까. 조금 얘기도 하고 싶고… 오해는 말아요. 신세 한탄 그런 거 아니니까… 실은… 취한 적 한 번도 없어요. 취한 척한 거지. 술은 옷에 발랐고. 왜 그런 짓을 했나… 모르겠어요. 그냥, 내가 내가 아니고 싶었나 보죠. 이제 갈 거예요. 내가 나인 곳으로. 나를 기다리는 곳으로. 문득 지겨워 떠난 나름의 여행이었고, 이젠 기운을 좀 차렸어요. (상대를 짠하게 본다) 갈게요. (두어 걸음 걷고는) 근데 아저씨, 아저씨도 부디 도망쳐 있는 건 아니길 바랄게요. 그럼에도 만약 그렇다면… 너무 오래 도망자가 되진 말아요. 끔찍하고 혐오스러운 나도 결국 나니까. 그런 나를 내가 측은히 여기지 않고 밀쳐두면 너무 가엽잖아요. (애써 밝게) 나, 진짜 가요! (나가는)

상황설명(참고)

행복전도사로 TV를 누비던 주인공이 명성의 허망함을 충격적으로 겪고 어촌 한구석에 식당을 차리고 자신의 존재를 숨기며 지내다가 그의 식당에 단골 방문객이 찾아온 장면

(10초 간격을 두고 연기해 주세요)

그 마을은 아지냐가라고 불린다. 포르투갈의 여명기 이래 늘 그곳에 있다. 포르투갈이 13세기에 주권을 양도받았으니 유서가 깊은 마을이다. 하지만 찬란한 이력의 흔적은 아무 것도 남아 있지 않다. 오직 마을 옆을 지나는 강만 그대로다. 그 강은 수없이 둑을 넘어 범람했지만 내가 기억하는 한 강줄기의 방향이 달라진 적은 없다. 아무도 알아채지 못하는 동안, 아이는 이미 이 마을에 넝쿨손을 내밀고 뿌리를 내렸다. 그때 나는 여린 씨앗 같은 존재였지만 작고 떨리는 두 발로 마을의 진흙땅에 발을 내디딜 시간을 누렸다. 그렇게 이 땅의 고유한 특성, 거대한 공기의 대양이 빚어내는 풍경, 때론 말라붙고 때론 젖어 있는 진흙을 아무도 지울 수 없게 고스란히 받아들였다.

KBS 47기(2022. 4)

● 남자 1차 문제

보통 문제를 일으키는 건 프로의식 없이 아르바이트하는 분들인데… 여긴 오히려 점장님이 문제를 일으키네요? 야간 아르바이트하시는 분이 전우진 씨였던가요? 재밌는 생각이 나서요. 조만간 이 근방에 성 과장님이 나타나시고, 우진 씨가 일을 그만 두는 겁니다. 새로이 생긴 편의점주로, 전우진 씨가 딱! 재밌지 않나요? (죄송하다고 하자) 뭐가 말입니까? 흠… 점장님. 점장님 같은 점장님이 점장님 한 분이신 줄 아시겠지만 저는 점장님 같은 점장님뿐만이 아니라 점장님보다 더한 점장님도 많이 봐왔단 말이죠? (피식) 래퍼 같지 않았습니까? 라임이라고 하죠, 왜? (따라 하자 손뼉을 짝) 좋습니다. 힙합을 아시는 분이니 리스펙 해드리죠. 이번 한 번만 그냥 넘어가는 대신 조건이 있습니다. 아르바이트를 한 명 더 고용하세요. 그럼 이만!

(10초 간격을 두고 연기해 주세요)

과거의 나는 늘 분노에 차 있었고, 그 분노는 당연하다는 듯 회오리치길 거듭했고, 그러다 어딘가에 분노가 꽂히면 돌고 돌고 또 돌다가, 밑바닥까지 내려가 무언가를 움켜쥐거나 파괴해야지만 끝이 났다. (서늘하게 '피식' 웃곤) 사람들은 그런 것을 싫어하면서도 좋아한다. 싫어하는 척 하지만 늘 좋아한다. 관광객들은 반파된 박물관과 묶여 있는 나를 번갈아 보거나 카메라에 담기 바빴다. 하지만 나는 무엇보다 옷이 신경 쓰여 견딜 수 없었다. 그것은 오래전에 맞춘 구식이었지만, 비싼 값을 치른 까닭에 고전적인 매력이 남아 있는 양복이었다. 게다가 나는 젊을 적 몸무게를 유지하고 있었다. 모욕과 모욕들. 그러나 어린아이에게 당했다는 사실을 감추기 위해 무지를 자처한 것은 아니었다. 나는 묶여 있는 내내 어떤 생각 하나에 매달려 있었다. (참담한) 박제해둔 귀들을, 누가 가져간 걸까...

● 여자 1차 문제

뭐야 문 열려 있었잖아. (끙끙대며 캐리어 끌어다 올려놓고) 아휴 무거워... 뭐해? 이 짐 좀 아니... (목소리 조금 낮춰) 지우부터 받아. 방금 잠들었으니까 안 깨게 조심... 안방에 침대 있지? 우리 지우는 침대 아니면 잠 못 자. 에휴 아무리 방 두 개짜리 아파트라지만 어쩜 이렇게 코딱지만 하냐? 하긴 너처럼 고시원에만 틀어박혀 있으면 여기도 대궐 같긴 하겠네. (동생이 어떻게 온거냐고 묻자 발끈) 야, 넌 무슨 애가 그렇게 정이 없어? 그럼 이제 막 돌 지난 니 조카, 밖에서 얼어 죽으란 말야? 아 몰라 몰라. 어쨌든 니 매형이라는 인간하곤 이제 하루도 같이 못 살아. 이번엔 진짜 이혼할 거야. 진짜... 근데 이 집은 왜 이렇게 건조하냐? 우리 지우 감기 걸리겠네... 지우야, 엄마 여깄네. (지우 안으며) 아유 울었쩌? (울음 그치면)...야, 가서 변기 좀 뚫어 또 막혔어.

(10초 간격을 두고 연기해 주세요)

　나는 작가가 되지 못했다. 예상하지 못한 결말은 아니었다. 클리셰로 범벅된 어느 B급 소설마냥 처음부터 뻔한 엔딩이었다. 내겐 아무 것도 남지 않았다. 그건 모두 나의 잘못이다. 내가 너를 그리워하는 것인지, 스물한 살의 나를 그리워하는 것인지도 이젠 흐릿하게 되었다. 달이 졌다. 나는 이제 또 네가 없는 세상을 살아가야 한다. 다시, 달빛이 없는 망망대해. 꿈은 짧고 현실은 길다. 너의 웃음을 떠올릴 때마다 입술이 쓰다. 너와 함께 걸었던 밤바다, 그 해변, 너와 보았던 불꽃놀이, 너의 모든 것이 부서져간다. 너는 나를 어떻게 기억하고 있을까. 네가 나의 편지 한 장으로 남듯 나도 네 역사의 한 페이지가 될 수 있을까. 아니면 검은 실루엣만 어슴푸레 남은 이름 없는 기억이 되려나... 이 글을 당신이 읽을 일도 없겠지만, 그게 더 나은 일일 것이라 믿습니다. 이따금 꺼내 추억거리로나 삼을 테니... 부디 건강하시길.

KBS 46기(2021. 4)

● 남자 1차 문제

　보라야, 니 앞가림이나 해. 너 백수야 지금. 그러니까 내말 들어. 내가 도와줄게. 음... 양심고백 타이틀 걸고 영상 하나 찍자. 처음부터 눈물 흘리지 말고 담아놔. 그런 다음에 숨어 지내고 싶지 않았다. 그동안 무성했던 루머에 대해 정면 돌파하려고 이렇게 용기 내 카메라 앞에 섰다. 뭐, 그런 거 있잖아. 대본은 내가 써줄게. 넌 그대로 읽기만 하면 돼. 눈물은 마지막에 한 방울 뚝....

　사과 영상으로 관심 한번 끌어주고, 자연스럽게 복귀. 좀 더 자숙하려고 했는데 팬들의 성화에 못 이겨 뭐, 대충 흐름 알겠지? (그러면 안 되는데... 라고 반발하자) 가식 그만 집어 던지자. 보라야. 너 평생 죽어라 일해도 이 돈 못 벌어. 어설픈 자존심하고 바꾸기엔 액수가 너무 크잖냐? 일만 하자고 일만. 그러면 서로 상처받을 일도 없어 보라야.

● 여자 1차 문제

　(E. 종이봉투 내려놓는) 회장님께서 제게 주신 거예요. 한 번 읽어보세요. 회장님 사라지기 전에 써주신 거예요. 읽어보시면 아시겠지만, 회장님께서 가진 재산을 모두를 저에게 위임한다는 내용이에요. 거기 회장님 싸인 보이시죠? (위임장의 출처를 물어보자) 당연히 회장님께서 주셨죠. 이걸 주시면서 혹시라도 당신이 납치되거나 죽으면 이걸 가지고 경찰이나 변호살 찾아가라고 하셨어요. 아마 이런 일을 예상했던 게 아닌가 싶어요. 회장님 자식놈들은 그러고도 남을 인간들이거든요. 그러게 내가 사회 환원 같은 거 하지 말라니까! 자기 자식들 성질머릴 제일 잘 알면서 왜 그 고집을 피워가지고. (걱정스런) 근데 문제는 그분 재산 문서가 어디 있는지 아무도 모른다는 거예요. 너무 걱정돼요. 혹시 자식놈들이 유산을 채가려고 납치한 건 아닌지. 그리고 혹시라도 재산문서가 그놈들한테 들어간 건 아닌지. (왜 회장에게 직접 묻지 않았냐고 하자) 어휴, 그런 거 물어보면 뭐해요? 재산 탐내는 여자로나 보이지. 사실 전 그 돈 관심도 없어요. 쓸 데도 없고. 이 서류 처리해줄 수 있죠? 문제라뇨? 회장님이 직

접 쓰셨다니까요? 공증도 했고. (자식들도 권리가 있다고 하자) 왜요? 이게 법
적으로 효력이 생기는 거잖아요? 회장님 뜻이 그런데 그게 뭔 상관이에요? 이
제 보니 변호사님, 내가 회장님을 납치했다 생각하시나 보네. 내가 그런 일차원
적인 여자라 생각해요? 회장님 사라지면 누가 제일 먼저 용의선상에 오르는데.
(은밀하게) 난 아무래도 그 자식들 소행 같아. 서로 물고 뜯고...(쯧쯧) 증거는
없지만 하여튼 느낌이 그렇다니까요. 그럼 도와주실래요?

KBS 45기(2020. 10)

● 남자 1차 문제

(피싱 처음하는 정수) 여보세요? 네. SJ캐피탈입니다. 네, 네, 그럼요. 가능
하죠. 그게 그러니까... 대출이 얼마가 되냐하면요. 음.. 아! 얼마를 빌리 아니,
대출받고 싶으세요? 아! 것보다 저기, 어느 은행에서 얼마 빌리 아니, 얼마 대
출받으셨는지 알 수 있을까요..?

(1년 후 피싱 전문가가 된 정수) 음, 그럼.. 심사가 좀 까다롭기는 한데, 저희
가 VIP 고객분들에게만 거래해 드리는 게 있거든요. 중국은행에서 운영하는건
데 우리나라 법인 승인이 안나서 일단 비밀리에 운영하고 있거든요. 대신 이율
이 10%로 저렴하고요. (고객이 솔깃하자) 그런데 이게, 1년 이자를 선지급 해야
해서 많이들 힘들어 하세요. (고객이 의심하자) 혹시 보이스피싱인지 의심이 생
기시죠? (웃음) 당연히 의심하셔야죠. 저도 사기꾼이란 소리까지 들으면서 왜
이러고 사나 싶기도 한데요, 그래도 어쩌겠어요. (고객 반응 살피고) 저도 애

둘 키우는 아빱니다. 제가 이런 걸로 사기치면 제 자식들 얼굴을 어떻게 보겠어요? (고객, 살짝 경계심 풀어지고) 네. 고객님은 5백만원을 선지급하셔야 됩니다. 대신 매달 이자를 안내도 되니까 1년간 이자부담은 덜죠. 그래도 좀 힘드시죠? (고객이 이것만 하면 대출 바로 되냐고 물으면) 심사하는데 5일 걸려요. 일단 저희 계좌로 이자를 먼저 입금해주시면, 저희가 은행으로부터 대출금 받아서 고객님께 계좌이체 해드립니다. 어떻게 보면 저희가 보증인이라 할 수 있죠. (고객이 '저 이거 할게요'라 말하면) 잘 생각하셨어요. 그(고객이 감사표시하자) 제가 감사하죠. 고객님은 필요한 자금 확보하시니까 좋고 저희도 좋은 고객 생겨서 좋고 (웃음) 사례요? 아유 무슨 그런 말씀을. 고객님 주변에 많이 알려주시면 저희는 그걸로 감사하죠.

(KBS무대 '피싱데이', 보이스피싱에 서툴다 1년 후 전문가가 된 화자)

● 여자 1차 문제

많이 춥죠? (다가오는) 저예요. 김유선. (여유) 법정이 아닌 밖에서 판사님을 뵈니까 새롭네요. 재판이 끝나면 한 번쯤 찾아뵙고 싶었거든요. 꼭 한 번 물어보고 싶었어요. 왜 그런 어이없는 판결을 하신 건지 말이죠. (웃는) 소신껏이요? 정당한 절차라고요... 제가 들은 이야기는 그렇지 않은데요? 세 명의 판사님들 중 판사님만 저에게 유죄의견을 내셨다고 들었는데... 아닌가요? (여유 있게) 그런 소문이 돈다고 하더라고요. 저도 들은 이야기예요. 문제는요, (섬뜩한 목소리) 판사님이 대체 왜 이소윤을 만나셨냔 거죠. (판사가 부인하자)(웃음) 그러실 줄 알고 증거 확보 차원에서 찍어놨죠. 여기 좀 보세요. 아주 선명히 찍혔죠? 틀림없이 이소윤과 판사님인데. 이래도 부인하실 건가요? 판사님께 팁 하나 드릴까요? 다음에 뭔가 떳떳하지 못한 일로 사람을 만날 때는 반드시 창문이 없는 곳을 찾거나, 아니더라도 창가는 무조건 피하세요. 아셨죠? 아까, 이렇게 판사님을 찾아온 절 부적절하다고 말씀하셨죠. 그런데 정말 부적절한 건 판사님 쪽 아닌가요? 자기가 재판했던 사건의 피해자 가족은 왜 만나신 거죠? 누가 누굴 위로해요? 이 재판의 피해자는, 하마터면 판사님의 잘못된 판결 덕에 영원히 옥살이를 할 뻔 했던 바로 저 아닌가요? (기분 상한) 아직도 절 살인자로 생각하고 계시는군요? (선언하듯) 대법원에서도 인정했다고요! 저는 무죄라고! 그건 이제 아무도 바꿀 수 없는 사실이에요! 판사님은 유독 날 미워했죠. 재판 받는 내내 계속해서 따가운 시선을 느꼈어요. 마치 나를 경멸하는 듯한 시선요. (판사가 부인하자) 판사님도 이제 제 입장이 돼 보셔야죠. 저를 지키기 위해서라면 뭐든 할 거라고요. 제가 어떻게 할지는 판사님 스스로 생각해보세요. 내가 어떤 선택을 할지 나도 모르겠으니까.

(라디오극장 '합리적 의심', 유죄를 선고한 판사를 찾아와 협박하는 화자)

KBS 44기(2019. 1)

● **남자 1차 문제**

(KBS무대 '면접', 면접장까지 찾아온 사채업자가 석구에게 폭력과 협박을 통해 대출서류에 서명 받는데...)

(옆에 슬그머니 다가와) 아이고, 드디어 찾았네. 우리 고객님! (입 막으며 협박)

다치기 싫으면 가만있어라. (살벌) 네가 감히 나한테 총질까지 해놓고 튀어.

그러고도 무사할 줄 알았냐? 그려도 면접 본다는 거 참말이었네? (섬뜩하게) 근디 어쩌냐이~ 난 널 쉽게 놔줄 마음이 없는디.(웃음) (때리는 소리) 넌 순서 가 틀려먹었어. 면접에 가고 싶으면 돈을 가지고 오란 말이여(E.주먹 날리는) 난 말이여. 고객을 상대할 때 딱 두 가지만 봐. 갚을 돈이 있는가?, 갚을 의지가 있는가? 근디 넌 돈도 없고, 뺀질뺀질 도망가는 게 갚을 의지도 없어 보여. 그 럴 땐 이렇게 패서 (E.주먹 날리는) 의지를 만들어 줘야제. (비웃음) 이게 아주 지대로 미쳐버렸네. 좋아. 그렇게 갚는다고 큰소리를 치니께. 내가 특별히 기회 를 주었어. (석구에게 종이 내민다) 여기 이름 쓰고 지장 찍어. 뭐긴 뭐여. 대출 서류지. 대출 받아서 연체 이자부터 갚어. 갚을 의지가 있담서. 얼른 이름 써. (석구가 억지로 서명하자 서류 챙기며) 그려. 오늘까지 연체 된건 이걸로 됐고. (종이 또 내미는) 여기 하나 더 사인 혀. 생명보험이여. 여기 서명만 허면 돼. 불법이 뭔디? 세상은 나 같이 이기는 놈이 합법이고 너처럼 당하는 놈이 결국 불법이 되는 것이여. 더 맞기 전에 얼른 써라이~ 몸이라도 성해야지 돈을 갚을 거 아니여. 아님 결국 이 보험으로 갚을래나. 하하하...(악마처럼 웃으며) 그려. (석구에게) 여기 수익자 양병헌 보이제. 이제 네 몸은 내 담보가 된 거여. 보험료 도 대출금으로 정산 될 거니께. 그렇게 알고. (뺨 때리며 철썩) 야! (철썩) 야! 결 국 이럴 거 뭐 하러 도망치고 지랄이여. 괜히 힘만 들게. (웃으며) 또 보자이~

● **여자 1차 문제**

　(KBS무대 '나의 첫 번째 결혼식', 동네친구 윤발이 자신의 어머니를 위해 가 짜 결혼식을 제안하지만 정작 수연은 성당오빠에게 관심이 있고..)

　하나님 아버지. 부디 저를 가엾게 여기시고... 시험에 들게 하지 마옵시며...

주뻥의 주둥이를 찢어발겨 주시고...(좋아하는 성당오빠 나타나자) 평안과 안식만을 주시며... 친구의 시름을 함께 짊어지게 하시고...어머? 오빠? 언제 오셨어요. 온지도 몰랐네. 콜록콜록...아니에요, 괜찮아요. 몸이 약한 덕분에 건강이 얼마나 감사한 일인지 늘 가슴 깊이 느낄 수 있는걸요.

(마음속) 내 머리를 쓰다듬는다. 아... 손끝에서 나는 비누향기... 너무... 좋다. (정신들며) 아! 네 오빠. 저 근데... 오늘 저녁에...네? 제가... 뭘.. 우리! 네... 그렇죠 당연히 안 잊었죠. (성당오빠 나가자) 뭐지? 저녁에 뭐지? 내가 나 모르는 사이에 데이트 신청이라도 했나? 아닌가... 지금 오빠가 나한테 데이트 신청 한건가? 뭐야. 부끄러워서 은근슬쩍 저런 식으로 데이트 신청한 거야? 어우 깍쟁이. 난 몰라. (윤발이 나타나자) 아놔 기분 좋았는데... 에이 씨. 아 또 왜 뭐? 지랄, 맡겨 놨냐? 그거 뽑아버리기 전에 조용해라. 누님이 지금 기분이 아주 좋으시다. 망치지 말고 가라. 좋은 기회잖아? 아... 진짜. 야 주뻥. 그래 내가 진짜 너네 엄마 생각해서 진지하게 고민해 봤는데 그래서 웬만하면 들어주려고 했는데...내가... 아무래도 오늘 첫 키스, 아니 첫 데이트를 하게 될 거 같아. 다른 남자의 여자가 맘에도 없는 동네친구랑 결혼을 할 순 없잖아? 안 그래? 다 들었으면서 뭘 또 물어. 그럼 이 얘기는 오늘 이 시간부로 그만 하는 걸로... 그리고 울 엄마한테 얘기하면 넌 뒤지시구요. (콧노래부르며 나간다) 기분도 좋은데 동자랑 스파링이나 한판 떠야겠다.

KBS 43기(2018. 4)

● 남자 1차 문제

절름발이인 나를, 공부도 못하고 가난한 나를, 위에서 꽉 눌러 짜부라진 거마냥 볼품없는 나를... 친구들은, 친구라고 부르고 싶지도 않지만 별다른 호칭이 없으니, 어쨌든 놀리기 바빴어. 그들의 등교 목적이 나를 괴롭히는 게 아닐까 싶을 정도로 말이지. 그러던 어느 날, 운동장에서 흠씬 두들겨 맞고 모래 범벅이 되어 가방을 찾으러 교실 가려던 복도에서 네가 나를 불렀어. 몸에 묻은 모래를 털어줬지. 따뜻한 말 두어 마디도 덧붙여서 말이야. 너는 기억 못 할 거야. 너라는 사람은, 누구에게나 그렇게 친절했으니까. 그 후에도 졸업할 때까지 몇 차례 더 너는 나에게... 따뜻했어. 그런 너를 보며 나는 닮고 싶었고, 그건 우울함에 꽉 막혀있던 내 인생을 조금은 희망적으로 바라볼 수 있게 만든 시작이었지. 그렇게 나는 재수를 해서 꽤 알아주는 대학을 갔고, 아름다운 아내를 만났고, 시작한 사업은 몇 번 휘청하기도 했지만 이제는 제법 튼튼하게 자리를 잡았어. 아, 똑똑한 아들놈까지... 남들이 보기엔 성공한 삶이야. 갓 태어난 아들이 나를 보는데... 네가 생각나더라. 그 순간 아들의 이름을 김기환으로 짓자 결심했어... 아들이 너처럼 밝고 따뜻하고 좋은 기운을 주는 사람으로 성장하길 바라며.

● 여자 1차 문제

선배가 출국심사대를 통과해 면세구역으로 건너가 버릴 때까지도 난 선배 뒤통수를 노려보며 계속 동전을 던지고 있었거든. 앞면, 앞면, 하면서. 근데 선배는 끝내 뒤돌아보지 않더라. 지난번처럼, 지지난번처럼. 방금 전까지 나와 시시

덕거리며 서 있었다는 걸 잊은 거지. 그게 선배에게 내 절댓값이지만...

아무 여자한테나 곁을 안 줘서 좋았는데, 알고 보니 나도 거기 포함됐더라는 얘기. 나도 아무 여자 중의 하나였다는 얘기. 쪽팔려. 그래도 이 말은 해야겠다. 선배는 좀 비겁했어. 난 좀 비굴했고...

(한숨) 그래, 그러고도 벌써 몇 년째 내가 내 굴을 팠어. 이건 끈기가 아니라 집착인 거지. 징해라....

(눈물을 참으며) 나 이제 그만할래, 아니다, 선배는 그냥 늘 그 자리에 있었는데. 나 혼자 마음 분주했었어. 알았으면, 알면, 선배가 날 좀 돌려세우고 너, 돌아가라, 그랬어야 했는데... (아프게) 나쁜...자식...

KBS 42기(2016. 11)

● 여자 1차 문제

새 식구가 오던 주말, 백은호와 백아영은 결혼식장에 나란히 앉아 있었다. 앉아 있으면 둘은 뒷모습이 닮아 보였다. 양쪽 귀에서 목을 지나 어깨에 이르는 선이 왠지 모르게 비슷했다. '피가 전혀 안 섞인 남남'은 아닐지도 모른다는 생각이 들 만큼, 둘은 딱 그만큼 비슷했다. 백은호 오른편에 앉은 강윤희는 피곤한 표정으로 눈을 감고 있었다. 강윤희는 아버지의 또 다른 남동생 가족이 모여 있는 테이블로 시선을 돌렸다. 강윤희의 아버지는 남동생이 둘이었다. 강윤희의 형제들은 아버지 바로 밑의 남동생을 큰 작은아버지, 아버지와 터울이 많이 진 막내 남동생을 작은 작은아버지라고 불렀다. 강윤희는 결혼식장에 도착하면서부터 작은 작은아버지 옆에 붙어 있는 한 소년을 보고 있었다. 소년은 식장에

도착한 강윤희에게 '안녕하세요 누나' 그렇게 말하며 다가왔다. 강윤희는 당황스러웠다. 소년은 강윤희의 아버지의 막내 남동생의 아들이었고, 강윤희의 기억 속에선 병약한 남자아이일 뿐이었다. 몇 년 사이에 이렇게 성인 남자에 가까운 모습을 하고 있을 줄 알았다면 강윤희는 작은 작은어머니의 부탁을 거절했을 것이다. 식장을 나서기 전, 강윤희 앞으로 작은 작은아버지가 다가왔다. 그가 강윤희의 손을 모아 잡았다. 아버지의 아주 어린 동생이었던 남자. 강윤희는 강중식을 무표정하게 바라보았다. 사포처럼 거친 강중식의 가운뎃손가락이 강윤희의 손등을 눌렀다. 강윤희는 슬그머니 손을 뺐다. 곧 쉰이 되는 강중식은 열 살 이상 터울인 형들과 비슷한 연배로 보일 정도로 급속히 늙어가고 있었다. 차려입은 양복만 아니라면 세탁기에서 탈수되다 나온 것처럼 엉망인 모습이었다. 강윤희는 강중식 옆에 선 소년을 착잡한 마음으로 바라보았다.

● 남자 1차 문제

단조로운 일상만 반복될 것 같은 수영장에서도 가끔은 이상한 일이 벌어진다. 언젠가 어떤 아주머니는 수영모자와 물안경만 쓰고 샤워장을 나섰다. 샤워하느라 벗어놓은 수영복은 그대로 샤워기 조절 레버 위에 걸어둔 채였다. 이미 풀에 들어와 있던 다른 여자들이 어서 돌아가라고 열렬히 손짓했지만 그녀는 그걸 어서 오라는 신호로 받아들인 것 같았다. 더 잰 걸음으로 풀을 향해 달려왔다. 그러고는 풀 앞에서 잠시 멈칫하더니 풍덩 물속으로 뛰어들었다. 수영장에는 잠시 침묵이 흘렀다. 여자 강습생들이 물속에 갇힌 그녀를 둥그렇게 에워쌌다. 검은색 아레나 수영복을 입은 여자가 사다리를 잡고 풀 밖으로 나와 샤워장으로 뛰어갔다. 수영장의 모든 눈이 그 여자의 뒷모습을 주시하고 있었다. 잠시 후, 그녀는 손에 수영복을 들고 다시 나타났다. 자기가 벌거벗기라도 한 것처럼 여자는 위축되어 있었다. 곧 그녀의 손으로부터 수영복이 전해졌다. 수영복의 주인은 울 것 같은 표정으로 조심스레 수영복을 꿰어 입었고 한 동료가 그녀의 수영 모자를 벗겨 자기 것과 바꾸어 썼다.

강습이 재개되었다. 강습생들이 일제히 팔을 젓고 발을 차며 차례차례 앞으로 나아갔다. 다들 비슷비슷한 모습이어서 누가 조금 전 소동의 주인공인지 금세 알 수 없게 되었다. 그렇지만 아무것도 모른 채 태연하게 풀을 향해 걸어 나오던 그 아주머니의 벌거벗은 모습이 뇌리에서 쉽게 사라지지 않았다. 그것은 슬프다고도, 그렇다고 우습다고도 할 수 없는 기묘한 이미지였다.

EBS 28기(2023. 3)

● 공통

1. 1인 해설물(다큐멘터리)

A. 자연 다큐멘터리

해저 면적의 1퍼센트도 안 되지만 바다 생물의 25%가 사는 곳. 산호 군락입니다. 3~4미터 깊이의 얕은 곳이라 햇빛이 잘 듭니다. 그리고 산호가 있죠. 이곳엔 먹이도 많고 숨을 곳도 많습니다. 그래서 화려한 색깔의 물고기들로 늘 북적거리죠. 하지만 조금 더 내려가면 다른 세상이 펼쳐집니다.

B. 구성 다큐멘터리

1분 1초가 소중한 아침, 달콤한 늦잠을 택하는 이들과 달리 반려 가족을 위해 조금 더 빠른 하루를 시작하는 이가 있습니다. 이빨 한 번 닦이려면 포복 자세는 필수! 이러다 지각하는 거 아닌가요? 여느 직장인처럼 출근 지옥을 피해갈 순 없지만 두 녀석을 생각하면 없던 힘도 절로 생긴답니다.

● 여자 1차 문제

1. 유아 캐릭터 (애니메이션 대사)

(호기심 많고 에너지 넘치는 소녀. 항상 태블릿PC를 가지고 다니며 최신 전자 제품을 능숙히 사용한다. 이를 통해 세상을 배우고, 창의적인 활동을 하

는 똑소리 나는 아이)

이건 3D(쓰리디) 음식 프린터야. 플라스틱 물건이 아니라 음식을 만들어주는 기계지. / 메뉴를 고른 다음에, 필요한 재료를 전부 여기에 넣으면 돼. // 그럼~ 끝!// (한숨) 됐다!/ 도트와 할의 맛있는 강아지 식당에 오신 걸 모두 환영합니다. / 저 치와와 엄청 배고픈 것 같아. 와~!! 내 아이디어가 성공하다니/ 빨리 아빠한테 3D(쓰리디) 음식 프린터가 얼마나 대단한지 보여드리고 싶다. / 강아지들이 정말 좋아하잖아. // 스크래치, 너도 좋지?//

2. 20대 캐릭터 (애니메이션 대사)

(미래의 소방관을 꿈꾸는 소녀. 리더십과 카리스마가 있으며 강한 성격을 지녔다. 고등학교 때 육상 국가대표 특채로 선출된 적이 있을 정도로 신체 능력이 좋고 똑똑하다.)

(놀라며) 뭐라고? 너 지금 어디 가!! / (투덜거리며) 3팀이 에이스라더니 뭐야, 이게! 한 놈은 사라지고 한 놈은 찾고 있고! 현장 이탈이 얼마나 큰 잘못인지 몰라? 지금 빨리 돌아가야 한다고! 그렇지 않으면 우리 셋 다 혼난단 말이야!! // (이탈한 동료를 찾았는데, 현장으로 들어가려는 동료를 말리며) 잠깐, 저기 불씨... 불씨를 봐! / 안에 산소가 부족해서 불씨가 꺼지고 있는 거야... 게다가 마르지 않은 페인트, / 화재 현장에서 날아오는 불씨... / 밀폐된 공간 근처의 가스... 만약 안에 들어갔다가 불이 나기라도 하면... // 움직이지 말고 일단 기다려! 우리가 방법을 찾아볼 테니까!!

3. 중장년 캐릭터 (애니메이션 대사)

(효자손을 주무기로 사용하는 할머니로 말보다 손이 먼저 나가는 타입. 키가 상당히 작아서 주로 점프해서 효자손을 휘두르는 공격을 한다.)

(넋 놓고 있는 아들에게 문제지를 빼앗으며) 왜 그러냐! 어디.. 문제가 뭣이 길래 넋을 놓고 있어.. (문제 읽으며) 좀비가 되지 않기 위해선.. 어떻게 해야 허냐.. (고민하는 호흡) 흐으음.. 이건 아주 간단 혀~ (쓰는 호흡) 좀비들 뚝배기를 깨버린다. 이게 정답이여! 정답! (상상 속에서 좀비들이 다가오는 걸 보고) 아니 이것들이! (멋지게 효자손을 꺼낸다) 허어~ 타앗! (효자손으로 좀비들을 공격하며) 받아라! 아뵤~ 아뵤오~~! 아뵤오오오~~! (당황)효자손이 다 떨어졌구먼 (상상 속 좀비에게 물린다)헉! 그만두지 못 혀.. (현실로 돌아와서) 이건 아니여. 너무 위험해서 못써.. 그냥 집 문을 걸어 잠그고 꼼짝 않고 있어야겠구먼..

● 남자 1차 문제

1. 유아 캐릭터 (애니메이션 대사)

(짓궂고 개구쟁이인 소년. 엉뚱한 면이 있다. 여행을 좋아하는 친구가 자신의 여행 경험 영상을 인터넷에 올려 인기를 끌게 되자, 유명해지고 싶은 마음에 자신의 일상을 담은 채널을 만들게 된다.)

안녕하세요~ 여러분! / 언제나~ 친절하고 멋진~ 로~기입니다! 그럼, 이제 저와 함께 즐거운 시간을 보내 봐요! // 저는 이제 모든 일을 마쳤고 집으로 돌아갈 거예요. / 그럼 구독과, 좋아요 부탁드립니다. (만족한 웃음) / 됐어! 이제 나도 엄청 유~명한 스타가 되겠지? // (오버하며) 이러다 내가 윈디보다 유명해지면 어쩌지~? 헤헤헤~ / (행복한 상상을 하며) 친구들이 나랑 같

이 사진 찍자고 막~ 몰려드는 아냐? //

2. 20대 캐릭터 (애니메이션 대사)

(친절하고 다정하며, 자신의 감정을 잘 숨기지 못할 정도로 솔직하고 대담하다. 희생정신이 투철한 편이고 불의를 보면 못 참는다.)

(버스 안 혼자 생각에 잠겨있다. / 속마음, Na) 나에겐 작은 비밀이 있다. 그건 바로 미래를 본다는 것!/ 내가 소방관이 되려는 건, 이 능력이 도움이 될 거란 막연한 기대도 있지만 내가 처음 이 능력을 알게 된 어린 시절에 만났던 그 사람. 그 사람처럼 멋진 소방관이 되고 싶은 것이 가장 큰 이유다! 소방관이 되면 다시 만날 수 있지 않을까? 나를 구해준 그 소방관... // (그러다 버스에서 쓰러지는 사람을 보고 달려가 받으며) 어?! 저기요!! 정신 차리세요! (눕힌 뒤 숨 쉬는지 들어보고) 심정지../(버스기사님에게) 심정지에요!! 심정지라구요! / 기사님! 빨리 병원으로 가주세요. (심폐소생술하며) 혹시 이 아저씨 언제 탔는지 기억하세요? // 두 정거장 전이면... (속마음) 정거장 간격이 보통 1~2분이니까, 아직 늦지 않았을 거야./ (off) (심폐소생술로 거친 호흡) (속마음) 제발... 제발! 제발...!!

3. 중장년 캐릭터 (애니메이션 대사)

(좀비가 된 딸을 잡기 위해 무장군인이 방문 앞까지 쳐들어온 상황. 군인은 빨리 문을 열라고 독촉하고, 아빠는 딸을 혼자 보낼 수 없어 함께 좀비가 되기로 한다.)

(딸과 마주 보고 앉아서) 수아야. 아빠가.. 우리 수아 끝까지 지켜주지 못해서 미안해.. / 그래도 아빠는.. 아빠는 절대로 수아를 혼자 두지 않을 거야.. 평생 우리 딸이랑 같이 있을게.. / 아빠를 물어... 수아야. (딸이 고개를 흔들

며 거부하자) 어서 아빨 물어 수아야! (목을 들이대며) 자, 얼른! / 괜찮아.. 그래야 아빠가 평생 수아 옆에 있는 거야. 절대 다시는 혼자 두지 않을게.. (딸이 고민 끝에 문다) 으.. (속마음) 미안해요.. 엄마.. 이 불효 자식을 용서하지 마세요.. (괴로워하는 호흡) 크윽.. / 난.. 수아를 혼자 둘 수 없어요..

EBS 27기(2021. 3)

● 공 통

1. 1인 해설물(다큐멘터리)

A. 자연 다큐멘터리

다음 세대는 눈 속에 잠들어있죠. 이 겨울도 영원하진 않습니다. 봄을 맞은 무당거미 알주머니, 알은 모두 사라졌고 커다란 애벌레가 차지하고 있습니다. 이 녀석이 바로 사마귀붙이 애벌렙니다. 이제 녀석은 고치를 틀고 번데기가 되려고 합니다. 진짜 나를 찾아가는 인고의 시간 애벌레 때와는 완전히 달라졌습니다. 이제 어미의 얼굴이 보입니다. 3일 후, 고치 안에서 움직임이 포착됩니다. 뾰족하던 주둥이는 가위처럼 바뀌었습니다.

B. 인문 다큐멘터리

특정 식습관이 뇌에 유해하다는 걸 안다고 해서 문제가 해결되진 않습니다. / 그렇다면 음식의 유혹은, 어떻게 이겨내야 할까요? / 종종, 욕망은 의지보다 강하죠. / 설탕, 즉 포도당이 잔뜩 든 정크 푸드는 끊임없이 우리를 유혹합니다. / 교묘한 조종의 달인인 설탕이 우리 뉴런을 쥐고 흔들기 때문이죠.

/ 뇌 연구자들에게 지방 및 설탕의 과한 섭취는 관심의 대상입니다. / 과잉과 결핍 모두 요주의 대상이죠. / 정크 푸드는 영양소가 부족한 경우가 많아서, 우리 몸, 특히 뉴런을 결핍 상태로 몰아가기도 하는데요, 그렇다면 우린 무엇을 해야 할까요?

● **여자 1차 문제**

1. 유아 캐릭터(애니메이션 / 사람 역할)

(아이의 소원을 담은 물건을 3D프린터로 제작한 후 우주기지에서 지구로 출동하는 이름이 '우주'인 엔지니어 캐릭터)

그럼 우주만큼이나 멋진 이 '우주'의 실력을 뽐내 볼까? 주문받은 물건을 만들어 보자구! / (만든 후) 짠! 어떠한 기후에도 견딜 수 있는 탐험가 옷 완성! 비나 눈에도 젖지 않고, 몸을 따뜻하게 보호해주는 기능도 있지. / (잠시 후) 오늘 갈 곳은 에콰도르 갈라파고스 제도. 독특한 해양 생태계를 이루는 지역으로 유네스코 세계유산으로 지정된 곳이야. / 엔진 작동! 파워 부스터 업! 갈라파고스 제도로 출발!

2. 10대 청소년 캐릭터(애니메이션 대사)

남(화이트캣)	쾌활한 성격의 의협심 강한 히어로이지만, 기억을 잃은 후 사랑하는 여자를 속여 물건을 빼앗으려고 연기하는 장면
여(레이디버그)	악을 치유하는 히어로. 모습과 성격까지 변해버린 파트너를 치유해 주고자 하지만, 자신의 비밀이 드러나자 당황스러워하는 장면

화이트캣	마이레이디? 정말 너 맞아? 네가 사라져서 다신 못 보는 줄 알고 얼마나 슬펐다고! 이제 다 되돌릴 수 있어.

레이디버그	(걱정된) 너 어떻게 된 거야? 아니!! 말하지 마. 모든 걸 다 돌려놓을 거야.

화이트캣	그럼~ 당연히 돌려놔야지. 이제 네가 돌아왔고, (슬쩍 표정 변하며) 나한테 네 미라클스톤을 내놓을 테니까!

레이디버그	(당황) 내 미라클스톤? 왜 이러는 거야, 블랙캣?

화이트캣	(힘없이, 연기톤) 아, 무례하게 굴 생각은 없었어. 제발 나한테 네 미라클스톤을 줘. 그냥 장난 좀... 쳐본 것 뿐이야.

레이디버그	(걱정되지만 단호한) 넌 검은 나비에 지배당한 거야. 내 미라클스톤은 필요 없어. 이제 내가 널 치유해주면 돼.

화이트캣	(훌쩍) 날 구해줘.

레이디버그	(좀 누그러져) 그럼, 당연하지... 말해 봐. 검은 나비는 어디 있어?

화이트캣	내 가슴에! (버럭하며) 하지만 이미 다 찢어졌어. 상처 주는 것만으론 부족해, 마리네뜨?

레이디버그	('마리네뜨'란 이름에 놀란) 뭐? 방금 뭐라고 했어?

화이트캣	어서 날 안아줘. 마리네뜨!!! (공격하는 호흡)

레이디버그	(당황) 아니! 난 마리네뜨가 아냐! (도망치는 호흡)/ (혼잣말) 말도 안 돼... 그걸 어떻게 알게 된 거지?

3. 중장년 캐릭터(실사드라마 또는 영화 대사)

(중세 시대 영국, 마을 사람들을 모아놓고 주문을 거는 사악하고 탐욕스러운 주술사)

그럼 이제, 이 목걸이를 보면서 소리에 집중해 보세요. 눈꺼풀이 점점 무거워집니다... 아주 무거워져요... 잠이 온다... 잠이 온다... 잠든다! / 흠! 너희는 내 주문에 빠져들었어. 난 너희 주변을 돌며 지갑, 반지, 귀중품 같은 걸 모두 걷을 거야. / 그럼 잘 있어라. 그리고 집으로 돌아가서 나에 대한 건 싹 다 잊어버려, 이건 명령이다! 하하! / (도망치다가) 오! 네가 바로 그 유명한 로빈 후드구나! / 도적끼리 합의를 좀 보는 게 어때? / 훔친 물건은 우리 둘이서 나눠 가질 만큼 충분하거든. /

● 남자 1차 문제

1. 유아 캐릭터(애니메이션 /사람 역할)

(아이의 소원을 담은 물건을 3D프린터로 제작한 후 우주기지에서 지구로 출동하는 이름이 '우주'인 엔지니어 캐릭터)

그럼 우주만큼이나 멋진 이 '우주'의 실력을 뽐내 볼까? 주문받은 물건을 만들어 보자구!/ (만든 후) 짠! 어떠한 기후에도 견딜 수 있는 탐험가 옷 완성! 비나 눈에도 젖지 않고, 몸을 따뜻하게 보호해주는 기능도 있지. / (잠시 후) 오늘 갈 곳은 에콰도르 갈라파고스 제도. 독특한 해양 생태계를 이루는 지역으로 유네스코 세계유산으로 지정된 곳이야. / 엔진 작동! 파워 부스터 업! 갈라파고스 제도로 출발!

2. 10대 청소년 캐릭터(애니메이션 대사)

남(화이트캣)	쾌활한 성격의 의협심 강한 히어로이지만, 기억을 잃은 후 사랑하는 여자를 속여 물건을 빼앗으려고 연기하는 장면
여(레이디버그)	악을 치유하는 히어로. 모습과 성격까지 변해버린 파트너를 치유해 주고자 하지만, 자신의 비밀이 드러나자 당황스러워하는 장면

화이트캣　　마이레이디? 정말 너 맞아? 네가 사라져서 다신 못 보는
　　　　　　줄 알고 얼마나 슬펐다고! 이제 다 되돌릴 수 있어.

레이디버그　(걱정된) 너 어떻게 된 거야? 아니!! 말하지 마.
　　　　　　모든 걸 다 돌려놓을 거야.

화이트캣　　그럼~ 당연히 돌려놔야지. 이제 네가 돌아왔고,
　　　　　　(슬쩍 표정 변하며) 나한테 네 미라클스톤을 내놓을 테니까!

레이디버그　(당황) 내 미라클스톤? 왜 이러는 거야, 블랙캣?

화이트캣　　(힘없이, 연기톤) 아, 무례하게 굴 생각은 없었어.
　　　　　　제발 나한테 네 미라클스톤을 줘.
　　　　　　그냥 장난 좀... 쳐본 것 뿐이야.

레이디버그　(걱정되지만 단호한) 넌 검은 나비에 지배당한 거야.
　　　　　　내 미라클스톤은 필요 없어. 이제 내가 널 치유해주면 돼.

화이트캣　　(훌쩍) 날 구해줘.

레이디버그　(좀 누그러져) 그럼, 당연하지..
　　　　　　말해 봐. 검은 나비는 어디 있어?

화이트캣　　내 가슴에! (버럭하며) 하지만 이미 다 찢어졌어.
　　　　　　상처 주는 것만으론 부족해, 마리네뜨?

레이디버그	('마리네뜨'란 이름에 놀란) 뭐? 방금 뭐라고 했어?
화이트캣	어서 날 안아줘. 마리네뜨!!! (공격하는 호흡)
레이디버그	(당황) 아니! 난 마리네뜨가 아냐! (도망치는 호흡)/
	(혼잣말) 말도 안 돼... 그걸 어떻게 알게 된 거지?

3. 중장년 캐릭터(실사드라마 또는 영화 대사)

(중세 시대 영국, 마을 사람들을 모아놓고 주문을 거는 사악하고 탐욕스러운 주술사)

그럼 이제, 이 목걸이를 보면서 소리에 집중해 보세요. 눈꺼풀이 점점 무거워집니다... 아주 무거워져요... 잠이 온다... 잠이 온다... 잠든다! / 흠! 너희는 내 주문에 빠져들었어. 난 너희 주변을 돌며 지갑, 반지, 귀중품 같은 걸 모두 걷을 거야. / 그럼 잘 있어라. 그리고 집으로 돌아가서 나에 대한 건 싹 다 잊어버려, 이건 명령이다! 하하! / (도망치다가) 오! 네가 바로 그 유명한 로빈 후드구나! / 도적끼리 합의를 좀 보는 게 어때? / 훔친 물건은 우리 둘이서 나눠 가질 만큼 충분하거든. /

EBS 26기(2019. 3)

● 공통

1. 1인 해설용(다큐멘터리)

인간은 생물학적 신체를 벗어난 진화를 하기 위해 인공지능과 협력할 겁니다. 그리고 우리는 태양의 에너지를 받아 가동되는 거대한 슈퍼컴퓨터인 '다이슨 구'라는 구조 속에서, 하나의 디지털 신호로 존재하게 될 겁니다. 하지만 그 전에, 과학자들은 인류가 영원히 살 방법을 연구 중입니다. 인간이 불멸의 삶을 산다면 어떻게 될까요?

● 여자 1차 문제

1. 유아 캐릭터(애니메이션 / 사람 역할)

네, 엄마. / 지금쯤 강아지를 낳았을지 너무 궁금해요. / 또 그림을 그리고 싶은데 스케치북을 다 썼어요. / (스케치북 선물 받으며 호흡) 신난다! / 그림을 잔뜩 그릴 수 있는 새 스케치북이야! / 엄마, 저 지금 그리러 나가도 돼요? 강아지도 그리구요, 친구들이랑 마음껏 뛰어놀고 싶어요, 그래도 되죠?

2. 10대 청소년 캐릭터(실사드라마 대사)

맞아. / 숲 한가운데 들어와 있으니까. / (짜증난) 카누도 없고! / 빵도 없고! / 휴대폰도 없다구!! / 너, 혹시 돌아가는 길은 아니? / (한숨 쉬며) 그래, 알리가 없지... / 근데 너 아까 곰 봤다고 하지 않았어? / 예전에 동물원 갔을

때 나도 본적은 있는데... 어떻게 생겼어? 똑같아? / 우리 곰 발자국을 따라
가 볼까?

3. 중장년 캐릭터(실사드라마 또는 영화 대사)

성가신 엄마처럼 군다는 거 알지만 너도 네 오빠를 알잖니. / 솔직히 너무 걱
정돼. 도미닉은 첫 배로 출발한다고 했었거든. / 그래, 알아. / 괜히 시간 빼
앗아서 미안하다. / 그럴 거 없어. / 여길 뭐 하러 와, 그냥 마음이 답답해서
푸념해 본 것뿐이야. / 그만 끊자. / 그래. / 내 인사 전해 주구. / 사랑한다.

● 남자 1차 문제

1. 유아 캐릭터(애니메이션 / 사람 역할)

어떡해! / 날씨가 너무 따뜻해서 빙하가 녹아 강으로 흐르고 있어. / 이러다
간 강물이 넘치겠어. / 마을을 안전하게 지켜야 해. / 다니엘. / 아빠랑 나무
집에 올라가 있어. / 강물이 이쪽으론 안 올 거야. / 우리가 당장 갈게. 어서
친구를 도와주자, 애들아! / 조금만 기다려!

2. 10대 청소년 캐릭터(실사드라마 대사)

알았어요. / 아빠와의 지난 추억을 회상해볼게요. / 우린 야구를 해요. / 난
1루에 있고, 아빠가 타석에 들어왔어요. 계속 헛스윙 해서, 삼진아웃을 당하
기 직전이죠. / 그러다 (놀라며) 아빠가 홈런을 쳐요. / 신기해요! 아빠는 운
동 같은 거 잘 못하는데... / 아빠가 많이 보고 싶어요. / 그때가 그립네요.

3. 중장년 캐릭터(실사드라마 또는 영화 대사)

난 이해가 잘 안 돼요. / 여기서 뭘 하는 거죠? / 멋진 아이디어가 있다면서 연극에 도전해 보고 싶다고 한 건 당신이었어요. / 여기 왜 온 거죠? / 대체 왜 왔냐고요. / 당신이 하고 싶은 이야기를 그려내 봐요. / 두려워하지 말고...우리에게 당신의 이야기를 들려주세요.

EBS 25기(2017. 3)

● 공 통

\# 공자 관련 항공 샷, 춘추전국시대 사상가들 활동 하이라이트

(NA)
하지만 절망과 어둠은
오히려 새로운 생각의 밑거름이 됩니다.

절망적이기에 더욱 절실한 마음으로
희망을 찾아 나선 이들.

세상의 고통에서 눈 돌리지 않고
짓밟히는 이들의 편에서 새로운 세상을 꿈꾼 사람들.

인류 역사상 가장 거대한 생각의 폭발을 보여준 그들을,
우리는 제자백가라 부릅니다.

\# 방글라데시에서 가족을 남겨두고 돈을 벌기 위해 한국으로 떠나기 직전의
　노동자 가족의 모습

(NA)
그 시각, 방글라데시에서 짐 가방을 싸는 또 한명의 친구가 있습니다.
부모님의 병원비를 마련하기 위해 고향을 떠나기로 결심한 것이죠.
고향에서의 마지막 밤. 도무지 발걸음이 떨어지질 않습니다.

그 힘겨운 이별을 뒤로 한 채, 다다른 한국...이제 알아차리셨나요?
우리들의 모든 이야기는 결국 다시 집으로 가기 위한 것이었음을...

● **여자 1차 문제**

1. 유아 캐릭터(여아 : 친구를 사귀고 싶어하지만 소심한 성격)

남아	히힛! 소원을 이뤄주는 바오밥 할아버지라니~
	정말 멋져! 근데 있지, 나 어젯밤에 하늘을 날았다~!
여아	하늘을 날아?... 너 꿈 꿨구나?
남아	꿈? 맞아~ 내가 저 높은 나무 위로 올라가서
	하늘을 날았다니까~ (웃음)
여아	어! 잠깐만, 같이 가!
남아	와, 여기 정말 신기하다!

여아　　　　휴~ 결국, 여기까지 와 버렸네...

어? 이건...?

아~ 나 알 것 같아. 바오밥 씨앗은

바오밥 산으로 가는 길을 가리키는 거야!

남아　　　　그거 진짜 멋진데!

자, 뭐하고 있어? 얼른 씨앗을 따라 강을 건너가야지?

근데... 어떻게 건너지?

여아　　　　너무 깊다... 우리 그만 집으로 돌아가자.

강 너머는 아주 위험하다고 했단 말이야.

남아　　　　우와! 이것 좀 봐! 내 장화가..!!!

여아　　　　세상에... 마법의 장화인가 봐!

남아　　　　(신나게 스케이트 타는 호흡)

마법의 장화...?

그래, 맞다! 내가 널 안아서 강을 건너면 되잖아!

자~ 어서 이쪽으로 와 봐!

여아　　　　아, 안 돼! 내 몸에는 가시가 이렇게나...앗!

남아　　　　(겹/찔려) 아얏! 아야야...

여아　　　　미안해... 내 가시가 널 이렇게 만들다니...

그러게 그만 두고 집으로 돌아가자고 했잖아.

여기 약 발라줄게... 정말 미안해...

남아　　　　괜찮아. 근데, 그 작은 가방 안엔

정말 별 게 다 들어있네? 헤헤, 신기하다.

2. 10대 캐릭터(청소년 여 : 중학생, 낙천적이고 밝은 성격, 변신한 후엔 냉정하게 상황을 파악하는 히어로의 면모를 보인다)

청소년 여	(울먹이며) 말도 안 돼! 그럼 이게 다…
	나 때문이라고?
	내가 못한다고 했지? 난 못 말리는 덜렁이라서 일만 망칠 거라고!/
	(체념하며) 난 빠지는 게 나아.
	나나 너, 모두를 위해… 블랙캣 혼자 잘할 거야.
	난 못 해. ///
(변신 후)	(악당에게 소리치며) 이 봐! 애초에 죄 없는 시민을 악당으로 만든 게 누구지? /
	호크모스! 무슨 일이 있어도 당신은 꼭 잡고 말겠어! 미라 클스톤은 그쪽이 넘기시지! /

3. 할머니 캐릭터(아이들 눈에는 귀찮기만 하고 사고만 친다고 생각하는 할머니지만, 손주를 위해 위험을 무릅쓰는 활달한 성격)

할머니	우리 손주를 위해 떠나는 모험인데,
	내가 빠질 수는 없지!!
	엇! 근데 이건 뭐니?
(우당탕탕)	(웃음) 아이고~ 신기해라!
	어머! 이걸로 음악도 틀 수 있는 거야? 그럼 어디 한번~
(시끌시끌)	(신나하는 웃음) 거참, 신기하네~ 우후~~
	어? 이건 또 뭐래?…오잉?

근데 넌 여기 왜 누워있는 거니?

너도 우리 손주처럼 몸이 안 좋은가 보구나!

토마토를 먹으면 면역력이 강해져서 이 정도는 거뜬하단

다. 자 어서! 어허~ 어서 먹으라니까~

어떠니, 힘이 불끈 솟지? 하하하~

4. 성별, 나이 불문 캐릭터

캐릭터   얍! 나와라, 비밀의 문!! 나와!

아, 어디 있는 거야? 아이고, 못 찾겠다.

하~ 비밀의 문이고 뭐고, 그냥 이렇게

여기 누워있고 싶다. 헤~

두 가지를 한꺼번에 할 순 없나?

문도 찾고~ 누워도 있고~!

아하! 이렇게 하면 되지!!

(뒹굴뒹굴 구르며 웃음)

● 남자 1차 문제

1. 유아 캐릭터(남아 : 활달하고 밝은, 모험심 강한 성격)

남아   히힛! 소원을 이뤄주는 바오밥 할아버지라니~

정말 멋져! 근데 있지, 나 어젯밤에 하늘을 날았다~!

여아   하늘을 날아? ...너 꿈 꿨구나?

남아	꿈? 맞아~ 내가 저 높은 나무 위로 올라가서
	하늘을 날았다니까~ (웃음)
여아	어! 잠깐만, 같이 가!
남아	와, 여기 정말 신기하다!
여아	휴~ 결국, 여기까지 와 버렸네…
	어? 이건…?
	아~ 나 알 것 같아. 바오밥 씨앗은
	바오밥 산으로 가는 길을 가리키는 거야!
남아	그거 진짜 멋진데!
	자, 뭐하고 있어? 얼른 씨앗을 따라 강을 건너가야지?
	근데… 어떻게 건너지?
여아	너무 깊다… 우리 그만 집으로 돌아가자.
	강 너머는 아주 위험하다고 했단 말이야.
남아	우와! 이것 좀 봐! 내 장화가..!!!
여아	세상에… 마법의 장화인가 봐!
남아	(신나게 스케이트 타는 호흡)
	마법의 장화…?
	그래, 맞다! 내가 널 안아서 강을 건너면 되잖아!
	자~ 어서 이쪽으로 와 봐!
여아	아, 안 돼! 내 몸에는 가시가 이렇게나…앗!
남아	(겹/찔려) 아얏! 아야야…
여아	미안해… 내 가시가 널 이렇게 만들다니…
	그러게 그만 두고 집으로 돌아가자고 했잖아.

	여기 약 발라줄게... 정말 미안해...
남아	괜찮아. 근데, 그 작은 가방 안엔
	정말 별 게 다 들어있네? 헤헤, 신기하다.

2. 10대 캐릭터(청소년 남 : 중학생, 엄격한 아버지 밑에서 완벽한 아들의 모습으로만 자라왔다. 변신한 후엔, 자신이 하고 싶은 걸 마음대로 표현하며 히어로가 된 자신을 충분히 즐긴다)

청소년 남	…안녕? (체념) 아…
	(진지하게) 난 단지 널 도와주려고 했던 것뿐인데… 정말이야.
	난 학교도 처음 다니고, 친구를 사귄 적도 없어서 모든 게 좀… 낯설어.
	하아… 미안….///
(변신 후)	(경찰에게 소리치며) 난 그 도둑고양이가 아냐!
	그 녀석은 가짜고, 내가 진짜 블랙캣이라고! /
	(능청) 잘 봐, 내가 걔보다 날씬하잖아!
	레이디버그! 넌 나 믿지?
	그 녀석은 내 손으로 해결하겠어!

3. 중장년층 캐릭터(40~50대 남자, 어둠의 힘으로 사람들을 지배하려는 악당)

남자　　　　　창조와 파괴의 힘?

내가 원하는 게 바로 그 힘이다.

내가 그 둘을 가져야겠어. 어서 그 힘을 내게 가져 와!

(버럭) 난 그 신과 같은 힘이 필요해!!

네 미라클스톤은 내 손에 들어왔고, 이제

난 너의 주인이다! 복종하라, 나의 종이여.

누루, 내 앞에서 어둠의 날개를~ 펴라!!/

하아~ 부정적인 감정이 여기까지 느껴지는구나.

이게 바로, 내가 그토록 바라던 분노와 슬픔이다.

내 검은 나비가 파고들기 딱 좋은 상태지.

가거라, 나의 검은 나비여. 저 아이를 지배해라!!

4. 성별, 나이 불문 캐릭터

캐릭터　　　　얍! 나와라, 비밀의 문!! 나와!

아, 어디 있는 거야? 아이고, 못 찾겠다.

하~ 비밀의 문이고 뭐고, 그냥 이렇게

여기 누워있고 싶다. 헤~

두 가지를 한꺼번에 할 순 없나?

문도 찾고~ 누워도 있고~!

아하! 이렇게 하면 되지!!

(뒹굴뒹굴 구르며 웃음)

EBS 24기(2015. 2)

● 공 통

(Na) 하필 겨울 들어 가장 추운 날이었다. 거의 반나절을 두 사람은 말없이 풀만 베었다. 해가 떨어지기 직전에서야 응사 박용순은 서둘러 제를 올렸다. (현장음 : "비나이다 비나이다 산신님께 비나이다 대전 산내 사는 박상원이가 매를 받고자 하오니 정성이 부족함을 용서하시고 보물을 내려주십시오") 매를 부려 꿩을 잡는 응사. 상원이 박응사와 약속을 한 건 석 달이었고 그 첫날은 이렇게 흘러가고 있었다.

(Na) 둥지를 떠난 어린 새들은 두 달 정도 더 둥지 근처에 머뭅니다. 이때도 어미 도움으로 먹이를 먹으며 살아가죠. 어미의 먹이를 따라가다 보면 새끼는 둥지에서 점점 멀어지게 됩니다. 그러다 어미의 무관심이 길어지면 어미와 둥지로부터 완전히 멀어지게 되죠.

● 여자 1차 문제

1. 남아(앤디 : 10대 초반. 약해보이지만 강단 있는 소년)

〈줄거리〉

야구를 좋아하는 평범한 소년 앤디. 양키즈 스타디움에서 수위로 일하는 아버지와 자상한 엄마와 가난하지만 행복한 삶을 꾸려가고 있다. 어느 날 라커

룸에서 홈런왕 베이브 루스가 애지중지하는 배트 '달링'이 사라지고 그 불똥
은 앤디 아버지에게 튀어 해고를 당하게 된다. 앤디는 자주 야구를 하는 공
터에서 찾아낸 말하는 야구공 '스크루이'와 함께 아버지의 결백을 밝히기 위
해 배트를 찾아나서는데…

스크루이	무슨 일이야?
앤디	(짧게 한숨)
스크루이	경찰은 또 뭐고?
앤디	베이브 루스의 배트를 도둑맞았대.
스크루이	잘됐네.
앤디	스크루이. 아빠가 해고되셨어.
스크루이	안됐네.
앤디	누가 행운의 배트를 훔쳐갔을까? 이러다간 양키즈가 지고 말거야. (생각하다) 그래! 그 경비원이 훔쳐갔을 거야.
스크루이	양키즈 경비원이 뭐하러? 시카고 컵스 경비원이라면 모를까?
앤디	아, 그렇지~! (찾고) 어쩐지 낯이 익더라니~
스크루이	혼자 뭔 소릴 하는 거야?
앤디	그 경비원이 레프티였어. 시카고 컵스의 투수 말이야. 베이 브가 홈런을 못 치게 배트를 훔쳐간 거야. 양키즈의 우승을 막으려고. 빨리 아빠한테 말씀드려야 해.

2. 청소년(다씨 : 16세의 소녀. 오빠가 자신 때문에 죽었다는 죄책감에 마음의 문을 굳게 닫았다. 심장 이식자를 만나러 여행을 떠남)

〈줄거리〉

다씨에게 생일은 즐거운 날이 아니다. 자신의 15번째 생일에 오빠를 잃었기 때문. 식당에서 뛰쳐나온 자기를 잡으려다 오빠가 교통사고를 당한 줄 알고 다씨는 계속 죄책감에 시달린다. 그러던 중 자신의 절친한 친구 샘과 함께 오빠의 심장을 이식 받은 사람을 찾아가기로 결심한다.

다씨	있잖아 샘, 심장수술을 받고 변할 수도 있는 거잖아?
샘	(당황) 휴…
다씨	양파 싫어하던 사람이 갑자기 양파를 좋아하게 됐대. 심장을 준 사람이 좋아했거든.
샘	나중에 얘기해.
다씨	(잡지를 내밀며) 이것 좀 봐. 캐서린 존스에 관한 기사야. 그림의 '그' 자도 모르던 여자가 심장수술을 받은 다음부터 유화를 그렸대. 기증자가 화가였거든.
샘	우연이겠지.
다씨	이 세상에 말이 안 되는 일이 얼마나 많은데. 과학이 다 답을 주는 건 아니잖아?
샘	(포기) 휴.
다씨	있잖아… 샘. 생각해 봤는데 만약 오빠의 심장을 이식 받은 사람도 예전에 오빠가 좋아하던 걸 좋아하게 됐다면 오빠 영혼이 그 사람한테 깃든 거 아닐까?

3. 할머니(내니 : 60대. 뉴욕 플라자 호텔, 맨 위층의 스위트룸에 사는 6살 엘로이즈의 보모다)

〈줄거리〉

엘로이즈는 뉴욕 플라자 호텔 맨 꼭대기 층에 사는 장난꾸러기 꼬마 숙녀. 엘로이즈는 보모 내니의 따뜻한 보살핌을 받으며 호텔 안을 휘젓고 다니면서 말썽을 피우지만, 성가셔 하면서도 모두 이 꼬마를 사랑한다. 어느날 엘로이즈는 호텔에 장기 투숙하는 괴팍한 쏜튼 부인이 호텔을 떠나야만 하는 상황을 잘못 이해하고 죽었다고 오해한다.

내니	(엘로이즈가 문을 쾅 닫아 장식 떨어지고) 아우!! 엘로이즈, 도대체 몇 번을 말해야 알아듣겠니? (울고 있는 엘로이즈) 너 왜 그러니?
엘로이즈	(울먹이며) 쏜튼 부인이…
내니	아, 그래, 나도 오늘 오후에 얘길 들었단다.
엘로이즈	(울먹이며) 근데 왜 아무 말도 안 해주셨어요?!
내니	아, 그래, 그래, 세상에! 난 네가 이렇게 슬퍼할 줄 몰랐다. 오히려 기뻐할 줄 알았는데…
엘로이즈	(울먹이며) 할머니, 어떻게 그런 말을 할 수 있죠?! 그 할머니가 심술궂긴 했지만 그래도 불쌍해요!
내니	아, 울지마렴, 우리 아가. 이러다 병나겠다.
엘로이즈	너무 슬퍼서 마음이 아파요. 이제 어떡하면 좋아요?
내니	우리가 할 수 있는 일은 없단다.

쏜튼 부인이 더 좋은 곳으로 갈 거란 사실에 위안을 얻는
수밖에…

엘로이즈　　플라자 호텔보다 더 좋은 곳이 있다고 생각하세요?

내니　　그럼, 있고말고! 자... 뭐할까?
엘로이즈, 아이스크림 갖다 줄까?

● 남자 1차 문제

1. 아역(제이크 : 5세. 지저분한 새끼여우. 사바나에서 부모님을 잃고 고아가 됐지만 셀레스트빌에 와서 바두와 친구가 됐다)

〈줄거리〉

꽃향기 박람회를 앞두고 다들 아름답고 향기로운 꽃을 볼 기대에 부푸는데 스트리치 선생님은 악취가 나는 제이크를 박람회장 안으로 들여보내지 않겠다고 한다. 제이크의 기분을 상하게 하지 않고 몰래 제이크를 깨끗이 씻겨주려고 온갖 놀이들로 유인하지만 제이크는 아랑곳하지 않는다. 결국 솔직하게 고백하게 되는데…

제이크　　바두 형 말이 맞았어, 정말 아름다워!

치쿠　　꽃처럼 아름답단 말이 왜 생겼는지 알겠지? 이제 알았지?

제이크　　(깊이 숨 들이쉬고) 보는 것도 좋지만 냄샌 더 좋아! 들어가
도 돼? 들어가 보자. 모든 꽃의 냄새를 다 맡아봐야지, 전
부 다!! (재촉하며) 형! 아직도 시작 안 했대?

바두　　어어… 아직…

제이크	여운 냄샐 잘 맡아! 나도 어서 꽃향길 맡고 싶어!
바두	그런데, 너한테 할 얘기가 있어, 제이크. 지금 우린 못 들어가.
	네 몸에서 나는 악취 때문에 스트레치 선생님이 못 들어오게 하셔. 그래서 아까 얘기한 놀이는 모두 너를 씻기기 위한 거였어.
제이크	악취?
바두	으음… 우린 널 깨끗이 해주고 싶었어.
제이크	(속상해 풀 죽어) 아까 호스 놀이랑, 밀가루 공 피구랑… 흐으응… 다 속인 거였어! 그냥 나한테 말하지!
	여우들은 원래 악취가 나! 자연스러운 건데 뭐 어때?

2. 청소년(알렉스 : 18세. 평범한 고등학생인 알렉스는 남동생 스티비가 너무 귀찮다)

〈줄거리〉

고등학생인 알렉스는 말썽꾸러기 동생 스티비 때문에 괴롭다. 알렉스의 물건 등을 틈만 나면 망가뜨려 놓기 때문이다. 스티비는 늘 결정적인 순간에 나타나 알렉스의 인생을 엉망으로 만들어 놓는 정말 놀라운 재주를 지녔다. 알렉스는 동생이 없어졌으면 하는데…

알렉스	오늘도 내 이름 막 부를 거냐?
스티비	아니.

알렉스	잘 생각했어. (럭비공을 던져주며) 자! /
	(받으며) 하!
	럭비공은 이렇게 잡고 던지는 거야. 다시 던져 봐. 어서!
	다시 던지라고. (머뭇거리는 동생을 보고) 왜 그래?
	너 잠깐 이리 나와 봐. 내 스케이트!
스티비	(형 스케이트를 떡하니 신고 있다) 난 안 만졌어!
알렉스	그게 지금 말이 돼?!
	뭐야! 너 지금 여기에 잼을 발라놓은 거야?
스티비	(도망가며) 안 돼! 오! 엄마, 형이 나 때려요! 엄마!
(잠시 후)	
알렉스	(친구에게 스케이트를 보여주며) 이것 좀 봐.
제임스	왜 이렇게 됐어?
알렉스	지하 세계에서 온 악마가 잼을 묻혀 놨어. 우리 집의 왕!!
제임스	흠. 맛은 별로다.
알렉스	제임스… 난 지금 농담할 기분 아니야! 걔가 순진한 표정으로 날 얼마나 골탕 먹이고 있는지 알기나 해? 엄마 아빤 자세히 알아보지도 않고 무조건 스티비 편만 드신다고.
제임스	하…
알렉스	넌 혼자라 진짜 좋겠다.

3. 할아버지(발루 : 60대 현명한 할아버지 곰. 모글리의 선생님이자 친구다.
   시어 칸의 음모와 위험한 정글에서 모글리를 보호하는 책임도 맡고 있으
   나 어딘가 허술한 보호자다)

〈줄거리〉

타바키의 장난으로 발루 아저씨 꿀이랑 바기라 물고기가 모글리 보금자리에
들어와 있다. 발루 아저씨랑 바기라는 모글리를 의심하게 되고 결국 모글리
를 따끔하게 혼낸다.

모글리	정말이에요, 발루 아저씨! 전 꿀에 손도 대지 않았다구요!
발루	그럼 어째서 이게 너한테 있는 게야?
	내가 그 자리에 갖다놨을 리도 없잖아!
바기라	(냄새 맡고) 모글리! 내 물고기가 왜 네 보금자리에 있냐?
모글리	뭐라고??
발루	(놀라고 경악한) 모글리!
모글리	아저씨! 전 진짜 손댄 적 없어요!
바기라	(한숨) 그럼 설명을 해봐!
	도대체 왜 우리 먹을거리가 네 보금자리인 나무에 있는 건데?!
모글리	아저씨! 지금 절 도둑으로 모는 거예요??
발루	아냐-. (설득하듯) 우리 얘기는 이거란다, 모글리.
	(점점 꾸짖는 투로) 남의 음식을 먹으려면 허락부터 받아야지!

(시간 경과)

발루	(휴우) 도대체 어떻게 된 건지 모르겠어… 모글리가 훔친 게 아니면 누가 우리 음식을 모글리 보금자리에 갖다놓은 거지?
랑구	진짜야? 모글리가 너희 음식도 훔쳐갔어? 뭔가가 수상해!
발루	뭐라고?? 랑구! 무슨 일이 있었는지 자세히 말해 봐! 그럼 모글리가 의심을 사게 만들어진 함정이란 거야?

대교어린이TV 11기(2024. 2)

● 남자 1차 문제

1. 자기소개

안녕하세요. 대교어린이TV 11기 전속성우 공채 시험에 응시하는 지원자 ○○○입니다. 연기 시작하겠습니다.

2. 터커(15세, 통통하고 작은 체구의 남성으로 소심한 성격에 약간 어눌한 말투)

천팔백삼십삼(1833)년 / 파마티 전쟁에서는, (음료수 빨대로 먹다가) / 알즈니아가 처음으로, (햄버거 먹으면서) 승리하게 되었다 //

(상대방, 먹으면서 하지 말고 쉬라고 하자) 쉬라고?

/ 이번 역사 과제가 얼마나 중요한 건데! / 마감이 내일이라고! /

(상대방, 영혼 없이 "잘 될거야" 대답)

(화남) 네가 어떻게 알아? / 요즘 악몽 때문에 역사 과제를 하나도 못했단 말이야 /

(책상에 엎어져 울먹) 거의 일주일째 못 잤다고.. //

(그때 컴퓨터에 음료수가 쏟아지고) 으악... 안 돼! // (짜증) 으으으으으..!

// 몇 주 동안 한 게 다 날아갔어~~ 으...! / (갑자기 소심) 내 성적은.. 어떡해?

/ (불안) 성적이 안 좋으면, 결국에는... / (울먹) 실업자가 돼서 박스 덮고 자게 될 거야!

// (박스 보자) (비명) 으으아아아아... 흐... (기절)

3. 노드(60대 남성, 2등신에 간사한 외계인 캐릭터)

지금 우리 바더리들이 물론 아주 강력하긴 하지만, (자신 없어지며) 한편으로는 /

약점도 있다고 할 수 있습니다... // (듣던 여왕 분노하자)

(긴장) 사실은요, 여왕.. 폐하님 / 저희가 부서진 바더리들의 장점만 모아서..

(들뜸) 새로 만들어 봤습니다. / (웅장한 척) 저희가 야심차게 준비한..

새로운 발명품을..... 소개합니다! / 최고 중의 최고인 '바더리.. 대마왕' 입니다~! /

(여왕 못 미더운 듯 쳐다보자 급하게) 보기와는 다르게 이 바더리는, 훈련을 잘 받아 능력이

향상되어 있으니 아무 걱정 마십시오~ / (여왕의 안심 표정에 음흉한 웃음 지으며)

이 도시에서 가...장 강력한 전사가 될 겁니다!! //

(혼잣말) 결국 너를 없애 줄 나의 바더리! (간사한 웃음)

4. 건령(20대 남성으로, 아재 개그를 좋아하는 허당 캐릭터)

(전쟁에 완벽 전략을 인정받아 왕의 호출 대기 중)

음.. 휴우../ (헛기침) 세상에서 가장 뜨거운 바다는 어디일까요?/ 아~ 열'바다'(열받아)!/

그럼 세상에서 가장 추운 바다는~?/ 썰렁'해'~// 하~ 속 시원하다! / 말장난 개그를

해야 맘이 편해져~ (길게 한숨) / (기다리던 왕실 문이 열리고 앞으로 걸어가면서)

(혼잣말) 드디어 내 실력을 인정받는구나./ 하지만 지금부터 발언은 신중히 해야만 해./

말장난은 가당치도 않지./ 말장난 금지, 말장난 금지. //

(왕 "바로 진격할 것인가, 밤까지 기다릴 것인가, / 자네 생각은 어떤가?")

네? 아, 네./ 진격을 밤에 하느냐, 바로 하느냐/ 밤에 바로 하느냐..//

(혼잣말) 이럴 수가!/ 나도 모르게 말장난을../

(헛기침) 어~ 진격은...... 빠라바라바라'밤'~ 밤이 좋겠군요.//

(화가 잔뜩 난 왕을 보고) 으아~ 또 말장난을!/ 어쩌지?/ 어쩌냐, 건령아~

5. 아버지(독백 내레이션, 40대)

문득 아이가 태어난 순간이 떠오를 때가 있습니다.

그럴 때면 마음속 깊은 곳에서 차가우면서도 뜨겁고 보람되면서도 아쉬운 파도가 밀려옵니다. 아이를 키우는 부모라면 한 번쯤은 해보았을 이야기.

"빨리 커서 혼자 밥 먹고, 노는 나이가 되면 좋겠다."

그런데 말이죠,

엄지손가락 보다 작은 발바닥이 어느새 커서 학교를 등교하는 씩씩한 발로 자라고,

궁금한 거 많던 호기심쟁이가 쉼이 필요하다고 방문을 닫고 하루 종일 자는 귀여운 베짱이로 자라는 그 시간이 그나마 천천히 가기를 바라는 마음으로... ...

(엷은 미소) 그렇게 이쁘고 빛나는 순간이 쉽게 지나가버리지 않도록 주문을 외워봅니다.

"천천히 자라라, 천천히 자라라."

● 여자 1차 문제

1. 자기소개

안녕하세요. 대교어린이TV 11기 전속성우 공채 시험에 응시하는 지원자 ○○○입니다. 연기 시작하겠습니다.

2. 수빈(12세 여성으로, 괴짜에 천방지축 사차원 소녀 캐릭터)

(자야 할 시간이라는 친구의 말에) 엥? 싫다면 어쩔래~? // 대신 으흐흐흐 / (갑자기 분위기 잡고) 있잖아, 그거 알아?/ 울 학교 학생들 사이엔 이미 소문이 쫙 퍼졌던데?

/ 우리 학교가.... 저주를 받았다는 거 말이야. (듣던 친구들 무서워하자 더 신이 나)

/ (괴기스럽게 웃음) 소름 끼치는 오싹한 경험을 했다는 애들이

/ 벌써 몇 명이나 나왔다는 거야. / 창고에서 물건이 멋대로 움직이는 걸 봤다는 애도 있고.

/ 분명 아무도 없는 복도에서, 흐느끼는 소리를 들었다는 애도 있었지.

/ 게다가 지금은 전혀 쓰지 않는 3층 화장실에서... 화장실에서...

(친구들 잔뜩 겁먹은 모습을 보고 뜸 들이다 갑자기 놀래키며 큰소리로)

// 바퀴벌레가 나타났대! 캬캬캬캬캬캬캬캬캬!!!

3. 효린(20대 여성으로, 소심하지만 추진력 만랩 캐릭터)

(짝사랑 남자를 위해 남장을 하고 남자의 회사로 찾아가 화장실에서 우연하게 마주친다)

(화장실 안) 어? 화장지가 없잖아. 어떻게 하지? / 이로한테 전화를 해야 하나... /

전화기가...... 이런 가방을 밖에 두고 왔잖아. 아 정말!

(난감한 얼굴로 있는데 이때, 누군가 들어오는 소리가 들린다.)

흠흠. (목소리 가다듬고 남자 목소리로) 저기요. (혼잣말) 뭐야? 안 들려? //

(더 크게) 저기요?! // 저기 죄송한데... 화장지 좀 주시면 안 될까요? 여기 화장지가 없어서.

(던진 화장지 확 잡고선) 정말 고맙습니다. // (혼잣말) 어휴 살았다.

(화장실 칸에서 나오는데 짝사랑 남 보인다. 너무 놀라 뒤돌다가 문에 이마를 부딪친다.)

아야!! // (얼굴 가리며) 괜찮아요. 전 괜찮아요. 신경 쓰지 마세요. 정말 괜찮아요!! ///

(급하게 문 열고 나갔다가 다시 들어와) 저기... 근데 저... 응가 한건 아니고요. /

혹시 이상하게 생각할까 봐. // (뛰어나가면서) 진짜 응가 아니에요.

4. 해준(6세 남아, 순수하고 귀여운 개구리 캐릭터)

난 포근한 게 너무 좋아/ 하지만 가려운 건 안 좋아해/ 그래서 지금 좀 곤란해/

누나가 나한테 목도릴 줬는데 포근해 보이지만, 아주 가렵거든
/ 이건 하고 싶지 않아/ 절대로// (하지만 밖에 나갈 일이 생겨버리고)
/ 큰일 났네!/ 목도릴 해야 할 날씨야/ 근데 목도리는 정말 하고 싶지 않은데/
근데 이걸 말하면, 누나가 상처받을지도 몰라/ 어쩌면 좋지?/
(생각하다 방법을 찾아 놀란 호) 이 목도리 밑에 가렵지 않은 목도리를 하면
되겠다!/
좋았어!/ 아~ 포근해/ 아악! 가려워!/ 이렇게 해도 가려운 목도리가 살에 닿
잖아!/
밑에 목도리 두 개를 해야겠다 아니 세 개면 더 낫겠지?? /

5. 어머니(독백 내레이션, 40대)

저는 똑똑히 기억합니다. 처음 아기를 안았을 때 말입니다.
이 작은 아기를 어떻게 안아야 할지 몰라 부서질까, 떨어질까
온몸의 힘을 팔뚝으로 모았더랬지요..
아기의 기저귀를 처음 갈 때, 아기를 처음 목욕시킬 때, 아기에게 트림을 시
킬 때...
나는 모르는 게 왜 그렇게 많았던지.. 아기가 이유를 알 수 없이 마냥 울 때,
아마 어찌할 바를 몰라 모두 똑같이 외쳤을 겁니다.
"엄마~ 아빠! 애 왜 이래?" (작은 웃음) 그렇습니다..
엄마가 된 게 처음이라 모든 것이 서툴고 어려웠어요. 그런데 참 이상하죠?
그 미안하고 힘든 시절들이.. 가장 잊고 싶지 않네요..

대교어린이TV 10기(2022. 1)

● **남자 1차 문제**

1. 자기소개

안녕하세요. 대교어린이TV 10기 전속 성우 공채 시험에 응시하는 지원자 ○○○입니다. 연기 시작하겠습니다.

2. 박괴짜(40대, 허스키 목소리가 매력적인 외계인 괴짜 박사)

그렇군, 잘 봐라 / 이 떡이 우리가 살고 있는 3차원 세계다 / 그런데! / 이렇게 하면 / (떡을 들어 붙이면서 힘주는 호) 벽...을 빠져...나가서 / 떡 두 개를 연결할 수 있는 거지 // (상대가 한눈파는 사이 떡 먹고) // (무안한 듯) 아이코 미안... 4차원과 5차원 그리고 6차원을 내가 먹어버렸네 / (웃음) 우하하하하 / (더 크게) 아하하하하...

3. 이상해(60대 정신분열로 남자지만 가끔 할머니 목소리가 나오는 캐릭터)

(할아버지) 누구냐! // (할머니 목소리) 아유, 미안해라~ 나 때문이야. / 소리 지르지 말고 정중하게 어깨라도 툭툭 칠걸 // 만나서 반갑네, 퐄록! / 응??? 미안하지만 자네 이름은 생각이 안 나.... // (할아버지) 비상 상황이다! 갑판으로 나와! / '만다리나 참게' 자세로 출발한다! (움직이는 호) / 힙! 뭘 꾸물거리고 있나!

4. 건령(20대 열혈남아 최고의 용사지만 인정을 못 받자 잘못된 지침서로 수련)

(한숨) / 어디 한번 마음껏 비웃으라 그래. 내가 증명해 주지. / 나 혼자 '영웅의 길'을 완수하겠어. (집중 호) / (지침서를 보며) '영웅의 길 가라사대, 천국과 가장 가까운 곳을 찾아 닭처럼 울어라.'/ 흠... 이상한 말이네요.(놀란 호) 천국과 가장 가까운 곳?/ 그래! 바로 저 언덕이야 // (오르는 호) 좋았어. 자... / 시작한다. / (닭 흉내) *꼬꼬댁~! 꼬꼬꼬꼬꼬, 꼬꼬댁! 꼬꼬꼬꼬꼬*

5. 지호(10대 공부보다는 음악이 더 좋은 반항아 – 독백 설명)

이른 새벽. 조깅 복장을 하고 집을 나온다. 학원 일정이 마무리되면 새벽 1시. 4시간을 자고 조깅을 핑계 삼는 것은 부모님 의심을 사지 않고 내가 만든 유일한 시간이자 기회이다. 그까짓 잠. 줄이면 그만.

지하철 물품 보관소에 숨겨둔 기타를 꺼내 아직은 어스름한 놀이터에서 홀로 기타를 친다. 요즘처럼 추운 날이면 손가락이 아프지만 그래도 즐겁다. 급하게 땀을 내는 시간 10분을 제외하고 하루 50분. 그 50분을 기다리며 나는 하루하루를 버틴다.

● **여자 1차 문제**

1. 자기소개

안녕하세요. 대교어린이TV 10기 전속 성우 공채 시험에 응시하는 지원자 ○○○입니다. 연기 시작하겠습니다.

2. 통통(10세 남아 – 먹는걸 너무나 좋아하는 통통한 너구리 캐릭터)

어엇!! 빵이.. 한 개가 사라진 거 같은데! / 내가 다른 건 몰라도 먹을 거 없어진 건 금방 알지. 세어 보자. / 크림빵 하나, 둘, 셋, 넷, 다섯, 맞고. 팥빵 하나, 둘, 셋, 넷, 다섯, 맞고. 크루아상 하나, 둘, 셋, 넷, 넷!??!! //(이리저리 둘러보며) 없다! 한 개가!! 이게 어떻게 된 거지? (좌절 뒤 울먹이며) 분명히 다섯 개였는데, 한 개가 없어!!

3. 엔가르쇼(40대 왕을 죽인 용의자로 불안하지만 표독한 왕비)

(화를 내며) 헛, 말도 안 돼, 나를 의심하는 겁니까? 나와 왕 사이가 얼마나 좋았는지 세상 모두가 증언 할 수 있을 거예요. (화를 참으며) 우리는 늘 함께 있었어요. / 우리가 함께 있는 장면이 미술작품에도 종종 등장하죠, 확인해 보세요. / (심호흡) 그런데 사실 난 호시니온이.. 좀 의심스러워요. 그는 늘 왕을 위험한 곳으로 이끌었죠, 왕은 몸이 약해서 감당할 수 없었는데 말이에요.

4. 승비(6세 여아 호기심이 많은 개구쟁이)

오늘은 밖에서 놀고 싶었는데 / 비 오는 날엔 재밌고 신나는 걸 못 하잖아/ (한숨) /// (길게 한숨) 너무너무 지루해~ / 비가 그치게 만들 수 있으면 좋겠어. / 어쩌면 좋지?/ 흠~ 생각을 좀 해보자......./ 아하~~ 우산은 비 오는 날에도 젖지 않게 도와주지 / 그럼 아주 큰 우산을 만들어볼까?/ 우리 동네를 다 덮을 만큼 큰 우산으로 / 그럼 축구도 할 수 있을 거야 / 바로 그거야 // (달려 나가며) 엄마!! 큰 천이 필요해요!!!!

5. 윤아(20대 내성적이지만 자기표현은 확실한 캐릭터 – 독백 설명)

한 평도 되지 않는 좁은 DJ 박스 안에서 마치 클럽에 온 사람처럼 춤을 추고, 디제잉 페스티벌의 주인공처럼 나의 멘트는 쉬어 본 적 없다./ 호기심에 모인 사람들은 처음엔 신기해하고, 그다음엔 웃는다. // 내 영상이 공유되고, 실물을 보러 오는 사람들이 늘어났다. 사람들은 나를 '텐션 업 소녀'라고 불렀다. 디팡 이후 놀이동산 최고 스타의 탄생 순간이다. 하지만 난 그런 시선.. 아니 관심이 불편하다 // (한숨) 이제 어떻게 해야 하지?

대교어린이TV 7기(2015. 12)

● 여자 1차 문제

1. 자기소개

(자신만의 자신 있는 캐릭터 목소리로) 안녕하세요! 어린이의 어린이를 위한 어린이만을 생각하는 대교어린이TV 7기 전속성우 모집 1차에 지원하는 ○○○입니다.

2. 6세 소년(귀여운 꼬마 아이)

잠깐만요!! 테디한테 동화책 읽어줄래요. 제가 책을 읽어주지 않으면 테디가 잠을 안 자거든요. 글은…… 당연히 읽을 수 있죠! / 흠! // 걱정 마, 글 읽는 건 쉬워 글을 읽을 땐, 목소리를 이렇게 내야 해. (천천히 글을 읽으며) '아주 멀~리 멀리 있는 아프리카라는 나라에서~'(속삭이며) 사실은 나 글을 제대로 읽을 줄 몰라. 그래도 내용은 잘 알아. // 어떤 이야기인지 잘 알지. // '아주 멀고 먼 아프리카란 나라에서, 얼룩말이 기린을 만났어'// 자, 어때? 아직 안 졸리지? / 이야기가 마음에 들어서 그래? //

3. 10대 여성(도도하고 차가운 자기중심적인 성격)

어쩌면 좋지… 오늘 해야 할 마법 공부를 하지 못했어~~ 다 너희들 때문이야~~~~!!! (친구들한테 오히려 핀잔을 듣고) 으으~~~ 아아~~~~!!! 너희랑 친구 안 해 다시는 안 볼 거야~

(그날 저녁 반성하는 마음으로 선생님한테 편지를) 숄리스메티여 선생님.. 오늘은 마법 공부를 하지 않고 친구들과 놀기만 했어요… 공부는 내가 해야 하는데 오히려 친구들한테 화까지 냈어요… 심한말도 같이요… 친구들 탓도 아닌데 말이에요… 제가 어떡해야하죠?

4. 30대 여성(비장한 지하세계 여왕)

드디어 본래 모습을 드러냈군요, 혼돈의 아이이자… / 파괴의 여신이여! 아무 것도 할 수 없다고? / (웃음 → 크게 웃음) / 아무 것도 없는 건 이 세계도 마찬가집니다. / 신에게 버림받은 세계는… 멸망의 길을 걷게 될 것 입니다. / 혼돈과 창조, 두 신의 유전자가 맞부딪치면 보물진을 뛰어넘는 힘이 세상을 파괴할 겁니다. / 자, 저를 공격하는 겁니다, 혼돈의 아이여! / 창조하는 아이가 기다리고 있습니다. 저를 쓰러뜨리고 어서 세상을 구하세요. 하지만 결코 쉬운 대결은 안 될 것입니다…

5. 내레이션, 선덕여왕(장년층)

(NA) 제27대 왕이었던 선덕여왕은 신라 최초의 여왕으로 632년부터 16년간 나라를 다스렸습니다. 삼국사기에 따르면 선덕여왕은 성품이 너그럽고 어질며 총명한 사람이었다고 하는데요. 지혜의 여왕이라 불리던 선덕의 이야기는 삼국유사에도 잘 나타나 있습니다.

선덕여왕 : 나는 어느 해 모월 모일에 죽을 것이다. 그때 나를 도리천에 묻어 장사를 지내도록 하거라. 도리천은 낭산이란 곳의 더 아래 쪽에 있느니라.

(NA) 정말 놀랍게도 선덕여왕이 말한 그날 선덕여왕은 죽었습니다. 신라인들은 자신이 죽는 날짜까지 예언한 선덕여왕의 신령함에 놀랄 수 밖에 없었습니다.

● 남자 1차 문제

1. 자기소개

(자신만의 자신 있는 캐릭터 목소리로) 안녕하세요! 어린이의 어린이를 위한 어린이만을 생각하는 대교어린이TV 7기 전속성우 모집 1차에 지원하는 ○○○입니다.

2. 10대 미성 소년(에너지 넘치는 정의로운 캐릭터)

아아, 물론 알고 있어. / 그렇기 때문에 이번 싸움은 지난번하고 달리 누군가를 해치우는 게 목적이 아니야. / 여천계나 어린계에서 버프를 없애 조화를 이루겠단 주장은 이상해. 그러니까 난 신을 적으로 삼는다 해도 버프를 지킬 거야. / 버프가 살아갈 길을 찾아주겠어! / 그게 바로 이번에 내가 찾아낼… 보물이야! / 어어? / 없어. 없어! 없어! 내 절대검이 없어! 내 검 대체 어디로 간 거야~?! 으아~~! (바로 옆 사람이 들고 있는 걸 발견) 야~~~ 이건 내 절… 대… 검이잖아! / 이리 내놔! / 맴매! 맴매~~~~

3. 30대 후반 남성(잔혹한 악당)

이 형편없는 녀석! / 이제야 날 찾은 거냐? <u>으흐흐흐흐흐흐흐</u> 하지만 이미 내 몸은 달라지고 있다고 엇… 으… 으…… (쓰러지는 호흡) (천천히 일어나는 호흡) 그걸… 말이라고 / 그래서 널 이곳으로 유인한 거다… (음흉 호흡) <u>흐흐흐</u>~ / 내가 손을 좀 봤더니 훨씬 강해지더군 / (비장 호흡) 이제 너 하나쯤은 상대가… 안 될 걸 (에너지 발사 호흡) 이얍 // (환희 호흡) 오호호호~~~~ 파워가… 이 정도일 줄은 나도 몰랐군! (힘에 휩쓸리며) 어~! 아~~!! 어!

4. 캐릭터(식탐 많은 살찐 다람쥐)

귀한 땅콩을 모아 두려면 뭐가 필요하지? 땅콩이야! / 그걸 담아. / 그리고 사진을 남겨 놓는 거야. / 내가 모은 게⋯ 너도밤나무 열매, 밤, 아르헨티나 마시멜로 땅콩, 개암, 잣, 거미 땅콩, 무설탕 다이어트 땅콩, 네온 땅콩, 까꿍~ 껍질 피칸, 고무나무 열매, 피스타치오가 무지개 색깔별로 있어⋯ 아 참 그리고 달콤한 캐슈넛까지 있지. / 에헤헤헤헤헤⋯ 그렇지만, 그중에서 가장 귀한 땅콩을 하나 꼽으라면 내 키 작은 땅콩⋯ / 너티지⋯(먹는 호흡)

5. 내레이션, 정약용(노년층)

(NA) 이렇게 많은 업적을 남긴 정약용이지만 그를 총애하던 정조가 죽은 뒤 수없이 많은 음모에 휩쓸려 유배를 다니다가 결국 결혼 60년 만인 회혼일 아침에 세상을 떠났다. 그가 회혼일을 기념하며 쓴 〈회혼시〉는 그의 마지막 시가 되었다.

정약용 : 육십 년 세월, 눈 깜빡할 사이 날아갔는데도 짙은 복사꽃, 봄 정취는 신혼때 같구려. 나고 죽는 것과 헤어지는 것이 사람 늙기를 재촉하지만 슬픔은 짧았고 기쁨은 길었으니 성은에 감사하오. 이 밤 〈목란사〉 소리 더욱 좋고 그 옛날 치마에 먹 자국은 아직도 남아있소. 나뉘었다 다시 합하는 것이 참으로 우리의 모습이니 한 쌍의 표주박을 자손에게 남겨 줍시다.

대원방송 15기(2024. 9)

● **여자 1차 문제**

1. 10대 능력자

예순여섯이라니 무슨 소릴 하는 거야!

나는 영원히 파릇파릇한 열여섯 살이거든. 이상한 소리 좀 하지 말아 줄래?

그리고 경고하는데, 좋아한 건 내가 먼저라는 거 명심해둬!

50년 전, 우리 둘은 운명적으로 처음 만났어.

사냥꾼과 사냥감의 비극적인 만남~ 데드찡은 감옥에서 이렇게 말했어

(흉내내며) 어~? 무슨 소리 하는거야?

내가 너한테 져서 잡힌건데, 미안할 게 뭐 있어?

조만간 난 여길 빠져나갈 거야. 그럼 그때 다시 한판 붙자

꺄~~!! 멋~있~어~! 사랑해~!!!

2. 10대 남아

(대성통곡 하며 / 빠른 템포로) 엄마~~

애들이 이상해요, 다들 매미가 나무에 둥지를 짓는대요.

매미는 유충 상태로 땅속에서 몇 년 동안 지내다가

다 자란 후에 겨우 밖으로 나오는 거잖아요~

엄마, 제 말이 맞죠? 그쵸? 걔들이 하는 얘기가 틀린 거죠?

근데 무식한 애들이 자꾸 나보고 틀렸대요~ / 엥...? 아...
나만 빼고 세상이 거꾸로 돌아가나 봐...

3. 20대 국왕

(노래부르며) 포곤포곤 포곤포곤 포포곤 포곤포곤
솜털처럼 포곤한 몸~! 하는 말은 뾰족뾰족~(X)
잠깐.. 지금 뭐하는 짓이야? 전부.. 전부 틀렸어!!!!
무슨 소리 하는거야? 계~속 말했잖아 이건 오도화를 조사하기 위한,
잠, 입, 수, 사~!!!! 니들 때문에 내 노력이 물거품이 됐어!
뭐, 됐고 강행 수단이다! 술법을 풀어라! 극칸을 돌려받겠다!
왕개무장!!

4. 연령불명 만화가

(웃는다) 돌이켜보면 참 이상한 인생이었어. 외롭고 서글프고...
결국 엄마한텐 전하지 못했지만... 엄마, 보여? 저 사람이 앤디야
불사인데다 무섭게 생겼지만 후코를 위해서라면 못하는 게 없어.
후코, 불운 능력 때문에 힘든 삶을 살았지만
앤디를 만난 다음부턴 용기 내서 싸우고 있어
그리고 저 조그만 아이가 립, 내가 엄마한테 알려 주고 싶었던 사람이야
무척 다정하고 멋진 사람인데 사랑하는 사람을 잃고 나선,
자신을 억누르며 살아가고 있어. 어른이 되면 훨씬 더 멋있어!
엄마, 잘생긴 캐릭터 좋아했었잖아. 조금만 기다려. 지금 보여줄게
아니, 괜찮아. 난 다시... 혼자로 돌아갈 뿐이니까.

만나서 얘기할 수 있어서... 기뻤어. 뒷일을 부탁할게! 나의... 멋진 히어로
들...

5. 연령불명 사신

난 강해, 당신 외엔 그 누구보다도!

그래서 난 당신을 죽일 겁니다. 백 번이든, 천 번이든

그래서 난 당신을 살릴 겁니다. 몇 번이든 끊임없이...

한 시대에 켄파치는 한 명뿐... 그건 정해진 법칙이자 피할 수 없는 숙명이죠

난 지금 확신하고 있어요.

내가 손에 넣은 이 힘은 오로지 이 싸움만을 위한 거였다고요

(사이) 후후... 어린애 같아... 뭘 그렇게 슬퍼하나요?

지금까지 내가 얻은 모든 것을...당신에게 보냈어요.

이제 내 손엔 아무 것도 없어요. 축하해주세요, 자라키 켄파치

죽어가는 날 위해서...아...역할을 다하고 죽을 수 있다는 게..얼마나 행복한
일인가

● **남자 1차 문제**

1. 10대 히어로

개성 발경!

일정한 움직임을 계속 반복해서 운동 에너지를 일시적으로 축적하고, 또 방
출한다

공격당하는 동안 몸을 보호하기 위해 다리를 접고 펴면서 힘을 모았어

거기에, 원 포 올 45퍼센트! 추가로! 원심력까지! 우리 세대라면 누구나 알고 있어

총알보다 빠르게 달려가는 올마이트의 모습을!

(사력을 다해) 유사 100퍼센트!! 맨체스터~~! 스매시~~!!!!!!

총신이 부서졌어! 다 끝났어요, 레이디 나강!

2. 10대 남아

(쉬지 않고 템포를 살려)

밤에 본 백두산처럼 우뚝 솟은 무릎

곧추 자란 밤나무처럼 부드러우면서 강한 도가니!

요염한 칠흑의 머리카락에 매력은 배가 되었노라!

작은 동물을 연상시키는 동그란 코! 아! 그 눈은 보석처럼 반짝반짝 빛나고

시시각각 변하는 표정은 황홀해! 아무리 봐도 질리지가 않지!!

로보코의 웃는 얼굴은 주변을 따뜻하게 비추는

표면온도 6000℃, 지름139만2천km의 태양과도 같도다!

3. 연령미상 악마

(울먹이며)

아무리 내가 악마라고 해도 그렇지... 굳이 도망칠 건 없잖아~

요샌 도통 불러주는 사람도 없고...

오랜만에 누가 부르길래 신이 나서 뛰어나왔더니만...

그래도~ 이왕 나온 거, 이거 줄게, 데빌 카드야

이렇게 한 번 흔들면~! 이것 봐~ 3백 원이 나옵니다!

촌스럽기는~ 나도 영혼 같은 건 필요없거든

그냥 니 키를 조금만 가져가면 돼

니가 3백 원을 가져가면 니 키가 1밀리미터 작아져

겨우 1밀리미터라구~?

그만큼 안 쓰면 될 거 아냐~ 내가 서비스도 줄게!

4. 40대 국왕

(독백) 나는 나약하다. 내 힘으로 싸울 배짱도 없는 비겁한 놈이다

난 자신의 악을 정당화하는 어리석은 광대가 되었고,

모든 걸 기라한테 떠넘겼다 (X)

비겁, 비열, 최악... 그게 사악한 왕의 방식이잖아!

지금 이 자리에서 맹세해! 반드시... 반드시 백성을 구하겠다고!

가라, 기라! 슈갓덤 2천 년의 절망의 역사를,

끊임없이 되풀이된 싸움과 멸망의 역사를 여기서 끝내! 기라!!!!

5. 60대 과학자

(능력에 당해 점점 어려지며)

이럴 수가~! 이 반짝이는 물체가, 내 나이인가 보구나?!

힘없는 어린애로 만들다니! 돌려놔! 내 찬란한 세월을~! (잡히고 괴로워하
며)

아냐 보니, 내가 이유를 말하면 너한테 큰 상처를 주게 될거야

약속했단 말이다! 쿠마랑!! 무시하거나... 그런 게 아냐...

나도 정말 괴로웠네...! 떠올리고 싶지 않을 만큼 말이야!

쿠마는, 아주 훌륭한 남자야! 참으로 자랑스러운 친구지

난 그 녀석을, 그 누구보다 좋아해! 이해해 주게, 난 말할 수 없어!

안 돼!! 거기 서! 제발 가지마!!!

대원방송 14기(2023. 9)

● **여자 1차 문제**

1. 10대 남아(허당)

엥?! '소녀들의 시절 47'의 도미유?! 친구였어!? 당연히 알지!

15살에 국민 아이돌 '소녀들의 시절 47'의 절대적인 에이스가 된 미유미유!!

본명 도미유잖아?! 모르는게 더 이상하다고...!

(독백) 아 잠깐만...너무 들이대면 기분 나빠하지 않을까?

관심없는 척하는 게 더 나으려나... / 뭐, 이름은 들어봤지만 자세히는 잘 모른달까...

(독백) 아냐, 괜히 아닌 척 해봤어! 엄청난 팬이라고!!!

2. 10대 소녀(가녀린, 내성적인)

사실은 말야... / 나도 밸런타인데이를 맞아서 한번 과자를 만들어 봤어. /

애들이랑 같이 생각해서 만든 거야 / 유나 넌 말랑말랑한 걸 좋아하잖아

먹고 기뻐했음 좋겠다 싶어서 말이야~나도 너랑 똑같아.

너한테 소중한 건 나한테도 아주 소중해 //

과자 만드는 건 재밌지만 쉽지 않더라 / 직접 해 보고 알았어 / 유나 너도 열심히 노력하고

있었구나 하고 말이야. 그러니까... 니가 만든 것만큼 맛있진 않겠지만...하하하하~~~ /

3. 20대 여자(히어로, 열혈)

2배를 가진 놈인가? 내가 이대로 놓칠 것 같아? /

좋아 / 마침 몸도 딱 좋게 달아올랐어 / (기합)

너처럼 다짜고짜 원거리 공격을 날리는 놈은 / 근거리에 약할 게 뻔하잖아?/

어~! / 원래 죽을 땐 죽는 거야 / 인간은~!!

우리는 언제 죽어도 후회가 없도록 / 매일 죽기 살기로 숨 쉬고 있거든 / (핥는 호흡)

히어로 미르코는, 좀비한테 절대 죽지 않아.. / 루나~ 티헤라!!!!

4. 연령불명 로봇(순진함)

그럼, 할 수 있지! / 추리를 해서 맞출 거야 / 연상식 추리 돋보기~!

음~! / 금화를 갖고 간 건 누구지?

금화는 돈 / 돈이 많은 부자는 비실이~ / 비실이가 기르는 건 찌르찌르

찌르찌르는 고양이 / 고양이라 하면 도라에몽 / 금화는 도라에몽이 가져갔다 /

짜잔~ / 범인은 나라고 합니다 / 헤헤헤~

응? / 아앗~~ / 아뇨, 아뇨, 아뇨~ 제가 아니라구요~ / (울며) 제발 믿어 줘~~

5. 60대 여자(괴팍, 패기)

한 발만 더 가면, 해적왕이 될 수 있었는데... 망할 애송이 놈들...! // 빌어먹을~~ /

다 그놈 때문이야~ // 이봐, 로저~! / 죽으려면 곱게 죽지, 왜 그딴 소리를 남긴 거냐~?! //

전 세계가 네 말에, 감쪽같이 넘어갔다! //

대해적 시대~?! /로저~ / 넌 죽을 거니까 상관없었겠지만... //

전 세계에서 잘난 척하며 나서는 애송이들~ /

그 지긋지긋한 애송이 놈들을 상대해야 하는 건~ 우리란 말이다~!! 로저~

내 말 듣고 있어? / 가르쳐 주고 죽지 그랬어?! / 원피스... / 분명히 있긴 한 거지?! /

뭐가 있는 거지? 어디에 있는 거지? / 이 나라에도, 있는 거지? ///

아아~~ 너무너무 분해~~ / 키드... 로...! / 그놈들... 용서 못 해! / 빌어먹을~! /

내가 이까짓 일로... 이까짓 일로... 죽을 거라고... 생각하지 마라~~!!

● 남자 1차 문제

1. 20대 남자(주인공, 하이텐션)

어떻게 된 거지? / 나... /// 어떻게... 일어설 수 있지? //

(웃으며) 나, 아까 졌는데~ // 이거 재밌어졌는데~?!! /

(웃음)(웃음) / 내가 하고 싶었던 걸~ 전부 다 할 수 있어~! /

이제 좀 더~ 싸울 수 있을 것 같아~! / (웃으며) 심장 소리도~ 끝내준다~

(웃음) /

봐라~ 이게 바로 내 최고 경지다~!! (웃음) / 이거야~! (웃음) / 기어! 5(피프스)~!! //

내가 누구냐고? / 몽키 디 루피! / 널 뛰어넘어~ / 해적왕이 될~~ / 사나이다!!

2. 20대 남자(거친, 검객)

크웃...! / (헐떡 호) / (독백) 특수한 종족인 것만은 틀림없지만... /

그건 나와 상관없어! / (검을 문 채로) (괴로운 호) //

(혼잣말처럼) 이제 시간이 별로 없어 // 오래 끌면, 검에 목숨을 빼앗길 것 같아...

(검을 문 채) 나도 그렇다 / 그 정도면 충분히 군림했잖아?! /

자리에서 내려와라 / 너희들 // (검을 문 채) 미안하지만 / 양보할 생각은 없다 //

'염왕' // '삼도류'~!! // '연옥'! // '도깨비 참수'!!! ///

(검을 문 채) '극'! // '호랑이 사냥'~!!! //

왜 받아친 거지? / 어차피 안 통하잖아~?! / 아니면 무서운 건가? 내 일격이~?!

(검을 문 채로) 난, 그딴 식의 약해빠진 변명을 제일 싫어하거든!

내가 그렇게 새겨주마 / 네 목숨이 붙어있다면! //

'염왕'~! / '삼도룡'~!! //'일백삼정'//'비룡~시극'~!!! //

내가... 세계 제일의 검객이 돼야 한댔지...? / 해적왕의 동료라면 말이야~ //

저자를 꺾고~ 흑~ 대검객이 되는 날까지~   / 이제 절대로~ / 난 지지 않아~!! /

불만 있냐~? / 해적왕~~~!!! 까짓거 되어 주겠어 // 지옥의 왕이! //

3. 20대 남자(까칠하면서 정이 깊은)

아까 내가 날려버렸던 걸 벌써 잊었나 본데...// 날 비웃고 싶으면 실컷 비웃어라 / 퀸~! /

난~ / 이미, 내 운명을 받아들였다! / 광장에 있던 나하곤 달라! /맘껏 지껄여 /

난 어쩌면 조만간~ 나도 모르는 사이에~ 피도 눈물도 없는 괴물이 돼 있을지도 몰라 //

그걸 계속 거부한 탓에, 힘없이 길바닥에서 죽을지도 모르고... / 그래도...

난 지금~ 널 해치울 거다! / 그것뿐이다! // (독백) 내 사상... 내 신념... /

제르마의 힘이, 내 모든 걸 바꾸는 게 아닌지 두려웠다 /

여자를 때리는 자는 누구든 용서 못 해! /

그때 이런 걸 생각 못했다니... 내가 바보였다! /이잇! //

(독백) 내가 얻은 것... / 외골격, 근력, 이동속도! 그건 다 가산되는 힘이야 //

외골격에, 지금까지 단련한 무장색을 더하면... /

더 강인하고, 더 고온의 불꽃을 휘감은 다리가 된다!// '이프리트 잠브'~!! /

가속도 다르고, 무게도 달라! 의문도 풀렸어! / 남자는 여자를 때리면 안 돼~! /

그건, 공룡 시대부터 정해진 거다! / 네놈 짓이었지?! / 퀸~~!! /

이 인간 쓰레기야~!! / (공격하며) '콜리에'~!!!

4. 20대 남자(허당이지만 용기있는)

저 망할 놈들, 왜 여기까지 오고 난리야~?! (날리는 호) 히히~ /

'해골~ 폭발초'~~!으아아아아~~~~!!! 이제 글렀다~~

나 죽는다~~ 사방엔 온통 불과 적들이야~ / 좋아 / 둘 다 그냥 놔두고 나만 도망치자~ /

그럼 난 여기까지 뭐 하러 온 건데?! / 죽고 싶어서 안달 난 무사 놈들아~! (쏘는 호)/

(계속 쏘며) 깨끗한 죽음, 좋아하시네! / 책임지고 죽음을 맞는 게, 니들 문화냐?! /

니들의 그런 문화, 난 맘에 안 들거든~?! / 난 콧물 질질 흘리면서라도 죽어라 살 거야! /

꼴사납더라도~ / 살아서~!

5. 50대 남자 (괴물, 거친, 광폭한)

(울먹) 쓰러지고 또 쓰러져도, 다시 일어나서 덤벼들다니~ /

밀짚모자~~! / 이 녀석, 내가 그렇게 좋냐~~?! /

(돌격하며/점점on) 뇌~명~~ / 팔~괘~~!! //

(머리 아픈 듯 호) / 기분 좋은 취기가 / (딸국 호) /

(급 발끈) 너 때문에 다 깨버렸잖아~~~!!!! //

(분노하며) 이 녀석, 머리를 더 써라! / 여흥이 부족하잖아~!! /

좀 더 신나게 해달라고~!! // '군다리'~~ / '용~성~군'~~~~!!! //

(마구 공격하며 포효)

대원방송 13기(2022. 9)

1. 10대 남아(허술한)

지금 니가 날 아주 우습게 보는데~ /

만약에 말이야, 내가 한국이 아니라 서부 개척시대의 미국에 태어났다면

어떻게 됐을 것 같아? / 분명 엄청 유명한 건맨이 되어

역사에 길이길이 남는 서부의 영웅이 되었을 거라구 /

(상상하는 호흡) / 그치만 지금은 뭐~ 내 실력을 뽐 낼 기회가 전혀 없지~

2. 10대 남아(성실하고 바른)

당신들이 내 마음을 어떻게 안다고 그러는 거죠? /

나한텐… 나한텐 없는 줄 알았던 아버지를… / 겨우 만났다고 생각했는

데… /

영영 다시 못 보는 곳으로 가버렸어요 /

하고 싶은 말도, 듣고 싶은 말도, 해드리고 싶은 것도 많았다고요… /

그런데 지금… / 어떻게 나한테…/ 2세님을 도와주라는 말을 할 수가 있어요! /

(울며)/ 도대체 왜… / 왜 빨리 저한테 말해주지 않으셨어요? 아버지… /

시끄러! 아버지는 날 버린 게 아냐 /

지구의… / 인류의 평화를 위해 / 날 근육가문에 보낸 거란 말이야!

3. 20대 여자(천진난만한)

자, 이제 됐다~ 시끄럽게 구는 경찰들도 전부 사라졌고~ / 제 방을 알려 줄래요?

훗~ / 실은 말이죠, 전 이 배에 타기로 결심했거든요! /

음? / 뭐죠? / 어? 아앗! 꺄악~!! /

지금 뭐하는 거예요! 이거 놓지 못해요?! 당장 놓으라고요! /

아앗!! / 가지 말아요! 돈이라면 얼마든지 낼게요!

돈이 필요 없다면 보석은 어때요? 주식은요? /

필요한 게 있으면 뭐든지 줄 수 있어요! / 내 말 안 들려요?!

4. 20대 여자(왈가닥, 명량)

(독백) 난 드디어 돈 레드피치의 정체를 알아냈다 / 천홍도 님! / 당신에게 충성을 맹세합니다! /

웃긴 뭘 웃어?! / 뭐야, / 천홍도 그 자식! / 겨우 찾아서 이제 됐다 싶었는데 /

아무튼 / 뭔 생각을 하고 있는 건지 알아내야 돼 ///

(안내문 읽으며) 조명을 도난당했습니다. / 그 원인을 밝혀내기 위해 당분간 휴업합니다 //

(독백) 뭘 그런 일로 쉬어~?!! / 이렇게 된 이상, 물어볼 사람은 그 사람밖에 없어 (독백끝)/

이봐요 / 좀 나와봐요 / 물어볼 게 있다구요 / 저기요 / 제발요! /

5. 연령 불명 여성(진지하고 근엄하게)

8개의 문장이 이끄는 곳을 향해 / 아이들은 또다시 새로운 모험을 시작한다 / 거대한 파멸에 대항할 힘을 찾아 모험을 떠난 / 그들을 기다리고 있던 것은... //

온천지대를 주름잡으며 횡포를 부리는 왕개굴몬 일당을 퇴치한, 태일 일행 //

정석 일행과 헤어진 태일과 아구몬은 / 디지바이스의 인도에 따라 /

다음 목적지를 향해 여행을 계속하고 있다 /

과연 / 태일과 아구몬의 앞길엔 / 무엇이 이들을 기다리고 있을 것인가.

● 남자 1차 문제

1. 10대 소년(명랑 쾌활)

무슨 말인지 알았지? / 우리 러시 듀얼 동아리는 러시 듀얼 대회에 참가할 거야!

지금 우리에겐, 그 무엇보다 먼저 해야 할 일이 있어! / 그건 바로.. / 합숙이야!

러시 듀얼을 만들어낸 유가와 / 듀얼의 왕이 될 내가 있는 팀이, 대회에 나가서 질 순 없잖아? /

로민은 쉬어도 좋아! 로민인 참다 참다 한계에 다다랐을 때, 듀얼 능력이 각성하잖아 /

그렇다는 건, 참을성이 없어지면 금방 한계가 오고 금방 각성한단 거지 /

그러니까 로민인, 참을성이 없어지도록 훈련해야 강해져!

2. 20대 남성(비열한)

너희들이 뭔데~ 왜 남의 운동화를 노려! 난 팔 생각 없으니까 저리 꺼져~!

니들이 말 안 해도 상자는 여기 잘 놔뒀으니까 괜한 걱정할 거 없어

아~ 짜증나게, 왜 더러운 손으로 만지고 난리야

먼지 하나도 있는 게 싫어서 내가 하루도 빠지지 않고 / 때 빼고 광내고 있는데~ /

대결을 할 때도 상대방의 땀이나 피가 튀는 걸 제일 싫어하기 때문에..

시간 끌지 않고 바로 결판을 내지 / 그게 내가 싸우는 방식이다 /

아~ 녀석들 지문이 다 묻었잖아, 진짜~

3. 40대 남성(유쾌한)

그치만 이렇게 비싼 게는 호텔이 아니면 제값 받기가 힘들단 말이다 /

관광객한테는 팔아봤자 얼마 받지도 못 해 ///

바닷게~ 싱싱한 게가 있습니다~ / 젠장, 내가 생각한 건 이런 게 아니었는데... /

서비스 줄 테니까 누가 좀 시원하게 사주면 좋겠네 /

우린 이걸 팔아서 새로운 수중 통신기를 사야 한다고!

그리고 연료비에 식료품비, 선착장 사용료까지! / 그치, 마리나? 어? /

마리나! 모자가 아주 잘 어울리는구나!

4. 연령 불명 남성 (간사하고 야비함)

너도 알다시피, 난 인간과 요괴 사이에서 태어난 반요괴야 / 요괴든 인간이든,

전부 빠삭하게 알고 있지! / 그래서 척 하면 척이야. 나 같은 놈이 있으니까,

네가 요괴들 대장인 척하면서, 인간들 비위를 맞추고 있다는 걸!

요괴한테도 인간한테도 환영받지 못하는 깍두기 / 라고나 할까? /

유령족의 후옌지 뭔진 모르지만, 항상 동료들과 같이 있는 너랑은 달라 /

난 쭉~ 혼자서 살아왔어... / 키타로 / 그동안 오래 알고 지냈는데 / 절교다

/ 잘 살아라!

5. 연령 불명 남성 (진지하고 근엄하게)

8개의 문장이 이끄는 곳을 향해 / 아이들은 또다시 새로운 모험을 시작한다 /

거대한 파멸에 대항할 힘을 찾아 모험을 떠난 / 그들을 기다리고 있던 것

은... //

온천지대를 주름잡으며 횡포를 부리는 왕개굴몬 일당을 퇴치한, 태일 일행 //

정석 일행과 헤어진 태일과 아구몬은 / 디지바이스의 인도에 따라 /

다음 목적지를 향해 여행을 계속하고 있다 /

과연 / 태일과 아구몬의 앞길엔 / 무엇이 이들을 기다리고 있을 것인가.

대원방송 12기(2021. 10)

● 여자 1차 문제

1. 10대 소녀(당차고 밝은 성격)

뭐야, 토와였어? / 세츠나도 같이 있었네? / (깨달으며) 어? / 잠깐만, 또 내가 찜한 사냥감을 가로채려고 온 건 아니겠지? // 안 가르쳐 줄 거지롱~ /
(웃으며) 이번엔 보수가 사금 주머니니까! /
(해맑게) 자~ 어떡할래? / 이 문 너머에 키린마루의 부하인 사흉이 기다리고 있어! /
금괴 한 관짜리 현상 수배범이지 / 현상금은 셋이서 사이좋게 나누자~! / 어쨌든 우린 현대까지 같이 갔던 동지 아냐? / (문 열며) 앞으로도 우리 셋이 힘을 합치면 얼마나 좋아!

2. 30대 여자(신경질적인 성격)

살다보면 그렇게 이상한 놈한테 끌릴 때가 있거든 / 영양가 없는 놈인 것도 알고 / 고생길 예약이 뻔한대도, 자기도 모르는 새에 빠져버리지 / 왜냐, 성실하고 얌전한 남자는 시시하거든.
구미도 당기지 않고, 노매력이야, 알겠어? / 노매력 인간보단, 차라리 노답 인간이 훨씬 나아 /
왜냐, 사랑은 논리가 통하지 않거든...

3. 10대 미만 남아(순수, 명랑, 쾌활)

진짜 배고프다~ 목도 마르고...(한숨 호) / 뭐든 먹을 거나 마실게 있으면 좋겠다~ /

(웃는 호) / 잘 먹겠습니다~ / 그리고.. 반창고나.. 포근한 수건이나.. 마른 옷도.. 앗! 그렇구나! /

지금 내가 제일 필요로 하는 것.. / 꼭 챙겨야할 물건이란 그런 거구나! //

있죠, 아빠.. / 저요 여기 있는 덕분에, 꼭 챙겨야할 게 뭔지 알게 됐어요!

4. 연령불명 여자(사악한, 마녀, 악당)

기억하고 있어? 이젠 이 세상에서 사라졌지만, 그 사혼의 구슬이 예전에 우리에게 남긴 예언을... /

키린마루 / 널 세상에서 파멸시키는 건, 인간도 요괴도 아닌 존재 / 그리고, 시공을 뛰어넘는, 있을 수 없는 존재가, 널 쓰러뜨릴 거라고 예언했었지 / 넌 그런 존재가 이 세상에 어디 있냐고 웃어넘겼지만 / 알다시피 개 대장 때문에 있을 수 없는 존재가, 결국 이 세상에 있게 됐어 / 그게 반요들이지

5. 40대 중후반 여자(밝고 유쾌한)

라라라라라라~ / 태양이 웃는다~ / 바람이 춤을 춘다~ / 오늘은 멋진 날~ / 라라라라라~

아, 진구야 ~ 도라에몽~ 잘들어~ / 엄마가 2킬로그램이나 빠졌어~ / 다른 사람이 됐지? /

그러니까 엄마 것도 너희가 다 먹어~ (흥얼거리는 호) / 동네 사람들 제 말 좀 들어보세요~ /

제가요 무려 2킬로그램이나 살이 빠졌어요~ / 오진숙, 실패만 하던 다이어트를 드디어 성공시켰습니다~~ / 2킬로그램, 2킬로그램이나 빠졌어요~~ / 호호호호호~~ / 2킬로그램이에요~ /

음.... / 아~ 내가 뭘하는 거지?! / 창피해라~

● 남자 1차 문제

1. 10대 남성(명랑 쾌활하게)

아저씨 / 오갈 데 없이 길거리를 헤매던 저한테 일자리를 주신 건 정말 감사하게 생각해요 /

여기요, 제가 만든 마지막 전병이 되겠네요. / 제가 다음 주부터 바로 저 회사에서 일하게 됐거든요!

미래를 향한 전설 / 전설은 이곳에서부터... // 절 생각해 주시는 마음은 감사해요 /

하지만 아저씨 / 딱 한번 사는 인생이잖아요 / 그래서 결심했어요, 하고 싶은 걸 하자고 /

2. 10대 중반 남성(진지한, 다혈질의, 자존심이 강한)

훈련에서 목숨을 걸지 않는 녀석은! 실전에서도 걸 수 없어~! / 한계는! 뛰어넘기 위해 존재한다! //

너 인마! 약한 소리 하지마! / 난 금속이라서 열을 견딜 수 있어 / 하지만, 금속이라서 경도엔 한계가 있지 / 때리면 때릴수록 단단해지는 너랑은 전혀 달라! / 너랑 나는! / 그저 서로 다른 힘을 가진 것뿐이야~!

3. 30대 초중반 남성(중성적, 비열하고 야비한, 깐족대듯이)

이 시건방진 원시인아! / 난 이 세계에서 반드시, 톱의 자리를 차지하고 말 거다! /

크롬! 그러기 위해선, 난 죽어다 깨도 네 놈을 여기서 놓칠 수 없어~!! // 야~ / 네놈은 역시 머리가 나쁘구나? / 현대식 훈련을 받으며 단련한 폴리스맨한테~, 고작 죽창을 든 원시인이, 무슨 수로 이기겠단 거야? / 선택해 / 실컷 두들겨 맞고 감옥으로 돌아갈지 /

죽도록 두들겨 맞고 감옥으로 돌아갈지.

4. 연령 불명 남(괴물, 저음, 화내듯이, 악마)

니가 바라는 결론이 뭔진 이미 알고 있다, 신을 되찾고 싶다는 마음이 훤히 보이는구나... //

기다리고 있었다. / 너의 마음을 붙잡는 방법 정도야 알고 있지. 뢰의 메모리를 확인하여 학습하면, 싱귤레러티를 가장해 조종하는 것 정돈 어렵지 않다... / 이 녀석은 위성 제아의 품속으로 잠입하는 스파이. 그리고 위성 제아를 빼앗음으로써 뢰의 역할은 완전히 끝난다.

5. 40대 남자(진지한, 근엄한)

온몸의 힘을 전부 다 사용했으면서도 꺾이지 않는 자존심으로, 쓰러지려는 자신을 일으켜 세우며, 지렌을 향해 덤비는 베지터... / 주먹 하나도 제대로 날릴 수 없는 절망적인 상황! / 하지만, 베지터는 오공이 체력을 회복할 수 있는 시간을 벌어주고, 자신에게 남아있던 마지막 기를 오공에게 주면서, 경기장에서 모습을 감춘다. 오공은 동료들의 희생과 응원 덕분에 다시 부활한다. / 하지만, 지렌의 압도적인 맹공을 견디지 못하고, 또다시 궁지에 몰리게 된다. 오공의 눈앞으로 다가온 최후의 일격! / 이제 모든 게 끝났다고 생각한 순간! / 오공의 눈동자가 은빛으로 빛나기 시작하며, 두 사람의 대결은, 다시 새로운 전개를 맞이하게 된다!! / 한계 초절정 돌파! / 무의식의 극의 마스터 하다!!

대원방송 11기(2020. 9)

● 여자 1차 문제

1. 20대 중반 여성(명랑한 성격, 헌신적, 동료애)

요정에게는, 꼬리가 있을까? 아니면 없을까? /애초에, 요정이 정말 존재하긴 할까? 존재하지 않을까? / 그건 영원한 수수께끼, 영원한 모험 / 이게 바로, 우리 길드 이름의 유래야 /

귀여운 이름과는 다르게, 무척 거친 길드지만~ / 함께하면 너무 즐거워서 난 정말 좋아해~!

너희도 찾았으면 좋겠다! / 페어리 테일처럼, 무엇보다도 소중한 존재를! / 사랑하는 동료들을!

2. 10대 소년(순진, 배려심 있는, 덜렁대는)

여름방학 탐구 숙제로 영민이가 옛날 비행선을 조사해왔다고 했는데 / 크기가 무려 60층짜리 건물 만하고 안에는 멋진 식당도 있었대, 비실이는 이번에 세상에서 가장 큰 관람차를 탔대, 높이가 170미터나 되는 거라, 한 바퀴 도는데 30분이나 걸렸대 그래서~ / 이런 게 있으면 재미있겠다 싶어서~ // 여기에는 이런 걸 달고~ / 아, 위에는 이런 게 있으면 좋겠다~ / 오늘은 네 생일이라 특별한 날이니까 / 이런 걸로 다 같이 파티를 하면 좋을 것 같아서... /// 음... / 혹시 이런 일이 있을까봐~ 내가 미리 숨겨놨지~ / 예비 주머니~ / 비밀도구를 사용하면 이깟 숙제쯤이야 순식간에 끝내지~/ 이것도 아니고... / 이것도 아닌데... / 음... / 어? 뭐지? / (꺼내는 호) 으아~~~

3. 10대 소년(영악한, 교활한, 얄미운)

아, 아냐~ / 내가 니 목소리를 얼마나 좋아하는데~ 니 콘서트는 언제든 환영이라고~ /

넌 늘 당당하고 남자답잖아? 그런 니가 노래를 부를 땐 꼭 숲속의 요정 같거든/ 그럼 난 요정들이 사는 꽃밭에 앉아있는 느낌이라구/ 그런데... (울며) 난 너무 운이 없어! /

엄마가 쇼핑하는데 날 꼭 데려가셔야 한대 /(우는 호)// 흐흐흐...

4. 20대 여자 (똑부러진 성격, 침착한, 돈을 좋아하는)

어어~?! / 저기 저 보물상자! 저것만 유난히 낡았어! 뭔가 수상해~! / 돈 냄새가 풀풀 나~! /

루피~! 금은보화 사이에, 작고 낡은 보물상자가 있어~! / 그게 틀림없이, 해적왕의 보물일 거야~!

우린 여기서, 상디 쪽이랑 연락해서, 탈출할 준비를 하고 있을게! / 군함이 많아서, 빠져나가기 쉽지 않아! 대책을 세워야 해! 루피랑 애들은 반드시 돌아올 거야 / 동료들을 믿고 지금 할 수 있는 게 뭔지 생각해봐!

5. 10대 미만 여성(당찬, 귀여운, 혀 짧은 말투)

안 돼요! 주인님의 꿈을 찾아주는 게, 저한텐 중요한 수행이라고요.

수행을 못 하면, 전 여왕이 될 수 없어요~! 그리고! 이건 주인님을 위한 일이기도 해요!

전 주인님이 훌륭한 어른이 됐으면 해서, 함께 꿈을 찾는 거라고요! 네? 훌륭한 어른이요

어, 그건... 훌륭한 어른이라면, 역시 자신이 하고 싶은 일을, 열심히 하는 사람이... 어...

(불만 호) 그렇지 않아요! 꿈을 갖는 건, 중요한 일이라고요~!! 자, 주인님! 그러니까 얼른 나가요~!

6. 10대 후반 소녀(매우 들뜬, 귀여운, 솔직한)

우와아아~~~! 멋져, 젠틀은 정말 최고야! 아~ 나의 젠틀~ (좋아서 몸부림 치는 호)

응, 다 끝냈어! 계정이 또 삭제 돼있길래, 내가 데뷔 동영상부터 싹 다 다시 올려 놨지!

모닝커피 대신 데뷔 영상 보다가 너무 멋있어서 쓰러져버렸잖아~! (웃음)

그런데 젠틀, 너무 분해!

젠틀은 무려 6년 전부터 영상계 빌런으로 활약했잖아?!

그런데 갑자기 스테인의 인생 영상이 우리 인기를 전부 뺏어 갔어! /

게다가 자기가 올린 영상도 아닌데! 이젠 다들 빌런 연합 얘기밖에 안 해!

어둡고 음침해! 정말 기분 나빠!

7. 20대 초반 여성(현실감 있는, 성격 급한, 화를 잘내는, 행실이 나쁜)

여기 괜찮지 않아? 아냐? 그런가? 내가 보기엔 괜찮은 거 같은데~ 여긴? …

그치만 우린..(꺼내는 호) 이게 있잖아. 하… 너 진짜 하긴 할 거야? 이제 됐어 갈래.

아, 손 잡지 마라! 뭐? 이거 다 니가 조직 돈을 써서 그런 거잖아! 그 돈은 딴 여자한테 퍼 줬으면서! …

어? 아까부터 뭐가 뭔지 일도 모르겠네! 아, 잠깐.. 어?! 웃기지마! 히로시, 장난치지 말라고~!

아 너 진짜 싫어! 이게 뭐야, 나 진짜 몰라, 몰라, 몰라, 몰라! 히로시 바보 멍청이!

죽여 버릴 거야! 두고 보라고!

8. 나이불명 괴물 여성(악당, 거친음성, 위엄있게)

잘 알았느냐, 이것이 너희가 선택한 싸움의 결과다.

이 별이 만들어지고, 난 맨처음 너희 용혼족을 만들었다. 하지만 너희들은
서로에게 칼을 겨누며, 이 별을 상처 입혔어, 여기서 만약 너희들을 살려두
면, 너흰 언젠가 또 같은 일을 반복하겠지.

그러니 여기서 그만 사라져 줘야겠다. 너흰 이 별에 더는 필요하지 않아.

● 남자 1차 문제

1. 20대 소년(명랑, 쾌활, 주인공, 힘있는)

'고무고무~~ / 콩~ 건'~~~!!!! // 으앗! // (맞는 호) // (이 악무는 호) /
헛소리 마~!! /
바다에서 혼자 살아갈 수 있는 녀석은 / 이 세상에 아무도 없어~~!! 나는~
해적왕이 될~ 사나이다~~~~!! /
!(웃음) / 지금도 엄청난 모험들이~ 우리를 기다리고 있는데! / 지름길로 가
면, 재미없잖아~!? /
자아, 애들아~! / 새로운 모험을 향해~ / 출항이다~~!!

2. 20대 중반 남성(근엄한, 의리있는, 진지한)

드디어 찾았군! / 네놈이지?! / 감히 내 검을 훔쳐간 녀석이. 무기 수집가라
도 되나?! /

그렇게 모아서 뭐 하려는 거지?! 안 그래도 마침, 무기가 많이 필요한 상황
이었거든! / 아주 잘 만났군! //

네가 수집한 그 무기들... 내가 다 접수해주마! 이거 착각하게 해서 미안하군
그래

난 말이지... /해적이거든! (입에 문 채/힘주는 호) // '삼도류'~! / '연~옥'!!
'도깨비 참수'~!!! //

3. 20대 중반 남성(신중한, 용감한, 여자에게 약한 남자)

뭐~ 아무튼 배는 나중에 생각하기로 하고 /결전의 날은 언젠데? 이제 알았
어~! /놈들이 술 마시고 취해서 / 고주망태가 돼 있을 때 전부 쓸어버리고 /
대장 놈의 목을 치겠다, 이거군! /

(좋아하며) 그런데! / 내 멋진 활약을 보면, 오키쿠 양! / 나한테 홀라당 반할
지 몰랑~! /

// 여자만 밝히는 무사보다... 야~! 유부남 주제에 왜 인기 있고 난리야~
부럽게시리~ /

오키쿠 양, 나한테도 좀 다정하게 대해주라~

4. 20대 중반 남성(겁쟁이, 허풍, 동료애, 긍지높은)

(힘들게 가고~헐떡이는 호) / 야, 루피...! / 아까 봤냐...?! / 그 자식~ 히
~ /

내 무서운 박력에 쫄아서, 줄행랑을 치더라니까~ / (힘든 호) 그래서 오늘
은... (힘든 호)

특별히 봐주기로 했어~! (걸리고~넘어지는 호) / (머플/헐떡이는 호) / (일
어나는 호) /

(흐느끼며) 죽으면 안 돼...! / 루, 피...! (호) /우리의 모험을... 겨우 이딴
곳에서... / 흐으윽... / 끝낼 순 없어...! / (힘들고~흠칫 호) // 크웃, 그럴
순 없어... (호) 절대로~~!! / (받고~버티는 호) / 루피, 너는... 반드시 해
적왕이 될 사나이니까~!! / (쓰러지는 호) //

5. 20대 인간(명랑, 쾌활, 주인공, 힘있는)

마도서만 받으면... / 그땐 나도 멋지게 마법을 쓸 수 있겠구나 싶었는데 /
설마 마도서를 못 받을 줄이야... / (분한 호) / (착지 호) / 그래도 난 절대
포기 안 해~~!! /

(웃음) / 운명 네 이놈, 그런다고 내가 겁먹을 줄 알아? / 1년이 걸리든 10년
이 걸리든 100년이 걸리든, 난 마도서를 받을 때까지 죽도록 노력할 거야~
/ 반드시 마법제가 돼서 /

가난한 사람이든 고아든, 누구나 대단한 사람이 될 수 있다는 걸 직접 증명
할 거야! / 알았냐~!!! /

그때까지 기다려, 유노~~!!!!

6. 20대 중반 남성(담담한, 차가운)

알았다... 찾는 걸 도와주지. 몇 번씩 말하게 하지 마라. 너희 집은 어느 쪽이지? 가자.

집 반대방향으로 간 건 눈속임이다. 그 개는 지금 널 놀리고 있는 거다. 그리고 집에 먼저 돌아갔겠지.

개는 원래 그런 동물이야. 개의 후각은 인간의 약 1억 배... 길을 헤매고 다닐 리가 없어.

지금쯤 집에 돌아가서 낮잠이라도 자고 있을 거다.

7. 40대 중반 남성(뚱뚱한, 착한, 눈물 많은, 주책 맞은)

그, 그럴 수가... 주인님의 할아버지도 늘 게으름만 피우고 뺀~질뺀질 놀 궁리만 했습니다.

하지만 이게 하고 싶다든가, 저런 사람이 되고 싶다든가~ 어린 아이답게 꿈과 희망으로 가득 차 있으셨죠.

하지만 현대에는 편리한 것들이 너무 많아서, 저 같은 마법사는 옆에 있어 봤자,

아무 도움도 안 되는 것 같군요...

(울먹이며) 50년이란 세월이 이리도 잔혹할 줄 몰랐습니다. 전 이제... 전 이제...! (우는 호)

8. 30대 중반 남성(악당, 분노, 비열한)

인간이 가진 개성 인자를 소멸시켜서, 그들을 다시 정상으로 되돌리는 힘이야. 개성으로 이루어진 이 세계를, 그 섭리를 파괴할 만한 힘이 바로 에리다. 에리의 가치도 모르는 너 같은 애송이가! 이용할 수 있는 물건이 아니야 ~~!! 이놈, 저놈 누구랄 것도 없이 큰 그림을 보려고 하지 않아.

내가 무너뜨릴 건 바로 이 세계! 이 세계의 구조 그 자체다!

눈앞에 있는 작은 정의에 집착하고 감정론만 내세우면서 히어로 행세나 하는 주제에~!

나를 방해하지 마~~~~!!!

대원방송 9기(2018. 9)

● 여자 1차 문제

1. 7세 아이(순수함, 때가 묻지 않음, 어린아이)

나랑 같이 놀자 / 재미있는데 많이 알고 있어 / 나무에 올라가서 숨바꼭질하자 / 땅에 한 번도 내려오지 않고 놀 수 있어 / …다 별로 돌아갔어 / 난 그 섬에서 놀고 있다가 / 우주선을 놓쳤지 뭐야… / 나는 한 3만 년 전 쯤에 여기에 왔어 / 만 2천 년 전에 빙하기가 끝나고 / 그 영향으로 섬이 가라앉아버렸지 / 이 비상탈출 보트는 아무나 탈 수 없어 / 우릴 볼 수 있는 사람만 이 문을 열 수 있거든 / 그리고 이걸 타면… / 여기서 나갈 수가 없어 / 미안해, 난 그저 너하고 같이 놀고 싶었을 뿐인데…

2. 10대 초반 남아(건방짐, 거칠다, 짜증내다가 걱정해주는 톤)

친구를 내놔?! / 장난감 총 들고 와서, 무슨 개수작이야?! / 똥 씹은 표정 좀 때려치워, 짜샤~ 보는 사람, 짜증나거든~! / (한숨) 하아... / 친구를 갖고 싶다고 강도 짓을 하냐~? / 이딴 걸로 위협해 친구를 내놓으라니! / 정말, 어이가 없어서!! / 으음... / 근데 진짜 친구가 한 명도 없어~? / 한 명쯤은 있을 거잖아! / 한 번, 잘 생각해봐~ / 어~? / 친구 말야~

3. 10대 후반 여학생(원칙주의자에 모범생이지만 사회성이 없는 성격)

됐어 / 난 괜찮으니까 억지로 사과시킬 필요 없어 / 어쨌든... 너도 참 힘들겠다 / 말귀도 못 알아듣는 어린애들을 돌봐야 하다니 남들처럼 놀 시간도 없잖아? / 정말 불쌍하다. / 아...! / (열 받은 호) / (버럭) 그 잘난 척하는 웃음은 뭐야? / 나도 알아!! 너 하나도 안 불쌍하다는 거! 애들이 다 너만 좋아하니까 좋겠지! / 어차피 난 어딜 가나 미움만 받아! / 난 공부밖에 할 줄 모르니까! / (울먹이며) 그러니까... 난 더욱 더... 열심히 공부하는 수밖에 없어... / (울다가-멈칫한 호) / (독백) 그런데... 왜 열심히 노력할수록... 난 더 외톨이가 되어가는 걸까

4. 30대 여성(인간의 아이를 임신하고 정체성의 고민에 빠진 외계인)

계속... / 생각해봤어 / 나는... / 무엇을 위해서 이렇게 태어난 걸까 싶어서... / 의문이 하나 풀리고 나면... 뒤이어 또 다른 의문이 떠올라 / 시작을 구하고... 마지막을 찾고... / 그걸 생각하면서... 나는 그저 계속 걸어가고 있을 뿐이야 / 어디까지 가도 똑같을지도 몰라 / 여기서 멈춰 서도 나쁘진 않아 / 모든 것이 끝난단 걸 알게 돼도... / 아, 그렇구나 생각할 뿐이야 / 하지만... / 그렇다 해도... 오늘 또 하나의 의문에 해답을 얻었다 / 신이치... / 이 아이... / 결국 쓸 수는 없었어 / 뭐 하나 다를 것 없는 인간의 아이야 / 인간의 손으로... / 평범하게 키워줘.

5. 60대 노인(깐깐하고 고지식하지만 손자를 사랑하는 할머니)

오라버니와 내가 있는 한 이 초록 지붕집은 네 집이야 / 하지만 세상일은 모르는 거니까 / 살다 보면 무슨 일이 생길지 모르는데 / 준비를 잘 해둬서 나쁠 건 없지 / 그러니까 네가 하고 싶다면 퀸 학원 준비반에 보내주마 / 스테이시 선생님께서도 넌 머리가 좋고 공부를 잘한다고 하셨으니 걱정하지 마라 / 하지만 그렇다고 하루 종일 책만 붙들고 있을 필요는 없어 / 시험 보려면 1년 반이나 남았으니까, 지금부터 천천히 기초를 닦아나가면 분명 좋은 결과가 있을 거라고, 스테이시 선생님도 그러셨거든

● 남자 1차 문제

1. 10대 소년(아이들을 사랑하는 다정한 성격)

그리고 아까 그 벌레는, 솔직히 남자인 내가 봐도 소름이 쫙~ 끼치더라 / 평소에 애들하고 놀아줄 때도~ 힘 조절을 못 해서 아프고 많이 힘들어 / 또 손을 씻고 와도 침이나 콧물로 금방 더러워지고~ / (살짝 웃으며) 거기다 오줌이라도 싸면 한바탕 난리가 나지~ / 같이 있다 보면 힘든 일 투성이야~ / 그래서, 네가 애들을 무서워하는 마음도 충분히 이해할 수 있어 / 솔직히 말하면, 나도 처음부터 애들을 지금만큼 좋아했던 건 아니었어 / 하지만 그 아이들이, 그냥 어린애들이 아니라… / 코타로가 됐다가, 타카나 키린이 되고 / 타쿠마와 카즈마가 되고, 또 미도리가 됐어 / 그래서, 힘든 것도 괜찮아졌고 / 나도… 지금은 그 애들을 정말 좋아하게 됐어 / 그러니까 걱정 하지 마 / 그렇게 걱정 안 해도, 언젠가는 너도 콧물을 쓱~ 닦아줄 날이 올 거야

2. 연령불명(분노를 터트리는 비뚤어진 성격의 빌런)

끝이라고? / 헛소리하지 마 / 아직 시작에 불과해 / 정의니, 평화니… / 그런 애매모호한 말로 뒤덮인 이 쓰레기장을 남김없이 부숴버리겠다. / 그걸 위해서 올마이트를 반드시 없애버릴 거야 / 동료도 모이기 시작했어 / 난 지금부터야 / (놀라는 호흡) / 이렇게… / 이렇게… / 어이없이… / 웃기지 마 / 웃기지 말라고. / 꺼져 / 사라져버려.. / 네가! / 싫어~~~~!!!

3. 20대 남성(열혈 바보)

그렇게 나오겠다 이거야?! / 너 이 자식, 각오는 돼 있겠지 / 간다! 간다! 간다! 간다! 간다! 간다! 간다! / 너 오늘 죽을 줄 알아! 그래, 어디 누가 이기나 끝까지 해보자! / 맞을 때까지 쏜다! 저 미꾸라지 같은 놈! 야 기분 나쁘니까 웃지 마! / 웃지 말랬지! 그렇게 웃지 말란 말이야! / 받아라!! 받아라! 받아라! / 에잇! 에잇! 에잇! 저 자식이 진짜! 그게 니 녀석의 마지막 만찬인 줄 알아~!! / (공격 호−계속) 너 내 손에 잡히면 죽을 줄 알아! 네가 감히 내 푸딩에 손을 대? 받아라 에잇! 에잇! 에잇! / 내 푸딩의~ / 복수다~!!!

4. 30대 남성(대형무대 사회자)

즐길 준비 됐나요~?! 지금부터 링크 브레인즈에서 / 카리스마 듀얼리스트들의 듀얼이 시작됩니다~! / 첫 번째 구역의 듀얼은 강귀 덱을 사용하는 링크 브레인즈 제일의 야생마! 고~ 강철~! / 두 번째 구역의 듀얼은 트릭스터 덱을 사용하는 링크 브레인즈의 초특급 간판스타! 블루~ 엔젤~~! / 지금 바로 접속, 컴 온~ 링크 브레인즈~ / 그리고 여기 와계신 여러분은 / 이 대형 스크린을 주목하시라~!

5. 70대 중저음 남자(까칠, 화가 많이 나있음, 음침하고 욱하는 성격)

음? / 칫, 또 저거야? / 요즘 계속 이 모양이군! / 내 소중한 삼나무에 못을 박아 놓다니! / 장난에도 정도가 있지! / 더 이상은 그냥 넘어갈 수가 없겠구만! / 무슨 짓을 해서라도 범인을 찾아내고야 말겠다! / (화난 호) / 응? / 칫! / 이건 또 무슨 짓이야? / 에잇! / 흥! / 진짜! / 크음… / 어? 저게 뭐지? / 뭐야, 이번엔 또 무슨 장난이야! / 마네킹 머리인가? / 으음… / 허억~~!! 사람이잖아?!

대원방송 6기(2015. 9)

1. 7세 소년(착하고 여리한 성격에서 갑자기 악동으로 변하는 연기)

음… 고약한 남작 일당은… 대체 어디로 가버린 거지? 도온 형님도 놓쳐버렸고… 도온 형님 어디 계세요? 형님~~~!! 형님~! 형님~! 처음 해보는 순찰 임무라, 아무것도 모르는데… (긴 한숨) 변, 신~~~! 우왕~~ 마텐코 등장이다! 난 재미있는 거어~ 아, 멋진 거어~ 완전~~ 좋아하는데 엥~ 어? 근데 여기가 어디냐~? 여기가 고래 뱃속이라구~? 오~ 이게 웬 떡이냐? 엄청 신기한 데에 들어왔잖아~ 오~? 신기한 게 또 있네? 생긴건 나팔이랑 비슷한데… 아까 간 데가 눈이었으니까, 여긴 코 아니면 귀겠지? 이봐~~! 조금만 더 놀다 나갈 테니까 참고 있어~!! 그리고 선물로 하늘의 별을 갖다 줄게, 기대하셔~~!!

2. 10대 여학생(정의감에 넘치는 여전사)

아니야~! 난 절대 속은 게 아니야~!! 난…! 소미랑 나현이, 소희 그리고 다른 많은 사람들한테서 배웠어~! 인간은… 한 사람, 한 사람… 모두 달라서 좋은 거라는 걸…! 끊임없이 실패와 성공…! 기쁨과 슬픔을 느끼며…! 최선을 다해 사는 것…! 그게…! 행복한 삶이라는 걸 배웠다구~! 가자~! 패럴렐 월드 사람들의 행복과 웃음을 지키러 가는 거야~!!
마음이여 전해져라! 프리큐어~! 러빙 트루 하트~! 후레쉬~~!!

3. 20대 여성(허영과 자존심으로 똘똘 뭉친 공주)

돌아가신 어머니 얘긴 듣고 싶지 않다니까요! 어머니가 어떻게 사셨든 난 상관없어요. 난! 고귀한 왕가의 공주란 말이에요! 그러니까 내 초상화는 다른 사람들 것보다 훨씬 커야만 한다구요! 어?! 저거 봐요 큰엄마! 참 미남이네요~ 돈도 많은가요? 그럼 내 꺼 할래요.

이봐요~! 당신은 내가 찍었어요. 신부를 찾으시죠? 좋아요. 난 당신을 원해요! 세바스찬! 당장 결혼 준비를 시작해. 결혼식에 쓸 베일은 10미터, 아니! 20미터 길이로 하고, 머리에 쓸 관은 황금에! 다이아몬드를 초승달 모양으로 볼록하게 스무 개 박아서 만들고… 어… 뭐? 난 귀하신 공주란 말이야! 어서 이리 와서 사나이답게 결혼식을 올리라구! 경비병! 어서 잡아-!

4. 캐릭터(자연과 교감하며 자유로운 삶을 사는 모험심 넘치는 귀뚜라미)

내 보물 1호 기타, 어떻게 돌아왔지? (한숨) 무사해서 정말 다행이다. (놀라는 호흡) 요정별이잖아? 나한테 할 말이 있나 본데? (웃음) 너무 신기하다! 와, 노랠 완성해 주다니 어제 밤새 그렇게 고민했지만 떠오르질 않더라고요. 연주해 볼게요! 빨리 들어보고 싶어요. (흥겨워 웃는 호흡) 완벽해요! 정말 완벽해요! 너무 좋다! (웃음) 이렇게 훌륭한 작곡가란 걸 왜 말 안 해 줬어요? 네? 고마워요, 요정별! 이제 가사만 있으면 돼. (놀라는 호흡) 저 불빛들은 뭐지? 숲 속의 나무쪽으로 가네. 뭔가 예감이 안 좋아, 뭔지 알아 봐야겠어. 애들한테 알려 줘야겠다!

● 남자 1차 문제

1. 10대 소년(비합리적인 현실에 굴하지 않고 해결책을 찾으려는 진솔한 연기)

나는… 귀족이 빼든 칼을 거두게 한 사람을 알아… 우리 어머니야… 내가 귀족의 자식을 넘어뜨려서 죽을 뻔했을 때였어. 어머니는 귀족의 마음을 움직였지. 귀족이 평민을 짓밟는 이 나라가 안 변할 거라 다들 말하지만 난 그렇게 생각 안 해. 어머니가 귀족의 마음을 움직였듯 이곳도… 이 나라도! 언젠가 변할지 몰라. 어찌하면 그런 세상이 될지 모르겠지만 매일 생각해봐도 아직 답이 없지만! 내가 아는 건 싸움으론 안 변한단 거야! 귀족과 싸워 봤자 아무것도 안 변해! 어머니께서 가르쳐 주셨어 증오심은 그 무엇도 낳을 수 없다고.

2. 20대 남성(꽃미남 외모에 미성을 지닌 연쇄살인마)

내가 잡히는 것도 시간문제겠지. 하지만 그 전에 모처럼 형씨를 만나러왔어. 인간과는 다른 답을 듣고 싶었거든. 괴물이 인간을 죽이는 거야 밥 먹는 거니 이해하기 쉬워. 그럼 난 대체 뭘까? 아니, 아마 넌 알고 있을 거야. 나야말로 인간이란 걸. 인간은 원래 서로 죽이고 싶어하는 생물이잖아. 다들 피에 굶주린 주제에 괜히 호들갑이나 떨고 자기 정체도 모르는 녀석이 나한테 잔소리를 해. 인간은 원래 서로 잡아먹게 돼 있어! 몇천 년을 그래 왔어. 그걸 갑자기 하지 말라니까 7, 80억으로 늘어났지. 이대론 세상이 펑 터져버릴걸? 다들 거짓말쟁이지만 넌 다를 거야. 나처럼 솔직해져.

3. 50대 남성(전투에서 크게 패하고 사기가 떨어진 동료에게 일침을 가하는 장군)

쿠바드, 그게 무슨 소리인가? 마르즈반이 어찌 병사들에게 싸움을 포기하라 부추기는 겐가! 우리에게는 우리의 책임이 있네! 나라를 지키는 것이 우리의 가장 큰 임무가 아닌가. 비록 이 전투에선 졌지만 아직 임무를 저버린 건 아닐세. 그리고 왕은 도망치신 것이 아니네! 왕도 엑바타나로 돌아가 재전을 준비하실 것이야! 자네, 신하로서 이 이상 폐하를 욕보이겠다면 아군이라 해도 용서하지 않겠네!

4. 캐릭터(탐정 일을 하는 몸집이 작은 오리)

물론 모든 사건은 사람들 모르게 처리해 드립니다. 단지 일이 많아서 저 혼자서 다 할 순 없는 거죠. 고슴도치 군은 믿을 만한 조수입니다. 그러니 걱정 마시죠. 네? 요정 엉덩이에 달린 여우꼬리요? 최고로 독한 시가도 피워 봤고 맨손으로 시베리아 곰을 때려잡은 적도 있지만 글쎄요… 아마 소설 속 명탐정 셜록 홈즈도 그런 물건은 찾아낼 수 없을 겁니다. 나 참, 별 건방진 여편네를 다 보겠군! 하여간, 엉덩이에 여우꼬리를 달고 다니는 요정이라… 요정이 위험하겠는 걸 그 여자한테 잡히면 큰일나겠어. (웃음)

대원방송 5기(2014. 9)

● 여자 1차 문제

1. 10대 여전사(언제나 밝고 긍정적임)

누구나가 편하길 원해… / 어려운 일은 생각하고 싶지도 않고 / 피하고 싶어져!! / 그치만! / 진정으로 즐겁게 웃기 위해서는! / 열심히, 최선을 다해야 할 때도 있는 거라구!! 언제나, 최선을 다하기 때문에! / 진심으로 즐길 수 있는 거라구! / 캔디 역시 그럴 거야… / 그러니까 / 캔디는 그런 세계에 지지 않을 거야! (힘겹게) (일어서는 호흡) / 캔디 네 마음… / (외치며) 잘 받았어!! / 아자~!! / 아자! 아자! 아자! 아자~~~!! / 프리큐어! / 해피~~ / 샤워~~!!

2. 7세 남아 형사(씩씩하고 정의감에 불타지만 쉽게 당황함)

다들 모이셨죠? / 지금부터 '얼렁뚱땅 경찰서', 줄여서 '뚱땅서'가 주최하는 긴급회의를 시작하겠습니다. / 지금 보시는 것처럼 미술관의 보안은 완벽합니다! / 그리고 잠시 후에 '돈 마나마나 왕국' 국왕 부처가 도착하시기 때문에, 공항보안에도 철저히 신경 썼습니다! / 어?! 잠깐 서장님! 뭐하시는 거에요~ / (당황한 호흡) / (정리하는 호흡) / 흠! 흠! 서장님 덕에 저희 보안 장치가 완벽하다는 걸 다시 한 번 증명하게 됐습니다. / (독백–강하게) 괴도 빠삐몽 녀석! 저번엔 놓쳤지만 이번엔! 이번엔 반드시 잡고야 말겠어!!

3. 20~30대 전문직 여성(상대방의 약점을 노리고 출연을 설득하는 PD)

제일 핫 할 때 그 다음을 준비하란 말이 있어요, 모든 쇼에는 휴먼 드라마가 필요한데, 우리 부장님께서 도와주시면 딱 일 거 같아요. / 친구 두 사람이 냉혹한 링에서 만났다… / 그중 하나는 대기업 부장으로 건실하게 살아가고 있는 기러기 아빠… / 만약 이기신다면 저희가 샐러리맨의 우상으로 만들어 드릴게요. / 게다가 보너스로 상금 이천만 원까지… / 언론사 담당이시니까 기본적인 건 알고 계시죠? / 저희 DTV가 대원신문 거라는거. / 저희 국장님도 대원신문 출신이세요, 오늘 아침에 편집국장님한테 전화 드렸더니 부장님 잘 아신다고 그랬다는데… 얼마 전에도 만났다고…

4. 10대 소녀(가족을 지키기 위해 분노를 표출하는 10대 소녀)

우리 아버지가 일으킨 사업에… / 너희 집안이 뒤늦게 합류해서… / 우리 아버지 돌아가시니까 회사 재산 빼돌려 호위호식하고… / 나도 대충 알건 다 알아. / 자꾸 이 별장, 병원비 운운해 봐야 너한테 득 될 거 없으니까 입 좀 닥치고 있어. / (경찰에게 흥분해서) 아저씨 다 같이 경찰서 갑시다. / 깡패들이 가져온 몽둥이랑 칼 다 보셨죠? 가서 한번 제대로 따져 봐요! 이왕 다 까발리는 김에 니네 아빠도 좀 불러와라! 응? 그동안 물어보고 싶은 것도 많았는데 잘 됐네… / 그렇게 못할 거면 우리 가족, 민수… 놔두고 조용히 나가던가.

● 남자 1차 문제

1. 10대 남성(패기 넘치는 꽃미남 남성)

사나이로 태어났으면 이름 정돈 날려줘야 되지 않겠냐? 재벌처럼 돈도 잔뜩 벌고 말야! / 하지만 연예인이 될 만큼 꽃미남도 아니고 딱히 재능도 없어! / 그렇다고 잘하는 운동이 있는 것도 아니구! / 하지만 나한텐 글재주! / 너한텐 그림 실력이 있어! / 그러니까 길은 만화뿐이지! / 만화는 전세계에서도 알아주는 훌륭한 문화야! 이제 우리가 손잡고 그 만화계에 이름을 남기는 거야!

2. 동물 캐릭터(모사꾼이지만 겁도 많고 어설픈 정감 있는 캐릭터)

아싸~ 찾았다~! / 히히 이건 어때? / 이게 독버섯이야? 맛있게 생겼는데… / (버섯을 집어던지며) 으잇~!! 더는 못하겠어. 하루 종일 버섯 버섯!! / (과일을 발견하고) 어? 찾았다~! 저 열매는 울스페님이 버섯보다 더 좋아하는 거잖아~ / 이야 저 정도면 며칠은 걱정 없겠는데? / 이히히히히~ 우리 배도 좀 채우고~ 우히히히~~ / (과일에 다가가며) 어디 맛있어 보이는데 맛 좀 볼까? / (곤의 목소리를 듣고 화들짝 놀란다) 으아아악 곤이다~ 어서 몇 개만이라도 챙기자~ / (다시 곤의 목소리가 들린다) 으아아~~ 이 근처에 있나봐… 안되겠어… 일단… 도망가자!!

3. 40~50대 중년 남성(따뜻하면서도 강한 리더십을 보여줌)

그래. / 너희들이 가장 이해하기 쉬운 단어로 표현하자면 그곳은 지옥이다. / 모든 것은 아주 먼 옛날, / 데보스와의 결전에서 시작됐다. 브라기가스는 거대한 브라키오사우루스의 파워 다이노이자 모든 파워 다이노의 중심이었다. 공룡 시대가 끝나고 / 대부분의 공룡들이 전멸한 상황에서 우리들은, 마지막 전투에 나섰고 온 힘을 다한 후 데보스를 봉인하는 데 성공했다. 하지만 데보스는 모든 힘을 다 써버린 브라기가스를 길동무 삼아 대지로 사라져버렸지. 그 자리가 바로, 현재의 마동 호수다. 브라기가스의 본체는 그 호수 밑바닥에 잠들어 있다는 걸 알아냈다. 하지만 (당황하는 호흡) 지금 마동 호수에 데보스군이 나타났다! 즉시 출동해서 적들을 섬멸해라!

4. 20대 남성(겉으론 날카롭고 이지적이지만 속은 냉소적인 소시오패스)

밖에 계신 분, 노트에 이름을 적었습니까? (독백) 아 안 돼, 아직 웃으면 안 돼. 참아야 해… 하, 하지만… 니아는 자기들이 죽지 않고 승리할 거라 믿고 있다. 하지만 이름을 적고 40초가 지나야 죽어. 그때까지는 진실을 들켜서는 곤란하지. 아니 35초… 35초에 승리를 선언하자. 자 이제 숨어있지 말고 안으로 들어오세요. 미카미 테루 당신이 현재 키라의 심판을 대신하고 있다는 사실은 이미 알고 있습니다. (독백) 33, 34, 35 / 니아, 나의 승리다. 헉! 이건 함정이야! 니아가 날 빠트리기 위해 꾸민 함정이라고! 노트에 이름을 적었는데도 죽지 않는다는 건 이상하잖아, 그게 바로 함정이라는 증거야! 그만둬! 오지마! 누가 이 녀석들을 죽여줘!

투니버스 11기(2020. 12)

● **여자 1차 문제**

1. 자기소개

안녕하세요, 투니버스 11기 성우 모집 여자 1차 실기시험에 응시하는 ○ ○ ○ 입니다.

2. 10대, 실연하고

진짜 짜증나. 내가 내가 세상에서 승효를 제일 좋아하는데. 그 누구보다 내가 훨씬 더 좋아하는데. 왜 이렇게 되는 거야? 그런데 제일 화가 나는 건 내가 유아영을 절대로 싫어할 수 없다는 거야.

(울음) 알아 알고 있어. 걔가 얼마나 좋은 앤지. 그치만 그렇지만 그래도 눈물이 나는 걸 어떡하라구. 오늘은 눈이 퉁퉁 부어도 실컷 펑펑 울 거야. 홍승효 때문에 두 번 다시 울지 않도록 오늘 다 울어 버릴 거야. 으아아앙.

3. 10대, 자신을 괴롭히던 친구에게 복수

아 진짜 맘에 안 든다. 나 괴롭힐 때랑은 딴판이잖아? 너 아까 뭐라 그랬지? 이만하면 충분하다고? 충분해? 대체 니가 뭘 알아? 저 녀석들이 날 얼마나 지독하게 괴롭혔는데. 아무도 모르게 어떤 일을 당했는지 잘 알지도 못하면서 감히 그딴 말을 지껄여? 난 그만하지 않을 거야. 아무리 잘못했다고 빌어도 소용없어. 너도 내가 그만하라고 했을 때 멈춘 적 없었잖아.

4. 20대, 자신의 범죄를 고백하며

정말 긴 사 년이었죠. 진실을 알기 위해 그리고 증거를 끌어모으기 위해 김다올에게 접근해 사랑하는 척 연기하면서 제 혼은 더럽고 추하게 물들어갔어요. 감독님을 속이고 큰소리를 지르고 심한 말과 행동으로 상처를 입혀야 했죠. 정말 길고도 힘든 무대였어요. 하루하루가 지옥 같았죠. 뭘 먹어도 맛을 느낄 수 없었고 아무리 강한 술을 마셔도 취할 수가 없었어요. 사 년 동안 저의 일분일초는 모두 연기였습니다. 자는 동안에도요. 아무리 말해도 여러분은 이해 못 하시겠지만요.

5. 50대, 힘들어하는 동료를 달래며

아니 세상에 뭐 그딴 놈들이 다 있어. 울지마 도희야. 에휴 이 아줌마는 말이야 고등학교를 막 졸업하고 공장 생활 시작했다? 삼교대도 아니고 이교대로 돌리는 공장에서 매일 밤마다 코피를 쏟아가며 죽도록 일만 했어. 아주 예나 지금이나 윗대가리들이 지들 맘대로 휘두르는 건 마찬가지라니까.
도희야 그러니까 그만 울어. 힘을 내야 다시 따지러 가지. 응?

● 남자 1차 문제

1. 자기소개

안녕하세요, 투니버스 11기 성우 모집 남자 1차 실기시험에 응시하는 ○ ○ ○ 입니다.

2. 10대, 친구를 놀리는

도대체가. 내가 왜 방학에 학교에 나와서 이러고 있어야 하냐고. 그렇다고 수업을 하는 것도 아니면서 괜히 사람 오라 가라 귀찮게 하고 있어. 이건 학교 측의 횡포라고. 하긴 상호 너야 좋겠지. 잊지 못할 첫 추억을 만드는 날이니까. 고백하고 사귀기로 하고 처음으로 만나는 거 아니야? 뭐야 이 자식 얼굴 빨개지는 것 좀 봐. 아이고 여자친구 없는 사람은 어디 서러워서 살겠나. 야 농담이야 농담.

3. 20대, 자신에게 고백한 여자아이에게

새봄아 나도 널 좋아해. 그래서 니가 날 가족처럼 소중히 여겨주고 있단 걸 알고 굉장히 기뻤어. 하지만 니가 제일 좋아하는 건 내가 아닐 거야. 언젠가는 꼭 찾게 될 거야. 새봄이 네가 제일 좋아하는 사람을. 그리고 그 사람도 분명히 이 세상에서 널 제일 좋아할 거야. 그런 사람이 생기면 나한테도 말해줄래? 만약에 그 사람이 널 울리면 내가 꼭 혼내줄게.

4. 30대, 회사를 떠나며 독백

마지막으로 한 가지 너희들에게 중요한 말을 해주지. 아무리 열 받아도 나처럼 상사를 들이받는 짓 따윈 하면 안 돼. 2020년 12월 31일 나 강성우는 장렬히 자동차 개발 회사를 퇴직한다. 내 동료에게 험한 말을 지껄인 상사를 난 제대로 들이받았다. 그 결과는 즉시 해고. 사택에서도 추방되어 고향으로 강제 송환 중이다. 무직이라. (웃음) 무직. 실업자. 백수. (웃음) 집에 가서 울자.

5. 20대, 약해진 라이벌의 모습에 절망한

(절규) 니가 져놓고 왜 나를 탓해? 웃기지 마. 니가 약한 게 잘못이잖아. 약하니까 진 거잖아.

연습하란 말이야. 안 하는 거 다 알아. 할 만큼 하고 있다느니 그딴 소리 할 거면 당장 집어치워.

난 내 모든 걸 걸고 있어. 다른 건 아무것도 가질 수 없을 만큼. 이렇게 허무하게 무너질 거면.

이렇게 도망갈 거면. 도망갈 거였으면. 왜.

투니버스 10기(2017. 12)

● **여자 1차 문제**

1. 자기소개

투니버스 10기 성우 모집 여자 1차 실기시험에 응시하는 ○○○입니다.

2. 10대 여, 자신의 꿈 이야기를 대중에게

전 여러분의 환한 미소를 보는 게 세상에서 제일 좋아요. 저는 말이죠, 여러분께 행복을 전할 수 있는 스타라이트 퀸이 그런 아이돌이 되고 싶었어요. 무대 밖에서도 저의 아이 엠 스타를 응원해주시는 분들께 지친 하루를 다독여 주고 행복을 드릴 수 있는 긍정적인 마음을 나눌 수 있는 아이돌이 되고 싶었어요.

아이돌의 꿈을 꾸게 된 건 과거의 제가 울보였기 때문이에요. 그리고 늘 웃으며 노력하는 라임 선배님을 봤기 때문이죠. 사람들에게 환한 웃음을 주는 선배님이 엄청 멋졌거든요. 누군가 제 무대를 보며 조금이라도 웃음꽃을 피울 수 있다면 흐린 마음이 맑아질 수 있다면 정말 정말 기쁠 거예요. 여러분의 매일을 응원하기 위해 저의 꿈을 위해서 아이 엠 스탈 하겠어요.

3. 20대 여, 실연 당한 후

난 말이야 보기 좋게 차였어 이 남자한테 그건 운명적인 만남이었어. 그는 우리 집에 피자를 배달해주러 왔는데 그가 일하는 모습이 너무 멋져서 몰래 몰래 뒤를 쫓아다녔지. 우후후후훗 그런데 그 남자가 이 여자 저 여자 집에 다니지 뭐야. 어떻게 그럴 수가 있어 이제 다 필요 없어 내 사랑은 끝난 거야. 난 말야 실연을 할 때마다 조각을 했어 마음의 안정을 위해서. 그거 알아 유칼리 나무는 딱딱하지도 무르지도 않아서 조각하기 딱 좋은 나무란 거. 조각 끌을 쥐고 있으면 마음이 점점 편해져서... 뭐야 어디 갔어? 요것들이 누나 얘기 끝까지 들어야지. 저기 남자들은 어떤 선물을 받으면 좋아할까? 넌 어때?

4. 40대 카리스마 악녀

하하하 가소로운 것들. 나 레인데빌라의 이름을 걸고 너희의 숨통이 끊어질 때까지 쫓아 갈 테다. 뭐라고? 파세우트사크를 대신해 용서를 구한다고? 하하하 쓸데없는 일에 마음이 흔들리면 빈틈만 생길 뿐이야. 아무 상관도 없는 인간을 위해 동정할 시간 있으면 바로 눈앞에서 꺼져가는 니들의 목숨부터 구제해 살아 돌아갈 방법이나 생각하시지. 하하하하 하하하 지금부터 네 녀석들의 세상은 증오심이 지배하게 될 것이다. 자 나의 죽음의 칼날을 받아라. (기합)

● 남자 1차 문제

1. 자기소개

투니버스 10기 성우 모집 남자 1차 실기시험에 응시하는 ○○○입니다.

2. 미소년, 호감 있는 여자친구에게

가령아 오늘 계속 몸 상태가 안 좋았던 거야? 얼굴도 빨갛고 아 미안 눈치채지 못해서 이렇게 늦은 시간까지 무리하게 만들었네. 밥 조금이라도 먹을 수 있겠어? 다들 밑에서 기다리고 있는데 어? 가령이랑 이런 눈높이는 처음이야. 음 저기 지금 네 머리 조금 쓰다듬어 봐도 될까. 뭔가 좋은 향기가 난다. 샴푸 향기인가 봐. 아 배 많이 고프지? 우리 얼른 내려가자.

3. 열혈남, 친구가 죽었다고 전하는 상대방에게

류는 어딨어. 모르는 척 하지 마. 레드아이인가 뭔가 하는 녀석이 류의 스프리건을 갖고 있었어. 류는 절대 약하지 않아. 잘 알지도 못하면서 함부로 말하지 마. 그 녀석은 그 녀석은 누구보다 노력했어. 온 힘을 다해 훈련하고 부상도 이겨내고 강력한 필살기도 만들어 내고 진짜로 진짜 진짜 열심히 했다고. 그래서 사천왕도 됐고 엄청나게 강해. 류가 너희 같은 녀석들한테 질 리가 없어. 좋아 내 쉘터 레귤루스로 너희들을 박살내주겠어. 3 2 1 고 슛 레귤루스 슬라이드 레이어 팡 어택!

4. 중년남, 오랫동안 품고 있던 속내를 보이며

지난 3년 동안 난 당신의 집사로서 당신 옆에서 오랜 시간을 같이 보냈습니다. 함께 슬퍼하고 함께 기뻐하고 웃었죠. 난 당신에게 최선을 다했습니다. 이제 알겠습니까? 그렇게 했던 이유는 이런 날을 맞이해 널 죽이기 위해서다. 네가 내 마음을 알까 해적인 내가 코흘리개 꼬마를 상대로 생글생글 웃으며 굽신대고 온갖 비위를 맞춰가며 지내온 날들이 얼마나 굴욕적이었는지 말이야. 그럼 네 녀석부터 저 세상으로 보내주마.

투니버스 9기(2015. 1)

● 여자 1차 문제

1. 자기소개

투니버스 9기 전속성우 모집 1차 실기시험에 응시하는 ○○○입니다.

2. 자신이 죽은 이유를 알게 된 유령이 친구에게

그렇구나. 난 여기서 죽은 거구나. 전부 다 생각났어. 그때 내가 왜 자동차를 못 피하고 치였는지! 나는… 나는 후회 같은 거 안 해. 시현일 위해선 뭐든 할 거야! 시현아 나는 여기 있어. 시현아! 시현아! 넌 내가 싫어서 그런 말을 한 게 아니지? 너의 따스한 마음이 느껴져. 그 동안 고마웠어! 잘 있어… 행복해야 해…

3. 아빠와 화해하려고 혼자 연습 중인 딸

아빠~ 쪼잔하게 삐쳐있지 말고 그냥 화해하자 응? 아 맞다! 내일 부모님이랑 같이 하는 수업 있는데 심심하면 오든가. (원래 톤) 아냐 아냐 너무 건방져… 이건 화해하는 태도가 아니잖아. (애교) 아빠앙~ 별이가 잘못했어~ 용서해줘용. 글구 내일 우리 학교에 꼭 와죠~ 응? 응? (오그라들며) 안 돼! 이건 너무 오글거려! 어떡하지… 아! 맞다 그 방법이 있었지!

4. 카리스마 여신

잘 들어. 그는 불화의 영혼을 가진 장난꾸러기다. 나와 내 동생이 나서서 그를 막기 전까지 이 곳은 불안과 혼돈으로 가득 차있었지. 우린 소중한 사람들이 서로를 미워하고 괴로워하는 걸 보고 있을 수만은 없었다. 결국 우린 비밀의 조각들을 발견했고 그 힘을 모아 맞서 싸워 마침내 그를 돌로 봉인해 버렸지.

5. 손님에게 소리지르는 가게 주인

저 사람들이 진짜…! 이봐요! 왜 가게 앞에서 싸우고 난리야? 그거고 저거고 시끄러워요! 우리 가게 라면을 먹고 싶으면 조용히 줄 서서 기다려요. 시끄럽게 굴 거면 그냥 집으로 가고. 거거거거… 거기 당신들! 라면 맛도 모르면서 뭔 주문이 그렇게 많아? 여기 메뉴는 딱 하나야. 호로록 라면이 싫은 사람은 당장 여기서 나가!

● 남자 1차 문제

1. 자기소개

투니버스 9기 전속성우 모집 1차 실기시험에 응시하는 ○○○입니다.

2. 죽어가는 남성

아아… 난 그냥, 적당히 가게나 하면서, 적당히 돈도 벌어서, 미인도 호박도
아닌 평범한 여자랑 적당히 결혼해서, 애나 적당히 둘 낳고 싶었는데… 자식
들 다 크면 은퇴해서 유유자적한 생활을 즐기다 아내보다 먼저 늙어죽는…
그런 인생을 살고 싶었는데 말야… 어울리지도 않게 나서는 바람에… 그냥
평범하게 생을 끝내고 싶었는데… 귀찮은 짓을 해버렸어…

3. 증오의 대상에게

9년이야. 달 기지에 홀로 남겨진 9년 동안 네 녀석을 향한 증오로 고통스럽
기만 했는데… 지금은 어느새 쾌감에 가까워졌어. 몸이 마구 떨려올 정도야.
후후후…이 기분은 마치… 마치… 사랑에 빠진 여자아이 같아. 네 녀석하고
마주하고 있을 때면 특히 더 실감하게 돼. 지금 살아있다는 걸 말야.

4. 비행기에서 옆자리 사람에게 호들갑 떨며

이 비빔밥 진짜 맛있지 않아요? 전 5분이면 세 그릇도 더 먹을 수 있거든요.
헤헤! 실은 제가 1년 동안 아프리카에 출장 나가 있었는데 그동안 한국 음식
이 어찌나 먹고 싶던지~ 네? 왜 처음 보는 사람한테 이런 얘기를 하냐고요?
왜긴요! 옆자리 앉았음 원래 다 친구 아녜요? 우하하 (헤드락 걸며) 반갑다
친구야!

5. 운명을 저주하며 절규

(거친 들숨) 말도 안 돼! 이건 아냐… 이건 아니잖아!! 불의 신이시여 왜 에미스를 데려간 겁니까! 차라리 여기 제 목숨도 가져가십시오! 에미스가 없는 세상 따위 살고 싶은 맘도 없으니까! 불의 신 화염이여! 들어라! 어서 날 에미스 곁으로 데려가라고!

투니버스 7기(2009. 2)

● 여자 1차 문제

1. 자기소개

투니버스 제7기 전속성우 모집 1차 실기시험에 응시하는 ○○○입니다.

2. 짝사랑의 고민

휴… 내가 좋아하는 사람은 루이야. 하지만 토마랑 같이 있으면 가슴이 두근거려.

소마 선배도 가끔씩 남자다워 보이고. 으아~! 난 이제 어떡해야 되지? 그래! 시아한테 가서 물어보자! 시아라면 해결해 줄 거야! 걘 내 마음을 제일 잘 아는 친구니까!

3. 개그의 신을 만난 개그맨 지망생

완벽한 팔의 각도! 발의 꺾인 방향! 그리고 저 웃기는 표정! 그 전설은 사실이었군요… 개그의 요정을 양 옆에 거느리고 다닌다는 전설의 인물! 당신은 역시… 개그의 신이었어!! 오오!!! 드디어 만났다!!! 부탁드립니다! 절 제자로 받아주세요!!

4. 자신을 무시하는 친구에게

나도 분해… 지고서 좋아하는 사람이 어디 있어? 지면 당연히 분하지! 하지만 패배가, 상처 입는 게 곧 끝이란 생각은 안 해. 다음엔 안 질 거라며 열심히 노력한다면 상처 입은 만큼 더 강해질 수 있어. 난 아직 불안정하고 고민투성이에 모든 게 턱없이 부족한 못난이지만, 난 믿어! 난 내 안에 있는 빛을 믿어!!

5. 백화점에서 항의하는 여자

크윽…! 이봐요, 아가씨, 아까부터 계속 규칙 규칙 하는데, 내가 뭐 아가씨 손해 보는 일을 하겠어? 잘 들어 봐, 저 주전자를 이 친구가 자기 회원 카드를 사용해 돈을 내고 사나, 내가 내 회원 카드를 사용해 산 다음에 이 친구한테 선물하나, 둘 다 똑같은 거 아냐~! 계산 후에 물건을 누가 쓰든지 그건 여기서 상관할 일이 아니잖아, 내 말이 틀려?

6. 반역자를 앞에 둔 여왕

짐은 멤피스 백작이 돌아오는 때를 맞춰 반역자들이 움직이기 시작하는 걸 알고 있었소. 그래서 모르도바 공에게 짐의 대역을 맡기고 저택에는 자동 인형을 남겨두었던 것이오. 슐레이만! 짐을 해치려고 한 자가 그대였을 줄은 몰랐다! 수많은 아이들 중에서도 내 특별히 그대를 아끼고 믿어왔거늘…! 지금 이게 뭐하는 짓인가!

● 남자 1차 문제

1. 자기소개

투니버스 제7기 전속성우 모집 1차 실기시험에 응시하는 ○○○입니다.

2. 내레이션, 독백 느낌

회전하고 있다. 운명이란 것을 하나의 톱니바퀴로 본다면 우리의 발걸음은 그걸 돌리기 위한 움직임… 그저 옳은 길로 가고 있다고 믿으며 나갈 수밖에 없는 것. 운명의 바퀴가 굴러가는 곳으로… 그렇기 때문에 우리는 칼을 휘두른다.

3. 죽음을 앞둔 친구에게 절규

웃기지 마! 우리가 지금 뭣 때문에 싸우고 있는데 그래!! 다 같이 눈싸움을 하기 위해서! 다 같이 웃기 위해서! 그래서 싸우는 거야…! 그래서 강해지려는 거야! 난 너희랑 또 놀고 싶은데… 니가 죽어버리면 못하게 되잖아!

4. 음흉 아저씨

<u>으흐흐</u>… 그치그치, 그렇잖아~ 여자가 갈아입으면 남잔 엿본다. 그건 상식
이야. 잘 생각해봐 꼬마… 정말로 보여주기 싫으면 겨우 커튼 한 장으로 가
리지 않아, 여자들도 봐주길 바라는 거라니까!? 자신한테 솔직해져 봐, 저
커튼 뒤에 파라다이스가 펼쳐져 있다구~ 어때, 꼬마야? 아저씨랑 같이 행복
해지지 않을래? 인생 별 거 없다.

5. 복수자 앞에서

너에겐… 복수할 권리가 충분히 있어. 누가 봐도 정당한 권리고, 내겐 그 복
수를 받아들일 의무가 있다. 내 복수도 후회하진 않는다. 하지만, 너의 소중
한 사람을 죽인 건 사실이니까… 이걸로 날 쏴라. 마지막 기회다. 난 이제 얼
마 버틸 수 없어. 컥! 쿨럭!… 어디서부터 잘못된 거지? 난, 어째서, 난 그
저, 당신이 웃는 얼굴을 보고 싶었던 것 뿐인데…

6. 여유로운 악당

사일런트 노이즈를 멈추게 하는 유일한 방법은 제어칩을 완전히 부숴버리는
겁니다. 여기, 그 제어칩은 이 안에 있습니다. 그리고 제 생명반응에 따라 움
직입니다. 즉, 저 하나만 죽으면 모든 걸 지킬 수 있다는 얘기가 되겠죠? 아
주 간단한 일입니다. 지금 울려퍼지는 소리 저편에서 죽어가는 사람들의 비
명 소리가 들리지 않습니까? 후훗… 후하하하하하하!! 역시 못하실 줄 알았
습니다~!

남은 이야기

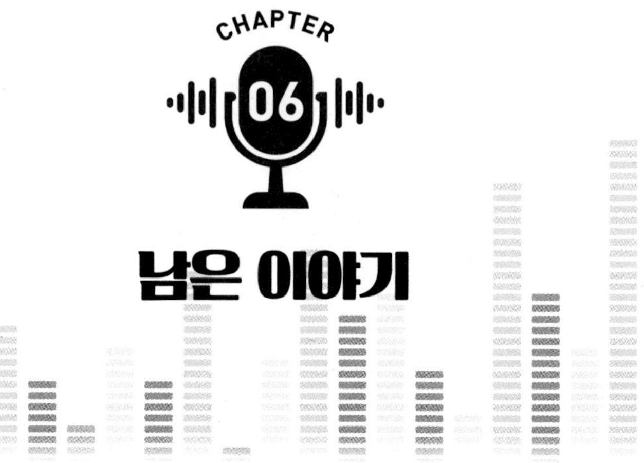

CHAPTER 06
남은 이야기

그동안 우리는 성우란 무엇인지, 연기 기초 훈련은 어떻게 하면 좋은지 또 성우들이 하는 일은 어떤 것이 있으며 분야별로 그 일을 잘하기 위해서는 어떤 연습을 해야 하는지를 대략적으로 살펴보았다. 부족하나마 성우를 지망하는 사람들이 알아야 할 최소한의 지식들을 짚어 본 셈이다.

이제 끝으로 몇 가지 빠뜨렸던 얘기들과 **시험 직전의 마음가짐** 등에 대해 알아보겠다.

목소리 관리

대형 스크린 속에 하나 가득 클로즈업된 미남미녀 배우의 얼굴이 여드름이나 뾰루지, 버짐 등으로 지저분하다면 그것은 관객에 대한 엄청난 실례일 것이다. 때문에 배우들은 얼굴에 뾰루지 하나만 나도 감독에게 싫은 소리를 듣게 된다고 한다. 미남미녀 배우들만이 아니다. TV에 나오는 모든 연예인은 하나 같이 피부 관리에 열심이다. 아무리 연기력, 가창력이 우선이라지만 보이는 얼굴을 무시할 수 없기 때문이다.

성우들도 마찬가지다. 소리로만 대중과 만나는 성우들에게 목 관리는 배우들의 피부 관리만큼 중요하다. 이 장에서는 목소리 관리 지침들을 알아보도록 하자.

사실 나는 목 관리에 대해서만큼은 그 어떤 성우보다도 하고 싶은 말이 많은 사람이다. 나의 부끄러운 과거사 때문인데 변성기가 찾아왔던 초등학교 5, 6학년 때 나는 가수가 되겠답시고 무리한 발성 연습을 하는 바람에 그리 심하지는 않지만 약간 독특한 허스키 보이스가 되었고(지금은 이 약간의 쇳소리가 내 음색의 매력 포인트라고 여기고 있다^^) 중학교 2학년 때는 끓어오르는 젊은 피를 주체하지 못하고 날마다 소리를 질러 대다가 급기야 성대 결절에 걸려 버려서 일주일이라는 긴 시간 동안 목에서 아무 소리도 나오지 않는 끔찍한 경험을 해야 했다. 그 후 지금까지는 재발 방지를 위해 끊임없는 사투를 벌여 오고 있다.

나와 KBS 입사 동기인 L양도 성대 결절로 한때 산사에 들어가 침묵요법 치료를 한 일이 있는데, 그녀도 재발 방지를 위해서 매일 밤 10시에 취침하고 매일 아침 6시에 일어나는, 프리랜서로는 상상하기 힘든 '바른 사나이' 생활을 하고 있다.

성대 결절이란 정말 끔찍한 병이다. 이 병에 심하게 걸리면 목에서 아무런 소리도 나오지 않는다. 더 끔찍한 것은 빠른 치료법이 없는 데다 혹 치유가 되어도 재발이 잦다는 것이다.

물론 수술을 통해 성대 근육을 다시 원상 복귀시키는 방법이 있기는 하지만 원래 소리 그대로를 찾지 못할 수도 있다는 위험 부담을 감수해야 하며 수술 후 회복기 동안 한두 달 정도 침묵요법에 준하는 조심스런 생활을 해야 하기 때문에 사회생활에도 큰 영향을 미친다. 때문에 성대 결절에 걸리지 않으려면 평상시에 조심해야 한다.

성대 결절에 쉬이 걸리는 사람들의 공통점은 평상시 말투가 빠르고 높은 소리를 주로 쓰며 말을 많이 한다는 것이다. 코보다 입으로 숨쉬는 버릇이 있는 사람도 목이 쉽게 피로해진다.

💡 TIP

지난 20년 동안 꾸준히 수집해 온 목 관리 지침들

- 일단 감기에 걸리지 않기 위해서 외출 후 집에 돌아오면 무슨 일이 있어도 손을 씻고 양치질을 해야 한다.
- 적절한 운동으로 늘 건강을 유지해야 한다.
- 적절한 수면도 필수다.
- 매일 가벼운 체조와 발성 연습을 해 주어야 한다.
- 술, 담배를 자제해야 한다.
- 큰 목소리로 오래 말하지 않는다(노래방 등에서 악을 쓰며 노래 부르는 것은 절대 금물이다).
- 겨울철 실내 습도를 적절히 유지해 주어야 한다.
- 무거운 물건을 장시간 들거나, 배변 시 무리하게 힘을 주는 것도 나쁘다. 성대에 무리가 가기 때문이다.
- 급한 성격, 말이 많은 편인 사람들은 평소 말을 적게 하도록 한다.
- 신선한 물을 자주 마신다.
- 복식 호흡을 한다.
- 목이 쉬었을 때는 가급적 말을 삼간다.
- 입으로 숨쉬지 않는다.

그러므로 평소 큰 소리로 말하며 쉼 없이 수다를 떨거나 입으로 숨쉬는 사람들은 언어 습관을 바꾸도록 해야 한다. 또 굳이 성대 결절에 걸리지 않는다 하여도 피로, 감기 등으로 목소리 상태가 나빠질 때가 많은데, 아름다운 소리는 건강한 육체에서만 나온다는 것을 명심하고 늘 건강에 주의해야 한다.

우리말 지킴이의 노력

나와 입사 동기인 K형 얘기를 해야겠다.

K형은 소위 '잘나가는 성우'다. 타고난 미성의 소유자이기도 하고 대학 방송반 시절 탄탄하게 쌓은 내레이션 실력도 그의 성우 생활에 좋은 바탕이 되어서 프리랜서가 된 후 꽤 빠르게 유명세를 타게 되었다. 그러나 나는 그의 성공 비결이 그의 타고난 연기력이나 그 외 조건들이 아니라 평상시 생활 태도에 있다고 확신한다.

그의 가방은 다른 사람들과 달리 언제나 무겁다. 가방 속에 발음사전이며 장단음사전을 꼭 가지고 다니기 때문이다. 사실 K형 정도 실력이면 발음이나 장단음에 있어서 전문가 수준의 지식이 있다고 봐도 될 텐데 그는 굳이 그렇게 가방을 무겁게 만들면서까지 자신의 일에 최선을 다한다.

또 그의 집에 가보면 책상 위에 국어국문학과 교수님들 연구실에나 있을 법한 대형의 최신판 국어사전들이 놓여져 있다. 한 권의 크기가 한 달치 신문을 모은 것처럼 두껍고 커다란 사전 말이다.

이 사전들은 장식용이 아니다. 그는 성우라는 직업의 몫 중 하나가 '우리말 지킴이'이기도 하다는 사실에 긍지와 자부심을 가지고 있기에 언제나 쉼 없이 우리말과 글을 공부하는 것이다.

　나도 국어국문학 전공자라는 자만에 빠져서 우리말과 글공부에 게을러질 때가 많은데 K형을 볼 때마다 그런 나 자신의 태도를 반성하고 바로잡을 수 있으니 그나마 참 감사한 일이다.

　학생들은 장단음과 바른 발음 때문에도 많은 고민을 한다. 가끔은 전문적인 책을 보면서 달달 외우는 사람들도 있는데 사실 그런 공부는 별로 효과가 없다.

　우리말 공부도 외국어를 공부할 때와 같이 상황에 맞게 습득해야 효과적으로 기억되기 때문이다. 그러므로 성우 시험을 준비하는 여러분들도 K 형처럼 발음사전, 국어사전 등을 늘 옆에 두고 모르는 것이 나올 때마다 하나하나 찾아 익히라고 권하고 싶다.

　발음에 대해서라면 KBS 성우 선배님인 이종구 씨가 문을 연 카페인 '이종구 바른말(http://cafe.daum.net/goo223)'에서도 많은 것을 배울 수 있을 것이고 MBC의 최병학 선배님께서 쓰신 책들도 도움이 될 것이다. 또, 반 평생을 장단음 연구에 바치신 KBS 최흘 선배님이 쓰신 장단음사전 등도 성우 지망생들이 한 번쯤 봐 두어야 할 책이라고 생각한다.

'의' 발음 변화

여러분들이 가장 헷갈려 하는 '의'의 발음 변화에 대해서 잠시 알아보고 가자. 요즘은 맞춤법을 무시하고 소리 나는 대로 표기하는 사람들이 많아졌다. 채팅이나 인터넷 게시판에서 소리 나는 대로 표기하는 것이 일반화되어 버린 탓이다. 특히 '의'를 '에'라고 쓰는 경우가 많은데 방송 자막에서도 이런 어처구니 없는 실수를 하는 것을 종종 보게 된다(요즘 TV 오락 방송의 자막들이 우리말과 글에 미치는 악영향에 대해서는 정말 할 말이 많지만 여기서 논할 것은 아닌 것 같아 그냥 넘어가도록 하겠다).
'의'는 세 가지로 발음된다. 다음 밑줄 친 부분을 소리 나는 대로 적어 보겠다.

의회민주주의의 의사 결정
ㅜ   ㅜㅜㅜ
1   2 3 4

1번과 4번의 '의'는 [의]라고 쓰인 대로 발음한다.
2번의 '의'는 [이]라고 발음한다.
3번의 '의'는 [에]라고 발음한다.

1. [의]라고 발음되는 경우

이 경우는 '의'가 첫음절에 올 경우이다. 이때 '의'는 조사가 아니라 의미를 가진 단어의 앞 글자이다.
'의사, 의회, 의원, 의경, 의리, 의미, 의연, 의탁' 등이 여기 해당된다.

2. [이]라고 발음되는 경우

이것은 의미 있는 단어의 한 부분이긴 하지만 그것이 순서상 두 번째 이상의 음절에 올 경우이다. 사람 이름에 가장 많은데 '숙희, 경희, 미희' 등이고 일반 단어에서는 '정의, 성의, 경의, 사회주의, 거의' 등이 있다. 그러나 일반적인 [이] 발음과는 미세한 차이가 난다.

3. [에]라고 발음되는 경우

관형격 조사로 쓰일 때다. '나의, 학생의, 국가의, 조직의' 등 관형격 조사 '의'는 그 쓰임새가 아주 많은데 [으]라고 발음하지 않도록 주의하도록 하자.

시험 준비 : 좁은 문으로 들어가기

성우 시험은 방송사별로 조금씩 차이가 있기는 하지만 주요 심사 기준이 실기 시험 점수라는 점에서는 모두 동일하다.

자격 요건은 그다지 까다롭지 않다. 고등학교 졸업 이상의 학력을 갖춘 만 18세 이상의 건강한 남녀면 누구든 응시할 수 있고, 나이 제한은 대략 만 서른 살 안팎이다(2000년대 들어서면서 MBC와 EBS는 성우 공채 시험의 나이 제한을 없앴고, 뒤이어 KBS도 나이 제한을 없애 최근엔 40대 후배를 맞이한 적도 있다).

실기 시험은 1차 시험부터 방송사 스튜디오의 심사위원들 앞에서 직접 연기하는 방식과, 테이프나 CD에 자신의 연기를 녹음해 보내면 그중에서 추려낸 합격자들만 방송국 스튜디오에 모여서 2차 시험을 보는 두 가지 경우로 나뉘는데 방송사에 따라 다르다.

방송사별로 보면 KBS와 EBS의 경우는 라디오 드라마 대본과 내레이션(DJ 멘트나, 리포터 원고, 방송 예고 등 독특한 내용도 많이 나온다) 대본으로 실기 시험을 치르는 경우가 많고, 성우들이 영화부 소속인 MBC의 경우는 영화 대본과 프로그램 예고는 물론 연극 대사, 타령 등의 파격적인 시험 문제를 출제하는 경향이 있으니 다방면으로 준비를 해 두어야 한다.

대교 방송과 투니버스 등 여러 개의 채널을 가지고 있는 온 미디어의 경우는 만화 대본이 실기 시험 문제의 주를 이루지만 프로그램 예고가 시험 문제로 출제되는 일도 많다(인터넷을 뒤져 각 방송사의 기출 문제들을 찾아보고 꼼꼼히 분석해 보길 바란다).

내가 시험을 보던 1992년도까지는 연기 학원이나 방송국 문화원 등에 성우반이 생기기 전이어서 연극 경험이나 방송반 경력만으로 합격의 영광을 누리는 요행을 바랄 수가 있었다. 그러나 최근 10년 동안은 전문적으로 성우들만 지도하는 학원이 많이 생겼고 또 인터넷 온라인 모임을 통한 스터디 모임에서 몇 년씩 탄탄하게 연기 공부를 해 온 사람들이 많기 때문에 적당히 준비해서는 합격이라는 행운을 거머쥐기가 힘들다. 게다가 지망생은 헤아릴 수 없이 많은 반면, 방송국 성우 공채는 해마다 열리는 경우도 드문데다 합격자 수도 많아야 10명 안팎인지라 성우 시험에 합격하는 것은 공히 '낙타가 바늘구멍에 들어가는 것' 보다도 더 어려운 형편이다.

이렇게 경쟁률은 높고 문은 좁은 성우 시험은 시험 공고가 난 뒤 반짝 며칠 한다고 해서 실력이 느는 것이 아니기 때문에 평소에 꾸준한 연습을 해 두어야 한다.

어떤 연습을 어떻게 할 것인지, 평상시 삶의 태도는 어때야 하는지는 본문에 충분히 써두었으니 여기서 다시 거론할 필요는 없을 것 같다.

그러나 모니터에 대해서는 다시 한 번 얘기해 두고 싶다. 수시로 짤막한 문장들을 녹음해서 모니터를 하면서 장점은 살리고 단점은 고치도록 해야 한다. 또 이런 테이프들을 잘 보관해 두었다가 시간이 흐른 후 다시 들어보면 자신의 발전에 대한 기쁨도 누릴 수 있을 것이다. 그러나 설혹 발전이 없다고 느껴지더라도 실망할 필요는 없다. 연기 공부 역시 곤충의 변태 과정처럼 계단식 성장을 하는 것이어서 일정 기간 동안에는 눈에 띄는 변화나 발전이 없는 것처럼 보일 수도 있기 때문이다.

시험 발표가 나면

지침 ⊕1 무엇보다 가장 중요한 것은 정보 수집이다

그 방송사의 기출 문제를 구해서 출제 경향을 분석하고 시험을 치른 경력이 있는 주변 사람을 찾아내어 그 사람이 겪었던 것들을 들어보는 것이다.

예를 들면 이런 것들이다. KBS의 경우는 다섯 명 단위로 스튜디오에 들어가는데 결시생이 있건 없건 끝자리 1번부터 5번까지, 또 6번에서 0번까지가 한 스튜디오에서 순서대로 시험을 보게 된다.

자, 이런 정보를 입수했다면 원서를 낼 때 응시번호를 조절해서 자신이 원하는 순서에 시험을 보도록 할 수가 있다. 다섯 명 중 일착으로 시험 보는 것을 피하고 싶은 사람은 끝자리가 1번이나 6번이 되지 않도록 원서 접수를 하면 되고 그 반대의 경우도 마찬가지다.

또 함께 시험 준비를 한 사람끼리 앞뒤로 원서를 내는 일도 삼가면 좋을 것이고 오전, 오후 중 자신이 편한 때에 시험을 볼 수 있도록 원서 접수 순서를 조절해 보는 것도 좋을 것이다.

그리고 대기 시간 동안 앉아서 기다릴 곳은 있는지, 실내 온도나 습도는 어느 정도인지 등을 세세하게 알아두면, 편한 신발을 따로 준비해 간다거나 깔고 앉을 물건을 챙길 수도 있고, 너무 춥거나 더워서 쉬이 지치는 일을 막을 수 있다.

또, 테이프나 CD를 제작해야 하는 경우라면 친구들의 학교 방송국을 알아보거나 수험생들을 위해 특별히 저렴한 가격에 녹음실을 빌려주는 곳 등을 모든 인맥을 동원해 찾아내어야 한다.

지침 ⓘ2 **몸 관리를 철저히 해야 한다**

시험 당일은 최상의 건강 상태를 유지할 수 있도록 해야 한다. 좋은 건강 상태에서 건강한 목소리, 힘찬 연기가 나오기 때문이기도 하지만 최적의 몸 상태가 심리적 안정을 주기 때문이다.

예를 들어 감기가 걸려 목소리가 조금 잠긴다고 해도 연기에 큰 영향을 미칠 리는 없다. 심사위원들은 여러분의 목소리를 처음 듣기 때문에 그 소리가 이상한지 어떤지 잘 알 수도 없거니와 감기의 제증상과 여러분이 연기에 몰입하는 것은 전혀 상관이 없는 일인 것이다.

문제는 수험생의 마음이다.

'어떡하지? 감기 걸려서 소리가 이상해.' 하는 걱정이 시작되는 순간 연기에 몰입하기가 어려워지지 않겠는가?

심리적 정서적 안정을 위해서라도 적절한 운동, 발성 연습, 복식 호흡 등으로 몸 상태, 목 상태를 최상으로 유지하도록 하자. 특히 시험 전날은 잠을 푹 자도록 하고, 아침 일찍 일어나 아침밥을 꼭 먹어야 한다. 잘 먹어야 힘이 생기고 힘이 있어야 좋은 소리를 낼 수 있다. 또 아침밥을 먹는 동안의 저작 운동이 여러분의 머리를 깨어나게 해서 대본 분석력을 높여줄 것이다.

지침 ⓘ3 **자신감을 갖자**

긴장감, 열등감 등은 이 세상을 살아가는 데 가장 도움이 안 되는 부정적인 심리 상태다.

내가 가장 잘한다는 자부심. 그 자신감이 여러분을 당당하게 만들어 주고 긴장감 없이 연기에 몰입할 수 있게 도와줄 것이다.

연기를 잘하는 사람은 많다. 그러나 '내가 최고'라는 자부심을 가질 수 있는 사람은 드물다. 그 자부심이 긴장하기 쉬운 실기 시험에서 여러분의 상태를 이완시켜 주고 또 빛나 보이도록 도와줄 것이다.

지금 돌이켜 보면 나의 경우도 자신감 덕분에 성우 시험에 합격할 수 있었던 것 같다. 사실 나는, 입사 후 동기들과 선배들의 연기하는 모습을 보기 전까지 내 또래 중에 나보다 연기를 잘하는 사람이 있을 수 있다는 것을 상상조차 해 본 일이 없었다. 참 무모한 자신감이었지만 그 무모한 자신감이 없었더라면 아마 오늘의 나는 존재하지 않았을 것이다.

지침 ⓘ4 심사위원들에게 깊은 인상을 남기자

실기 시험장의 심사위원들은 하루 종일 똑같은 대사를 수백 번씩 반복해서 들어야 한다. 인사말도 마찬가지다. 만약 여러분이 그 자리에 앉아 있다면 지치지 않겠는가?

그런 심사위원들에게 깊은 인상을 남기려면 어떻게 해야 할까? 같은 인사라도 더 힘차고 밝게 하도록 하고, 되도록 새로운 해석으로 연기를 하는 것이 좋을 것이다.

성우들끼리 모여 자신의 시험 당시 상황을 얘기하다 보면 평범하게 시험을 본 사람은 참 드물다는 걸 깨닫게 된다. 심지어 어떤 후배는 심사위원들이 자기 얼굴을 쳐다봐줄 때까지 헛기침을 해서 심사위원들의 이목을 집중시켰다고 한다. 그러나 그 후배는 운이 좋았던 것이고 이런 행동은 심사위원들의 심리 상태, 성격에 따라서 역효과를 볼 수도 있을 것 같다.

의상이나 헤어스타일에도 신경을 쓰는 것이 좋다. 그렇다고 너무 엽기적인 차림새를 해서는 안 된다. 깔끔하고 너무 튀지 않지만 개성 있게(어렵다^^). 어찌되었건 남들보다 강한 인상을 줄 수 있도록 이런저런 참신한 방법을 생각해 보자.

KBS 시험 때, 어떤 남자 수험생이 자신의 셔츠 가슴팍에 '준비된 성우'라는 커다란 글자를 수놓아 입고 와서 화제가 된 일이 있는데(이 방법을 재탕하는 건 의미가 없겠지요?) 비록 합격하지는 못했지만 그렇게 세심한 부분까지 준비를 하는 것도 동점자가 있을 때는 유리하게 작용할 수가 있을 것 같다. 심사위원 전원이 그 남학생을 기억하도록 만들었으니 말이다.

명심할 것은(여러분의 수험 번호가 몇 번인지는 모르겠지만 아주 앞번호가 아닌 다음에는) 심사위원들이 지칠 대로 지친 상태라는 점을 감안해야 한다는 것이다. 때문에 너무 긴 인사말은 피해야 하고 조금 틀렸다고 해서 '다시 하겠습니다'를 반복하는 일은 없어야 할 것이다.

지침 ⑤ 나만의 장기를 준비하자

1차 실기 시험의 경우는 사람이 많아서 단문 연기 외에는 다른 것을 시키지 않지만 2차, 3차로 올라갈수록 심사위원들이 다양한 요구를 하기도 한다.

나의 경우는 별 장기가 없어서 노래를 부르게 되었는데, 그때 나는 일부러 심수봉의 〈사랑밖엔 난 몰라〉를 선택했다. 지금 이 책을 읽는 여러분은 '그게 뭐 특별해?' 할지도 모르겠지만 10년 전만 해도 대학생들의 음악 취향이 꽤 경직되어 있어서 트로트와 여대생은 전혀 어울리지 않는 조합이었던 것이다. 다행히 파격적 선곡으로 강한 인상을 심어보리라던 나의 예상은 맞아 떨어졌고 결국 그 파격이 심사위원들에게 좋은 인상을 남겼다는 후문도 듣게 되었다. 사람들은 예상 밖의 행동에서 강한 인상을 받게 되는 것이다.

후배들의 합격담 중에서도 기억에 남는 것이 있는데 자신이 직접 만든 CM을 연기했다는 후배와 나이트클럽 DJ 흉내를 냈다는 후배의 일화가 가장 기억에 남는다.

이렇게 연기 외에도 한 가지쯤 자기만의 개성을 드러낼 수 있는 장기를 준비해 두는 것이 좋을 것 같다.

마지막 당부의 말 : 자신의 재능을 믿어라

여러분에게 마지막으로 꼭 하고 싶은 말은 언제 어디서고 여러분 자신의 재능에 의심을 품지 말라는 것이다. 본문에서도 얘기했었지만 사람은 자신이 '관심'을 가진 분야에 반드시 '재능'을 가지고 있다. 신의 능력은 참으로 놀라워서 어떤 사람이 좋아하고 관심을 가진 분야에는 반드시 그에 맞는 재능도 함께 주시는 것이다. 그래야만 사람들이 행복하게 일하면서 세상을 발전시켜 나갈 수 있을 테니까.

목소리에 관심이 많은 여러분…….

선천적으로 타고난 뜨거운 마음을 어쩌지 못해서 작은 일에도 쉬이 감동하고, 기뻐하고, 또 상처받는 여러분…….

연기를 좋아하고, 소리 내어 읽는 일이 이 세상에서 제일 즐거운 여러분…….

재능으로 가득한 여러분…….

부디…… 여러분이 원하는 곳에서 여러분이 즐거워하는 일을 하며 사는 날이 오길 바란다. 그리고 그날이 오기까지 이 책이 여러분에게 조금이라도 도움이 되기를 간절히 바란다.

다음 소개하는 글 두 편은 모 방송국 청소년 캠페인의 원고이다. 글쓰기를 좋아하는 나는 전속 성우 시절부터 간간이 짤막한 방송 원고들을 써 왔는데 그중

이 캠페인 원고 작업이 가장 즐거운 글쓰기였다고 기억이 된다.

자신은 그렇게 하지 못하면서 어린 학생들을 선도하려고 했다는 것이 좀 우스꽝스럽긴 하지만 남에게 이렇게 저렇게 살자고 이야기하는 것은 동시에 자기 자신에게도 그렇게 살자는 다짐을 하는 것이라고 믿으면서 즐겁게 작업했던 것 같다.

이 책의 맨 끝에 이 글을 올리는 것은, 여러분이 이 책을 읽는 데서 멈추지 말고 이 책에 쓰인 내용들을 부디 실천해 주기를 바라서다. 여러분의 재능을 굳게 믿으면서 말이다.

⚓ TIP

● 정보, 지식, 지혜

앎에 있어서 세상에는 세 가지 부류의 사람이 있습니다.

첫 번째는 정보형 인간입니다.
그들은 이것저것 많은 것을 알고 있어서 퀴즈 대회에 나가 높은 점수를 얻을 수 있습니다.
그러나 이런 유형의 사람들은 그저 역사적 사건의 연대를 줄줄 외우고 있을 뿐 그 사건의 역사적 의미에 대해서는 생각하지 않습니다. 때문에 이들의 정보는 그다지 중요하지 않습니다. 아무래도 사람의 기억력보다는 컴퓨터나 책 속의 기록이 더 정확하기 때문입니다.

두 번째는 그러한 많은 정보에 대해 이렇게 저렇게 의미를 부여할 수 있는 사고형 인간입니다. 이런 사람들은 진정한 지식인으로 인정을 받습니다. 정보에 사고가 더해질 때, 그 정보는 지식이라는 유용한 형태로 변화하기 때문입니다. 정보형 인간보다는 훨씬 적은 숫자의 사람들이 이 부류에 속합니다.

세 번째는 이러한 지식을 실천에 옮기는 사람입니다.
예를 들어 규칙적인 운동이 몸에 좋다는 것을 알고는 있지만 실천하지 않는 것과, 그러한 사실을 알고 규칙적으로 매일 운동을 하는 것은 큰 차이가 있습니다.
진정한 앎은 실천을 통해서만 완성됩니다.
이처럼 아는 것을 실천하는 사람을 우리는 지혜로운 사람이라고 부릅니다. 그러나 지혜로운 사람은 그리 많지 않습니다.

많이 알고, 생각하는 것도 중요하지만, 가장 값진 것은 아는 것을 실천으로 옮길 수 있는 지혜로움입니다.

듣기 좋은 꽃노래도 한두 번이라는 속담이 있습니다.
좋은 얘기라도 너무 자주 들으면 그 의미가 퇴색하고 신선한 자극으로 다가갈 수 없다는 뜻입니다.

"천재는 1%의 영감과 99%의 노력으로 이루어진다."

엉뚱한 행동만 일삼아 초등학교에서조차 퇴학을 당했던 천재 과학자 에디슨이 남긴 이 말도 이제는 너무 자주 들어서 아무런 감동도 주지 못하는 말이 되어 버렸습니다.
특히 노력이라는 단어는 우리 청소년들에게 더욱 거부감을 준다고 합니다. 노력이란 것이 학과 공부에 충실하라는 얘기로만 변질되어 버렸기 때문입니다.

생각해 봅시다.
에디슨이 말한 노력이라는 것이 책상 앞에 앉아서 영어 단어를 외우고 수학 문제를 풀라는 의미였을까요?

하기 싫은 일을 무작정 하는 것은 노력이 아닙니다.
옆에서 누군가가 말려도 계속해서 하고 싶어지는 마음.
그 일에 몰입하지 않고는 내 마음이 만족스럽지 않기 때문에 매달리는 것.
그러한 열정이 진정한 노력을 가능하게 합니다.

천재성이란 곧 열정의 다른 이름입니다.
공부건, 음악이건, 미술이건, 혹은 컴퓨터 게임이건 진정으로 여러분이 사랑하는 일에 99%의 소중한 열정을 쏟아 부을 때, 1%의 영감이 피어오를 겁니다.

안소연의 성우되는 법

개정8판1쇄 발행	2025년 01월 30일 (인쇄 2024년 09월 25일)
초 판 발 행	2011년 04월 30일 (인쇄 2011년 04월 08일)
발 행 인	박영일
책 임 편 집	이해욱
저 자	안소연
편 집 진 행	강승혜
표지디자인	조혜령
편집디자인	양혜련 · 채현주
발 행 처	(주)시대고시기획
출 판 등 록	제10-1521호
주 소	서울시 마포구 큰우물로 75 [도화동 538 성지 B/D] 9F
전 화	1600-3600
팩 스	02-701-8823
홈 페 이 지	www.sdedu.co.kr
I S B N	979-11-383-7826-0 (03810)
정 가	16,000원